ハヤカワ・ミステリ文庫
〈HM㊳⑤-9〉

特捜部Q
—吊された少女—
〔上〕

ユッシ・エーズラ・オールスン
吉田奈保子訳

早川書房

DEN GRÆNSELØSE
by
Jussi Adler-Olsen

Translated by
Nahoko Yoshida
Published 2017 in Japan by
HAYAKAWA PUBLISHING, INC.
This book is published in Japan by
arrangement with
JP / POLITIKENS FORLAGSHUS A/S
through TUTTLE-MORI AGENCY, INC., TOKYO.

ふたりの強い女性、ヴィプスンとイリサベトに捧げる

特捜部Q
―吊された少女―
〔上〕

登場人物

カール・マーク……………………警部補。特捜部Qの責任者

ハーフェズ・エル・アサド

ローセ・クヌスン……カールのアシスタント

ゴードン・T・タイラー…………Q課の業務管理担当

ラース・ビャアン…………………殺人捜査課の課長

トマス・ラウアスン………………元鑑識官。署内食堂のチーフ

ハーディ・ヘニングスン…………カールの同居人。元刑事

モーデン・ホラン…………………カールの家の元下宿人。介護士

ミカ・ヨハンスン…………………理学療法士。モーデンの恋人

クレスチャン・ハーバーザート…ボーンホルム島ラネ署勤務の警官

ジユン・コフォーズ………………クレスチャンの元妻

ビャーゲ・ハーバーザート………クレスチャンの息子

ジョン・ビアゲデール……………ボーンホルム島警察の警部

ヴィリ（サム）・クーラ…………ハーバーザートの近所の友人。船長

アルバーテ・ゴルスミト…………轢き逃げされた少女

クリストファ・ダルビュー

（ストゥスゴー）…アルバーテの元恋人

インガ・ダルビュー………………クリストファの妻

アトゥ・

アバンシャマシュ・ドゥムジ…〈人と自然の超越的統合センター〉の導師

ピルヨ・

アバンシャマシュ・ドゥムジ…アトゥの右腕

バレンティーナ……………………センターの機器メンテナンス係

ワンダ・フィン……………………ジャマイカ出身のアスリート

シャーリー…………………………ワンダの友人

プロローグ

一九九七年十一月二十日

周りはすべて灰色の中に沈んでいた。ちらちらうごめく影とやわらかな闇が彼女をくるみ、温(ぬく)もりを与えている。

夢の中で彼女は自分の身体(からだ)から抜けだした。鳥のように、いや、蝶(ちょう)のようにあたりをひらひら舞っている。喜びと驚きを広く伝えるためにこの世に生まれた、浮遊する芸術作品のごとき存在。魔法の杖(つえ)で永遠の愛をかなえてくれる、空高く舞う色とりどりの生き物。

彼女は微笑(ほほえ)んだ。なんて清らかで素敵なイメージなの。

星のかすかなきらめきが暗闇に届き、その光がおぼろげに揺れている。風のざわめきや木の葉のささやきがなんて心地いいのかしら。

自分で身体を動かすことはできなかった。でも、そんなことは望んでいない。少しでも動こうものなら夢から目覚め、たちまちあの痛みが戻ってくるから。

そのとき、過去の無数の光景が頭の中に浮かんできた。兄と一緒に砂丘を跳ね回っている。そんなにはしゃぐな、と注意する両親の姿。

どうしてパパとママはなんでもかんでも禁止したのだろう。ふたりとも、あの砂丘で本物の自由を感じなかったということ？

美しい円錐形の光が下を通り過ぎていく。夜光虫が海面を光らせているように、あちこちがキラキラとまぶしい。彼女は微笑んだ。輝いている海を実際に見たことはなかったけれど、きっとこんな感じなのだろう。海面自体が発光していたり、黄金の液体が深い谷底を流れていたりするように見えるはず。

ところで、ここはどこ？

わたし、もしかして自由になるの？　そう、きっとそうよ。だって、これまでこんな自由を感じたことはないもの。一羽の蝶。それで満足。軽々と飛び回り、いつも何かを探している蝶。自分によくしてくれるやさしい人たちに囲まれて。休みなく働くあの手。わたしに向かって差し伸べられ、わたしのことだけを考えてくれるあの手。そして、これまで一度も聴いたことのない、おごそかな歌声。

彼女はそっと息を吐いた。それからまた微笑むと、イメージの渦に身を任せた。

そのとき、ふと学校と自転車のことを思い出した。あの朝の凍えそうな空気が戻ってくる。歯までカチカチ鳴ってくる。

現実に引き戻され、心臓がついにあきらめようとしたその瞬間、すべてが脳裏によみがえった。車のにぶい衝突音、骨の折れる音、木の枝に激しく叩きつけられ、そして……。

1

二〇一四年四月二十九日、火曜日

「カール、起きてください。電話です。ずうーーーっと鳴ってます」

カールは面倒くさそうに目を上げた。アサドのやつ、いつから黄色い迷彩服なんか着るようになったんだ？　今朝はまだ白いつなぎを着て、その縮れ毛も黒かったはずだろ。まさか、壁の色塗りを本気で始めたわけじゃないよな。それであんな色になったとか？

「おまえは今、複雑なことを必死に考えている俺を邪魔したんだからな」カールはぶつくさ言いながら両脚をデスクから下ろした。

「そうでしたか、すみません！」アサドの目尻が下がり、口角がにゅっと上がって、顎ひげが引っ張られた。なんだ、その笑いをこらえたような目は？　おまえ、本気で謝ってないだろ？

「カール、昨日遅かったことはわかっています」アサドは続けた。「でも、電話に出ないと、ローセに八つ裂きにされますよ。次にかかってきたら、絶対に出てください」

地下室の窓から差しこむ光がまぶしい。やれやれ、ちょっとばかりタバコを吸っても罰は当たらないだろう。カールはタバコに手を伸ばした。その瞬間、電話がまた鳴りだした。

アサドは「ほらほら」と言いたげに電話機を指さし、部屋を出ていく。あいつ、だんだん俺に指図するようになってきたな。

「もしもし、マークです」受話器を口に近づけもせず、カールはぶっきらぼうに言った。

「もしもし?」受話器の向こうから聞こえてきた言葉は、挨拶というより問いかけのように聞こえた。

カールはしぶしぶ受話器を口に近づけた。「どなたです?」

「カール・マークさん?」ボーンホルム島の歌うようなアクセントだ。聞き心地のよい方言ではない。むしろ、文法がめちゃくちゃなスウェーデン語といった感じだ。あのちっぽけな島以外ではほとんど通じないに違いない。

「ええ、カール・マークです。そう言いませんでした?」

受話器の向こう側で、ほっとしたようなため息が聞こえた。「クレスチャン・ハーバーザートだ。ずいぶん前に一度お会いしたことがある、覚えてないかな?」

ハーバーザート? ボーンホルム島の?

「ああ、覚えてるよ。ええと、あれは……」

「何年も前、私がネクソの交番勤務だったころに。勾留者の身柄をコペンハーゲンに移すため、きみが上司とこちらにやってきて」

カールは記憶をたどった。容疑者の移送、それはよく覚えている。だが、ハーバーザートなんて名の警官、いたか？

「ああ、そうだ、あのときは……」カールはタバコに手を伸ばした。

「忙しいところ申し訳ないが、少し時間をもらえないかな？　きみたちが解決したベラホイサーカスの難事件について読んだよ。たいしたものだ。だが、犯人が起訴される前に自殺したのはいただけないが」

カールは肩をすくめた。あの件でローセは腹を立てていたが、俺にとってはどうでもいいことだ。アホなやつのことなど、いちいち気にしていられない。

「あの事件のことで電話してきたわけじゃないんだろ？」カールはタバコに火をつけ、頭を後ろに倒した。ようやく午後の一時半か。今日の分を全部吸ってしまうには早すぎる。いや、一日の本数をもっと増やせばいいのかもしれない。

「いや、そうとも言える。サーカス事件をはじめ、ここ数年、きみたちが解明してきた事件のことを知り、感銘を受けたから、電話したんだよ。さっき話したように、私はボーンホルム警察の所属で、今はラネに配属されている。だが、明日で退職なんだ。ありがたいことに」笑い声がこわばっている。「時代は変わって、私みたいな人間にとってはもうあまり楽しいことなんてない。まあみんな同じだろうがな。十年前までは、私もすべてを把握してた。

ああ、この島で、とくに東海岸で起きることについてはすべて知っていたよ。そうなんだ、だからこうやって電話しているんでね」

カールは頭の位置を戻した。この男が俺たちに事件の解明を頼むつもりなら、速攻でお断りだ。いくら魚の燻製(くんせい)が名物とはいえ、捜査のために、デンマークよりポーランドやスウェーデンやドイツに近いあの島まで行くなんて、まっぴらごめんだからな。

「そっちで起きた事件に対する意見を聞きたくて電話してきたっていうことか？　だったら上の階の人間に当たってくれ。あいにく特捜部Qは今、ほかの事件を抱える余裕がないんでね」

受話器の向こうは一瞬しんとなった。それから、プッと電話が切れた。

カールは啞然(あぜん)として受話器を見つめた。おいおい、こんな簡単に引き下がっていいのか？　大事な問題ならもっと粘れよ。

頭を振って目を閉じようとしたそのとき、また電話が鳴った。

カールは大きく息を吸った。よし、世の中にははっきり言ってやらないと通じない人間もいるからな。「もしもし！」受話器に向かって怒鳴(どな)りつける。これだけ大声を出せば、さっきの男も怖気(おじけ)づいて切るだろう。

「カール……、あんたなの？」

予想外の声だった。カールは眉をしかめ、おずおずと尋ねた。「おふくろ？」

「ちょっと、どうしたんだい？　そんな大声出して」

カールはため息をついた。実家を出て以来、警察に入り、暴力事件を担当し、ポン引きや放火犯、殺人犯を相手にしてきた。おびただしい死体を目にし、ありとあらゆる事件の解決に取り組んできた。撃たれたこともある。顎や手首を負傷し、私生活までをも犠牲にし、ユトランド半島の田舎で夢見た崇高な理想など、いまやどこかに行ってしまった。厚い靴底の裏についた畑の土を引っ掻(か)いて落とし、これからの人生はひとりでやっていこうと親元を離れる決意をしたのは、もはや三十年前。それなのに、母親のたったひと言で幼い子どものような気分にさせられるとは、まったく。

カールは目をこすって座り直した。長い一日になりそうだった。

「いや、大丈夫だ。ほかの部屋を工事しているせいで、大声を出さないと自分の言葉も聞き取れないくらいなんだ」

「悲しいことがあって電話したんだよ」

カールは唇を固く結び、今の言葉を反芻(はんすう)した。父親が死んだとか？　そういえば、俺はもう一年以上実家に帰っていない。

「親父、死んだのか？」

「まさか、何言ってんだい！」母親が笑う。「ここでコーヒー飲んでるよ。ブタのお産に付き合ってさっきまで小屋にいたみたいでさ。そうじゃなくて、あんたのいとこのロニーが亡くなったそうだよ」

「ロニーが死んだ？　どうして」

「タイでね。マッサージを受けている最中に。こんなにうららかな春の日に、ショックな知らせだよ」

タイでマッサージの最中にか。ものは言いようだな。

カールはこの場にふさわしい言葉は何かと頭を捻った。「そうか、それはつらいな」人並みの言葉が出てきたことに、自分がいちばん驚いた。ロニーのぶくぶくと太った情けない身体が脳裏にちらつくのを、全力で阻止する。

「ロニーと遺品を引き取りに、サミーが明日、向こうに発つんだ。風にばらまかれる前に引き取ったほうがいいだろ？　サミーはこういう処理がうまいから」

カールはうなずいた。サミーの手にかかれば、さすがユトランド人という整理をしてくれるだろう。どうでもいいと判断したものはひとまとめにして処分し、価値がありそうなものは全部引き取ってくるはずだ。

カールは、ロニーの妻のことを思い浮かべた。しっかりした小柄なタイ人女性だ。サミーが登場したら、彼女の手元にはロニーのはき古しのパンツ数枚しか残らないだろう。そんな目に遭うのはさすがに気の毒じゃないか。

「ロニーは結婚してるんだよ。サミーはあいつの遺品をそう簡単には手に入れられないはずだ」

「まあ、あんただってサミーのことはよく知ってるだろ」母親が笑う。「十日間ぐらいは向こうにいるって言ってたよ。長旅になるんだから少しくらい日焼けしてきたっていいよな、とかなんとか。まったくちゃっかりした子なんだから」

カールはうなずいた。ロニーとサミー。あの兄弟の違いといったら、名前ぐらいだ。何から何までそっくり。誰も血がつながってることを疑わないだろう。どこかの映画製作者が、派手なシャツを着て大口を叩くうさんくさい伊達男を探してるなら、サミーを推薦してやりたいぐらいだ。

「葬儀は五月十日に、ここブラナスリウでやるみたいだよ。土曜日にね。カール、あんたに会えるの、楽しみだよ」母親が続けた。そして、いつものようにブタの飼育や父親の腰痛といった田舎での出来事や政治家の無能っぷりなど、気の滅入る話を延々と聞かされた。その間、カールはロニーの最後のメールを思い出していた。

まるで脅迫メールだった。受け取ったカールはひどく不安になった。ロニーはあんなわけのわからない話で俺をゆすろうとしていたのか？　まあ、たしかにあいつはそういうことをしそうなタイプだった。それに、いつだって金に困っていた。俺はまた、あいつのあんなくだらない訴えにかかずらうことになるってわけか？　もちろん、荒唐無稽なつくり話にすぎない。だが、アンデルセンの国に住む人間として、一枚の羽根が抜け落ちたことが、あっという間に雌鳥が五羽死んだという話にすり替わることだってあると、肝に銘じておかなくては。もっとも、上司のラース・ビャアンとの関係で、そんな取り違えがあっては絶対困るが。ところで、ロニーはいったい何を企んでいたのだろう。あいつはとんでもない話を何度も言いふらしていた。なんでも、釣りの最中に自分の父親を殺したとか言って。それだけでもイカレてるのに、最悪なのは、俺までその場にいて殺しに手を貸したことになってるところだ。俺を引きずりこもうとしてた。最後のメールでロニーは、その話をまとめて、出版に向けてすでに動いている、とまで言ってきた。

それを最後に、音信不通になった。あいつの話は根も葉もない嘘っぱちだ。本人が死んだとなってはなおさら、一刻も早くケリをつけなければ。

カールはまたタバコに手を伸ばした。ここは葬式に行くしかない。遺産相続について、サミーがロニーの妻を言いくるめられたのかどうか見届けないと。アジアでは遺産相続問題で争いが起きるのはしょっちゅうだそうだ。今回もきっとそうなるだろう。そもそも、あのティンカーベルとかなんとかいう名のロニーの妻は、夫とは人間の出来が違うように思える。きっと自分が相続する権利のあるものはすべて手元に残すはずだ。そして損得をきっちり天秤（てんびん）にかけて、プラスに思えるものはすべて自分の懐（ふところ）に入れて、それ以外はなんの未練ももたずに捨てそうだ。大作家ロニー先生の証言集がその中に含まれる可能性は十分にある。

もちろんサミーがあの手記をデンマークに持ち帰る可能性だってないわけじゃない。そうしたら、あいつが親戚中にそのゴミをばらまく前に、さっさと回収しないとまずい。

「ロニーは最近、ずいぶん羽振りがよかったんだよ。知ってたかい、カール？」電話の向こうで母親が言った。

カールは眉をピクリと上げた。「へえ、ほんとに？　ヤクの世話にでもなっていたんじゃないか。マッサージ用のベッドで死んだって確かなのか？　本当はタイの頑丈な刑務所の内側で輪っかに首を通したとか？」

母親が笑った。「まったくカール、あんたときたら昔から冗談ばっかりなんだから」

電話を切ったとたんに、ローセがドアのところに現れた。うんざりした表情でタバコの煙を払っている。

「カール、ハーバーザートという名前の警察官と電話しませんでした？　二十分くらい前に」

カールは肩をすくめた。今はそれどころじゃない。ロニーが俺のことをなんと書いたのか、そっちで手いっぱいなんだ。

「これを見てもらいたいんです」ローセは一枚の紙をデスクに叩きつけるように置いた。

「二十分前にこのメールを受信しました。大至急、この人に電話したほうがいいと思いますけど」

メールに綴られた二行は、オフィスの空気をさらによどませた。


特捜部Qは私の最後の希望だった。もう駄目だ。

C・ハーバーザート

カールは顔を上げた。非難がましいオーラを発しながらローセがカールの前に立ち、怒りをこめて一度だけ首を横に振った。そんなふうにローセに責められても痛くもかゆくもない。だができれば、二分ぐらいわめかれるとか、金切声で叫ばれるとかされるほうがましだ。つまり、今までローセがしてきたように。カールとローセの間では、それが妥当な解決策だった。それに、ローセはとりあえずはいいやつだ。〝とりあえず〟という言葉の解釈はいろいろあるとはいえ。

「それでは。おまえさんのやるべきことを伝えよう。このメールを受け取ったのはおまえさんだ。だからおまえさんが何か調べて、わかったらもう一度こちらに来てくれたまえ」

せっかく塗ったファンデーションにひびが入るんじゃないかという勢いで、ローセが顔をしかめた。「言われなくてもわかってますよ。だから、すぐに折り返し電話しました。でも留守電になってて出ないんです」

「そうか。じゃ、メッセージを残したんだろ?」

ローセの頭上に灰色の不穏な雲が湧いたような気がした。まるでこちらを威嚇（いかく）するかのように、仁王（におう）立ちしている。

五回電話してもハーバーザートは出なかった、ローセはそう言った。

2

二〇一四年四月三十日、水曜日

警察官が引退するとき、普通はラネの警察署で送別会が行なわれる。だが、クレスチャン・ハーバーザートはそれを望まなかった。あの構造改革以来、これまで自分が築いてきた地域に根差した人間関係もすっかりなくなった。ずいぶん前から、東海岸で起きたことについてもたいして把握できなくなっている。今ではもう、警官たちはひたすら東から西へ行き来するだけだ。事件に対応しようにも、長々と続く事務的な決裁手続きを待ってからでないと動けない。その間に犯人は証拠を跡形もなく消し、雲隠れしてしまうのだ。

「犯罪者にとっちゃバラ色の世界だな」ハーバーザートはいつもそうこぼしていた――相手が聞いていようがいまいが。

警察組織に起こったさまざまな変化は、どんなものであれ、ハーバーザートには気に入らなかった。同僚たちは改革をよしとし、ハーバーザートのことも、勤続四十年という彼のキャリアも、まるで無視だ。そんな連中に、メエメエ鳴く羊よろしく退官式でうろうろされ、祝いの真似ごとをされるのはまっぴらだった。

そこでハーバーザートは、自宅からほんの六百メートルしか離れていないリステズのコミュニティセンターで自分の退官式を行なうよう、取りはからってもらった。この機会に計画していることがあった。それを実現するには、どう考えてもあそこがふさわしい。

ハーバーザートは礼服を着こむと、鏡の前に立って自分の姿を点検した。礼装用のスーツは、いかにも長い間クローゼットの中に吊るされたままになっていたという感じだった。そこでブラシをかけ、生まれて初めてアイロン台を広げ、ぎこちないながらも念入りにズボンのしわを伸ばした。それから、以前はもっと居心地がよかったはずの居間を見渡した。

もう二十年が経とうとしている。だが、この家にはいたるところに過去の気配がある。誰ひとり見向きもしないがらくたの間に過去が巣食っている。まるで不安げな獣(けもの)がじっと潜んでいるかのように。

ハーバーザートはかぶりを振った。いまさら過去を振り返ったところでどうにもならない。だが、本棚には立派な書籍を並べることだってできたはずなのに、なぜ、色とりどりの背表紙のファイルで埋め尽くされているのだろう。かつて愛した人のために生きることだってできたはずなのに、なぜ、仕事に人生を捧げてきたのだろう。

なぜか？　それは自分自身がいちばんわかっている。

ハーバーザートはうつむくと、こみあげてくる感情に身を任せようとした。だが、涙は一滴も流れなかった。とうの昔に涸れ果ててしまったのだろう。なぜこんなことになったのかは、痛いほどわかっていた。でも、それがわかったところでどうなる？　結局、こうなるしかなかったのだ。

ハーバーザートは二、三回深呼吸をし、礼服を食卓の上に広げると、額に入った写真を壁からはずし、これまで何度もそうしてきたように、そっと撫でた。無駄にした時間が取り戻せたらどんなにいいだろう。あのときに戻って、妻と息子のそばにいるという決断を下せたらどんなにいいだろう。

彼はため息をついた。このソファの上でジュンを抱いた。ビャーゲがまだ小さかったころ、このカーペットの上でよく一緒に遊んだ。だが、この同じカーペットの上でいさかいが増えていったことも確かだ。ここには、俺の憂鬱な気持ちがすみつき、その根を伸ばしている。

この部屋で、あいつは俺を怒鳴りつけ、そして出ていった。愚にもつかないことでつまずき、そのせいで幸福を逃したという思いが、ずっと頭から離れなかった。

すべてが始まったあのとき、俺はノックアウトを食らった思いだった。その後は常にいらだっていた。それでも、あの事件から手を引くことができなかった。

ハーバーザートは、なんとかそういう思い出から抜け出した。新聞の切り抜きとメモでできた山のひとつをこぶしで軽く叩くと、灰皿の中身をゴミ箱にあけ、そのゴミを、先週空にした缶類と一緒に外へ運び出した。

それから礼服を着て、おかしなところがないかもう一度点検し、最後に上着のポケットを叩いて必要なものが入っていることを確認した。

ハーバーザートは家をあとにした。

ささやかな退官式とはいえ、最初の予定より数名は出席者が増えるだろうと、ハーバーザートも予想していた。事件というほどではないが、近所付き合いのトラブルや不満解消に付き合って助けてやった人たちが来るかもしれない。すでに引退したネクソの警察官が来る可能性も計算に入れていたし、現職であれ引退した人であれ、町議会のメンバーだって現れるかもしれないのだ。しかし、単なる職務上の義務とはいえ、町会長と経済局長代理、警察本部長と直属の上司、さらには警察組合長の姿まで見えたのは驚きだった。用意していた長めの挨拶はあきらめるしかない。

「このたびはお集まりいただき、ありがとうございます」ハーバーザートはそう言うと、近所の友人、サムに向かってうなずき、撮影を始めても大丈夫だ、という合図を送った。それからプラスチックのグラスに次々と白ワインを注ぎ、ピーナッツとポテトチップスを皿に盛っていった。手伝おうとする者はいない。

ハーバーザートは一歩前に出ると、客にグラスを取るよう勧めた。出席者がグラスを手に、彼から少し離れて弧を描いた。その間に彼は、素早くポケットの中の拳銃の安全装置をはずした。

「それではみなさま、乾杯」ハーバーザートは出席者の顔を確かめ、うなずいた。「最後くらいは、にこやかにいきましょう」と笑う。「本日ここに来てくださったみなさまにお礼を申し上げます。みなさま、まだお酒は回っていませんね。でしたら、私がこれまでしてきたことは覚えてらっしゃると思います。ご存じのように、私もかつてはほかの人と同じでした。警察署の同僚たちとまったく同じでした。昔は私もおだやかで愛想のいい人間だったんです。アドレナリンが血液中を駆けめぐって割れたビール瓶の破片を握りしめている漁師に『それをこちらによこしなさい』なんて説得できるほどに。そうだよな？」

自分に話が振られたサムは親指を立て、自分でその指を撮影した。だが、うなずいたのはひとりだけだった。みんな、床に目を落としている。そのとおりだと思っているのだろう。

「四十年の勤務の末に、解決の見込みのない事件にかかわったせいで、まるで両端に火がついたろうそくのように身をすり減らしていった人間として記憶されるのが、残念でなりません。あの事件のせいで、私は家族も生きる喜びも多くの友人も失いました。迷惑をかけた方々には謝罪するとともに、私もこれだけ長い間苦しんできたのだと弁解させていただきたい。捜査に終止符を打つ時期を見定められなかったことを残念に思います」

そこで彼は上司たちを一瞥(いちべつ)した。顔から笑みが消えた。ポケットに手を入れる。「後輩諸君に伝えたいことがあります。諸君はこの仕事に就いてまだ日が浅く、私のように逆境に立たされ、批判を受けることもないでしょう。諸君は、たいした知識もない政治家が求めるとおりに任務をこなしていくことになります。しかし、後ろ盾がなく苦しんだのは、私をはじめとする諸君の先輩たちだけではありません。ある若い女性もまた、警察から無視され、取りあってもらえずに、見捨てられたのです。このようなシステムの代表として諸君は今日、ここに来ています。警察が秩序正しくこなすべき任務を妨げるようなシステムを、私は軽蔑します。近ごろは統計ばかりがもてはやされ、真相の究明は軽視されています。私にはどうしても、こういう仕事のやり方が受け入れられませんでした」

思っていたとおり、組合長はハーバーザートに対して「まあまあ」となだめる仕草をしただけだった。あからさまにとがめるのはこの場にそぐわない、と思ったのだろう。

ハーバーザートはうなずいた。そう、彼らは正しい。息巻いても意味がない。これまでずっと、彼らに何かを求めるたびにほとんど何も返ってこなかったではないか。だが、もう終わらせよう。ここでピリオドを打ち、同僚たちが今後決して忘れられない実例を残すのだ。

こんな終わり方を望んでいたわけではない。だが、もう潮時だろう。

彼は上着のポケットから素早く拳銃を取り出した。参加者たちが凍りついた。

上司たちに拳銃を向け、彼らが不安と恐怖におののく姿を味わった。

あとは成り行きに任せよう。

3

二〇一四年四月三十日、水曜日

昨夜もひどい夜だった。カールはオフィスに入るなり、両脚を勢いよくデスクにのせ、睡眠不足を取り戻そうとした。いくつか事件を処理してからというもの、この数週間、頭の中は整理がつかず、感情が乱れ、ぐちゃぐちゃだった。冬の間は私生活にも光が差さず、そこに、ラース・ビャアンの部下としてのストレスまで加わった。こんな状態を三年も続けている。〝仕事の楽しみ〟などという言葉は、ここの辞書にはない。そのうち慣れるって？　どの口が言うんだ？　日に日に嫌気が増してる。そこにきて、ロニーのクソみたいなメールだ。これでどうやったら眠れるっていうんだ?!　夜眠れなきゃ、そのしわ寄せは当然翌日にくる。もはや、この昼の長い時間をどうやって耐えればいいのかわからない。

カールは書類の山から適当に一枚を引っ張りだして膝にのせると、片手にボールペンを握った。いろいろな姿勢を試した結果、ついに、居眠りをしてもボールペンを落とさずにすむ体勢が見つかった。だが、その努力も虚しく、ボールペンは音を立てて床に落ちた。鼓膜を破らんばかりの勢いでローセが絶叫したからだ。

眠い目を時計に向けると、一時間も寝ていたようだ。なかなかいい。

カールは伸びをすると、ローセの不機嫌な表情をできるだけ見ないようにしながら、書類をデスクに置いてボールペンを拾った。

「今さっき、ラネの警察署から連絡を受けたんですけど」とローセが言う。「その理由を聞いて、ひっくり返らないでくださいね」

「ああ」

「いいですか、よく聞いてください。一時間前、クレスチャン・ハーバーザートという警察官がリステズのコミュニティセンターに来ました。彼の退官式が行なわれたからです。五十分前、ハーバーザート本人が拳銃の安全装置をはずし、頭部を撃ちました。呆然とする招待客の目の前で」

カールの眉が上がった。ローセがうなずく。

「そうですよ、カール。控え目に言っても最悪じゃないですか？」余計なコメントを挟んで、ローセが続けた。「向こうの警察の本部長はオフィスに戻るとすぐ、わたしに連絡してきました。彼も出席していたということです。それで、次の便の飛行機を予約しようとしたのですが」

「そうか、実に残念な話だ。だが、飛行機って……なんのことだ？　ローセ、いったいどこに行くつもりだ？」ここはあえて、話が呑みこめないふりをするしかない。ローセが何を言いたいのか、もちろん想像はつく。俺は絶対行かないからな。「その、ハーバー・ラーバー氏のことはたしかに悲劇だ。だからといって、俺が空飛ぶイワシ缶みたいなものに詰めこまれてボーンホルムに行くと思ったら大間違いだ。それに……」

「飛ぶのが怖いのなら」ローセが話の腰を折った。「ラネまでの高速フェリーを予約すればいいんです。イースタッドから十二時三十分に出港する船があります。わたしが本部長に電話している間に、自分で手配してもらえますか？　わたしたちが行かなきゃならないのは、あなたのせいなんですからね。アサドには、助手の部屋をベタベタ塗るのはやめて片づけてちょうだい、と伝えておきます」ローセは、そう言うと、まるでカールがハーバーザートを撃ち殺しでもしたかのように、にらみつけてきた。

カールは目をつむった。俺は起きているのか、それとも夢を見ているのか？

春のうららかな陽気の中、警察本部からスコーネを抜けてイースタッドに向かう車の中でも、ボーンホルムへ一時間半かけてフェリーで向かう間も、ローセの怒りは鎮まらなかった。

カールはイースタッドへの道中、バックミラーでちらっと自分の顔を観察した。油断すると、さえない顔色にやる気のない目をした、母方の祖父そっくりな顔になる。

ミラーの角度を元に戻すと、今度は噴火寸前になっているローセが映りこんだ。

「どうして彼と話をしなかったんですか、カール？」ローセが後ろから非難たっぷりの口調で、十何回目かになる同じ問いを投げかけてきた。運転席と後部座席を隔てる仕切りがほしい。

そして今、三人は巨大な双胴の帆船のカフェテリアに座り、海を眺めていた。シベリアから吹いてくる風がビールの泡を波に吹き散らし、それをアサドが物めずらしげに見ている。東から吹いてくる身を切るような風の冷たさも、ローセの口を封じることはできなかった。

「ハーバーザートに対するあなたの対応はですね、カール、わずかしかいない寛容な人たちでさえ、職務上の義務違反だって考えるはず……」

カールはできるだけ無視しようとした。仕方ない、こういうのも含めてローセなのだ。

「……過失致死ではないとしてもですよ」ローセはまだ続けている。ついにカールはキレた。

「もうたくさんだ！」テーブルにげんこつを食らわせると、グラスと瓶がガチャンと跳ね上がった。

カールにブレーキをかけたのは、ローセの怒りに燃えるまなざしではなく、アサドだった。ケーキを食べようとフォークを口元に運んだ恰好で固まったまま、三人を凝視しているカフェテリアの客に向かって、うなずいている。

「ええ、リハーサルの最中なんです」アサドがにこやかに謝罪する。「映画の撮影でして。でも結末がバレるようなことはいたしませんから。お約束します！」

客たちはぽかんとしている。「こんな役者、いたっけ？」という顔をしている者もいる。

カールは身を乗り出してローセのほうを向き、小さな声で話すよう努力した。プラスかマイナスかと言われれば、結局ローセがいてくれるとプラスだ。この数年間、こいつが俺やアサドのためにならなかったことがあるか？　とくに三年前のマルコの事件のときには、燃えつきる寸前の俺をどれだけケアしてくれたことか。あのときのことは今でも感謝している。とにかく、こいつの性格をとがめだてしないこと。そうすれば、うまく仕事をしてくれるのだから。たしかにときどき不安定になるが、売り言葉に買い言葉ではこいつを平常心に戻すことなど絶対にできない。まずは怒りをやわらげなくては。さもないと、さらに態度を硬化させるだけだ。

カールは深呼吸した。「ローセ、聞いてくれ。俺がハーバーザートのことを悔やんでないなんて、そんなわけないだろ？　ただ、思い出してくれ。あの一件だけがハーバーザートの運命を決めたと思うのか？　やつはまた電話してくることだってできたはずだ。それに、おまえさんだって折り返し電話したじゃないか。ハーバーザートが俺たちに何を求めていたのかなんて、まるでわからなかったんだ。でなきゃ俺たちだってすぐに……そうだろう、規格外のお嬢さま？」

カールは和解するつもりで笑みを浮かべたが、ローセのまなざしは相変わらず非難モードのままだ。やっぱり、最後のコメントは余計だったか。

幸いにも、アサドがふたりの会話が泥沼化するのを救ってくれた。

「ローセ、きみの気持ちはよくわかる。でもハーバーザートは自殺したんだし、どうしようもなかったんだよ」そこまで言うと、アサドが突然言葉を切った。何度か唾を飲みこみ、どこか悲しげに、砕け散る波を見つめながら、弱々しい声で言った。「なぜ彼が自殺したのか、もちろん調査するんですよね？　そのために、わざわざこれに乗ってボーンホルムに行くんでしょう？」

ローセはうなずいた。しかし、その目元に、素人ではとても判別できないくらいのかすかな笑いじわが浮かんでいたのを、カールは見逃さなかった。ちくしょう。ローセに乗せられた。あれは演技だったのか。まったくたいした女優だよ。

カールはアサドに目で礼を言い、再び椅子にもたれた。するとアサドの顔色が見る間に中東人らしい褐色から鉛色になり、それから青白くなった。気の毒に。それにしても、プールでエアーマットに乗っている程度の揺れで船酔いする人間がいるか？

「フェリーは得意じゃないんです」聞こえるか聞こえないかぐらいの声でアサドがつぶやいた。

「トイレの外にエチケット袋があるわよ」ローセは乾いた声でそう言いながら、ボーンホルムのガイドブックをバッグから取り出した。

アサドが首を横に振る。「大丈夫、大丈夫。もう気持ち悪くないです」

まったく、このふたりといると退屈しない。

バルト海に浮かぶ島、ここボーンホルムは、本部長が統括するデンマークの警察管区の中で最も規模が小さい。本部の職員は六十人ほど。六百平方キロメートルそこそこの島で、二十四時間稼働している警察署はひとつだけ。その警察署が、四万五千人の住人と年間六十万人を超える観光客の面倒を一手に引き受けている。褐色の耕作地と岩礁や岩塊を擁するこの島は、それ自体がまるで小宇宙だった。似たような名所があちこちにあるのだが、各自治体の観光協会は〝うちの一番〟を見つけてはアピールポイントにし、観光客の呼びこみに精を出している。ここには島で一番大きな円形教会があります。一番小さな円形教会があります。以下、一番古い、一番高い、一番丸い……といった具合だ。どの自治体も、自分たちこそがこの島を素晴らしく魅力的な観光地にしていると思っている。

警察署に着くと、入口にいる警官から、しばらく待つよう言われた。そういえば三人が乗ってきたフェリーには超過荷重と思われるトラックが一台積みこまれていた。いくらなんでも、積荷をもっと規制すべきなんじゃないか。

もっとも、あんなものまで法律違反だといって取り締まっていたら、ほかのことに手が回らなくなるんだろうな。カールはにやりとした。そのとき、入口の警官が立ち上がり、中に入るよう指示した。

一階の会議室では、デニッシュとコーヒーが三人を待っていた。この事件の指揮をとるべき人物である本部長はまだ礼装のままだった。本部長は、この悲劇的事件の遠因ともいえるカールたちの来訪に動揺を隠せないようだった。

「遠いところ……わざわざ」本部長の本音は「はるか遠いところ」だろう。「うちのクレスチャン・ハーバーザートが、その、かなりドラマティックな形で退官式を始めてしまいまして」見るからに狼狽(ろうばい)している。

だが、カールには見慣れた光景だった。とんとん拍子に本部長となったせいで本当の意味での汚れ仕事を知らないキャリア組ってやつは、だいたい、同僚の脳みそが壁に飛び散るたびにこういう過敏な反応を見せる。

カールはうなずいた。「昨日の午後、私のところにクレスチャン・ハーバーザートから電話がありましてね。私に何かの事件に関心を持ってもらいたいようだったんですが、こっちもそこまで注意深く聞いていなくて。それでうかがったんです。われわれがその事件について細かく調べたところでそちらの業務の邪魔にはならないと思いますし。どうでしょう？」

目を細めて口角を下げるのがボーンホルム流の「イエス」なら、話は決まりだ。

「彼は、〝特捜部Qが最後の希望だった〟とメールしてきたのですが、それについて何か思い当たることはありませんか？」

本部長は首を横に振った。思い当たることがあるにはあるが口にしたくはないのだろう。そして彼は、やはり礼服姿の警察官を手招きした。「こちらはジョン・ビアゲデール警部です。この島の出身で、私が赴任する前からハーバーザートとは知り合いです。本署からはジョンと私と職員の代表者だけがハーバーザートの退官式に出席していました」

ジョン・ビアゲデールに最初に手を差し出したのはアサドだった。「ご愁傷様です」とお悔やみを述べながら。

ビアゲデールはいくぶん驚いたようにアサドの手を握り返すと、カールに懐かしそうなまなざしを向けた。

「やあ、カール。ロング・タイム・ノー・シー(ひさしぶり)」

カールはしかめ面になりそうなのを懸命にこらえた。

紹介された男は五十代前半といったところで、同年配のようだ。口ひげをたくわえ、まぶたは垂れ下がっている……ちくしょう、どこで会ったんだ？

ビアゲデールが笑った。「私のことを覚えていなくても当然です。アマー島の警察学校で、あなたより一年後輩でした。でも一緒にテニスをしたんですよ。ちなみに三回連続で私が勝ちました。それで、あなたはやる気を失くしてしまって」

俺の後ろでローセがニヤニヤしている気配がする。覚えとけよ。「ああ、そうだったな…………」カールはとりあえず笑顔をつくった。「いや、でもやる気をなくしたわけじゃない。確か、くるぶしを痛めたんじゃなかったかな」本当はさっぱり思い出せなかった。そもそもテニスなんかしたこと自体が大失敗だ。そんな失敗は、とっくの昔に記憶から削除されている。

「それで、クレスチャンのことですが、とにかくショックのひと言に尽きます」ビアゲデール警部が話題をスポーツから本題に切り替えた。「ここ何年か、たしかに沈んでいるように見えました。といっても、こちらには、彼が実際どれぐらい落ちこんでいたかなんてわかるはずありません。ただ、われわれは彼の仕事ぶりに対して否定的な見方はまったくしていません。そうですよね、ピーダ？」

本部長は同意した。

「ですが、リステズの彼の自宅はひどいことになっています。離婚して、ひとり暮らしだったんです。ある古い事件のせいで実に気難しくなってしまって。どういうわけか、その事件の解明がライフワークみたいになって。刑事でもなかったし、事件もなんということもない轢き逃げだったんですけどね。まあ、若いお嬢さんが亡くなっているので、なんということもないとは言えないんですが、とにかく当時はそう判断されたわけです」

「轢き逃げか」カールは窓から外を眺めた。この手の事件は即座に解明されるか迷宮入りするかのどちらかだ。ということは、ここにさほど長く滞在しなくてすみそうだ。

「運転していた人間は見つかっていないんですね？」

ローセがビアゲデールに手を差し出しながら尋ねた。「はい。運転者を発見できていれば、クレスチャンはまだ生きていたでしょう。残念ですが、私はそろそろ失礼します。今朝のことでいろいろやらなければいけなくて。マスコミ対応もありますしね。まずは、そっちをすませないと。あとでホテルに寄りましょうか？　そうしたら落ち着いて話せます」

「たしかに、コペンハーゲン警察の方ですね」スヴェルスホテルのフロントの女性が無味乾燥な声で確認を取った。そして手際よく部屋の鍵を選びだしたが、その鍵はどう見ても、このホテルで予約できる最低クラスの部屋用だった。ローセめ、またしつこく値切ったな。

三人が食堂の奥にあるロビーで肘掛け椅子に座っていると、ジョン・ビアゲデールがやってきた。一階のこの場所からは港が目に入り、逆側からはスーパーマーケットが見える。胸躍るような景観などではけっしてない。ボーンホルムはメルヘンいっぱいの島だとガイドブックには書かれていたはずだ。そんな雰囲気、いったいどこにあるんだ？

「正直に言います。ハーバーザートには耐えられませんでした」ビアゲデールが切りだした。

「だからと言って、周囲から疎外されていると思いこんだ同僚が頭を撃ち抜いたという事実もまた、耐え難いことです。警察官としていろいろなことを経験してきたつもりですが、それでもあの光景は二度と思い出したくありません。とにかくショックです」

「すみません、ちょっと確認させていただきたいのですが」アサドが割って入った。「拳銃で頭を撃ったんですよね？　使ったのは、彼が職務上携帯していた拳銃ではないんですね？」

「違います。退官する警官は、IDカードと署の鍵より先に、拳銃を返却することになっていますからね。彼の拳銃はすでに武器庫に戻されてました。あの拳銃は、どこから調達したのかよくわかりません。あれは九ミリ拳銃のベレッタ92です。あんなもの、普通は持ち歩かないですよ。『リーサル・ウェポン』を観ました？　メル・ギブソンの」

誰も答えなかった。

「まあいいです。とにかく、けっこうでかくて重い拳銃ですよ。彼があれをポケットから取り出して、本部長と私に狙いをつけたとき、最初はモデルガンだと思いました。あんなものを持つことは許可されていないからです。でも、五、六年前にある人物の遺品から似たような拳銃が姿を消したことがあったんです。といっても、まったく同じものかどうかはわかりませんが。当時の持ち主は許可証を所持していなかったので」

「遺品ですか？ 二〇〇九年の事件の？」ローセが唇をかわいらしくぷっくりさせて、ビアゲデールに笑いかけた。おい、おまえさんは、こういうやつが好みなのか？

「そうです。寄宿制市民大学(フォルケホイスコーレ)の男性教師が授業中に死んだ事件です。検視結果は自然死。心臓に問題があったという話です。でも家宅捜索の際、ハーバーザートは、この死亡事故に異様に関心を抱いているように見えました。元生徒や同僚の証言によると、死んだ教師は小火器のマニアだったそうです。生徒に拳銃を見せびらかしたことも一度や二度じゃないそうです。見せびらかした拳銃についての生徒たちの証言と、今朝ハーバーザートが使用した拳銃の特徴とが一致する可能性はありますか」

「ええ、あのタイプのセミオートマチック拳銃はそうそうお目にかかれるものではありません。それで不思議に思ったんですけど」アサドが口を挟む。「あのベレッタは、スタンダードモデルだったんでしょうかねえ？ あるいは、92Sか92SB、または92F、あるいはFSシリーズでしょうか？ 92A1は除外できます。このシリーズは二〇一〇年に出たものですから」

カールはぽかんとしてアサドを見つめた。フェリーに酔ったら、頭が冴(さ)えちまったか？

ビアゲデールはゆっくりと首を横に振った。彼の手には負えない質問だったようだ。ラネ港の向こうに太陽が沈むまでに答えが見つかるのだろうか？

「うーん、それよりもハーバーザートがどんな問題を抱えていたのか、ここ数年間、彼が何をしていたのかをざっとお話ししたほうがいいんじゃないですか？」ビアゲデールが話を元に戻す。「あとで彼の自宅の鍵を渡しますよ。そうすれば、自由に捜査できますからね。今夜にでもフロントに預けておきます。あなた方がある程度自由に動けるよう、本部長には話をつけておきました。家宅捜索はすんでいるでしょうから、じきに中に入れるようになりますよ。ただ、ハーバーザートが遺言のようなものを残したかどうかは、調査しなくてはなりませんがね。いや、まいったな。誰に向かって話してんだって言われそうだ。あなた方にそんなこと言う必要ありませんよね」

アサドはうなずいて親指を立てようとしたが、カールが目でそれを制した。ハーバーザートがどんなモデルの拳銃で脳天をぶち抜いたかなんてはっきり言ってどうでもいい。何も、やつの自殺の動機を知るためにこんな僻地まで遠征してきたわけじゃない。俺たちがここにいるのは、ハーバーザートから俺が事件を引き継ぐべきだと考えているローセに、とんでもない、この事件は俺たちにはまったく関係ないってことをわからせるためだ。

十七年前、ボーンホルムのホイスコーレで音楽やガラスアート、アクリルアート、陶芸のコースを専攻していた五十人の生徒にとって、一九九七年十一月二十日は平凡な一日だった。

「和気あいあいとした教室内の雰囲気に水を差すようなものは何ひとつありませんでした」とビアゲデールが語った。普通の若者のグループが楽しそうにやっていたと。

彼らはそのときはまだ、グループでいちばんおとなしくてかわいく、好かれてもいたアルバーテが、その朝、命を落としたことを知らなかった。

翌日、ひとりの男が彼女を発見する。それも、一本の木の上のほうに逆さ吊りになっていたのを、偶然見つけたのだ。男の名はクレスチャン・ハーバーザート。当時ネクソの都市警察の警察官だった彼は、その木の横を車で通り過ぎたときになんとなく上を見た。それがハーバーザートの不幸の始まりだった。

その後、頭を下にして木の枝からだらんと少女が垂れ下がっている光景を、ハーバーザートはいくら頭の中から振り払おうとしてもできなかった。どんなに逃れようとしても、少女のまなざしが追ってきた。

十分な証拠が挙がったわけではないが、少女は車と激しく衝突したために木の上まで飛ばされた、と結論づけられた。事故を起こした者の消息は今でもわかっていない。ボーンホルムの住人にとっては実に不快な事件だった。どんな轢き逃げ事故と比べてもまったく異質だった。

捜査班はブレーキ痕を探したがひとつも見つからなかった。少女の衣服から遺留品が検出されることが期待されたが、車両に結びつきそうなものも何ひとつなかった。現場周辺の住民に聞き込みも行なったが、有力な手がかりもまったくない。唯一、一組の夫婦が、国道に向かって暴走する車両の音を聞いたというだけだった。

どこか怪しい事件だったからか、あるいは急いで解明しなくてはならない事件がほかになかったからか、フロント部分に目立ったへこみのある車両を探すために組織的な捜査が行なわれた。そして、遅すぎるとも言えるが、たっぷり一日経過したあとで、捜査班は、ボーンホルム全島の車両二万台をラネとネクソの検査所に集めてスウェーデンとコペンハーゲンに向からフェリーに乗船させ、一週間かけていっせいに検査するという手段を思いついた。

この捜査は地元の人々には大きな負担となったが、驚いたことに多くの住民が理解と協力を示し、疑わしい車両を逃すまいと、観光客が乗る車のボンネットにまで目を光らせた。

ビアゲデールはそこで肩をすくめた。「それでどうなったかというと、それだけ力を結集しても収穫は何ひとつなかったのです」

特捜部Qのメンバーは、疲れ切った目を警部に向けた。どこを叩いてもゼロしか表示しないような電卓を、どこの誰がいじりたいと思うだろう。

「それで、少女の死因が交通事故によるものだということは断定されているんですね？」カールが口を開いた。「そうじゃない可能性はないんですか？　検視のときに、傷痕（きずあと）から何がわかりました？　事故現場からは何が発見されました？」

「アルバーテは逆さ吊りの状態でしばらくは息があったと思われます。それから、骨折と、身体の内側にも外側にも出血が見られました。彼女が学校から借りていた自転車も発見されました。茂みの奥深くに隠れていて、原形をとどめていなかったですけどね」

「じゃあ、彼女は自転車でどこかに向かっていたんですね」ローセが言う。「その自転車、まだありますか？」

ビアゲデール警部は再び肩をすくめた。「十七年も前ですよ。私が赴任するずっと前です。もう置いてないんじゃないかなあ。まず置いてないでしょうね」

「探しだすのを手伝っていただけないかしら」ローセが伏し目がちにささやいた。

ビアゲデールは顔をさっと後ろに引いた。さては、この男は身持ちの堅い既婚者だな。そのうえ、危険を察知する勘も働くようだ。

「なぜ彼女が木まで飛ばされたって断定できるんでしょう？」アサドはそう言うと考えこんだ。「吊り下げられていた可能性はありませんか？　遺体より上方の枝に索具の跡があるかどうか探しましたか？　そこにせみが取り付けられていたかもしれないでしょう？」

カールは耳を疑った。今、こいつの口から〝索具〟と〝滑車〟という単語が出てこなかったか？　なんでまた、そんな特殊な言葉を知ってんだよ。

ビアゲデールはそれを聞いて、なるほどとうなずいた。「いや、鑑識によればそれらしきものが下がっていた形跡はなかったようです」

「みなさま、食堂のコーヒーポットをご自由にどうぞ」ドアのところからホテルの女主人が声をかけた。

たちまちアサドのカップには漆黒の液体がなみなみと注がれ、傾けたシュガーポットから砂糖がどばどば投入された。まさか、これまでずっと辛酸をなめさせられてきた俺のあわれな味蕾に、新たなチャレンジをしろってわけじゃないだろうな？

アサドがコーヒーを注ごうと申し出たが、案の定、全員が断った。

「彼女は車に撥ねられたという話ですが。路上に何も痕跡がないなんてありえますか？」アサドがコーヒーをかき混ぜながら尋ねる。「本来ならブレーキ痕があったはずなのに、雨に流されたんでしょうか？」

「さあ、わかりません。ただ、報告書には、路面はかなり乾いていたと記録されています」

「宙吊りになっていた遺体の姿勢はどう説明するんです？　つまり、どうやってそこまで撥ね上げられたのかということです」カールが先を急いだ。「徹底的に再現してみましたか？　小枝が下から突き上げられる形になっていたかどうかとか。藪の中で見つかった自転車についても」

「カーブから少し下ったところの農家に住んでいる老夫婦の話から、あの朝、一台の車が西から猛スピードで飛ばしてきて、その夫婦の母屋の前を通過したらしいということはわかっています。夫婦は車両そのものは見ていないようですが、家の前でとんでもなく加速し、問題の木がある最後のカーブに向かう音を聞いたそうです。私たちは、その車両が事故に関係していると思ってます。その車が少女に突っ込んで少女の体を木まで吹っ飛ばしたあと、国道と交差する地点まで減速せずに向かったと」

「根拠は？」

「証言と、過去の轢き逃げ事件に関する鑑識の経験です」

「なるほどねえ」カールはそう言いながら頭を振った。だが、こうだろう、ああだろうという推測と可能性ばかりじゃないか。とりあえず判明していることだけをよりどころにしての推論にすぎない。これから何かが掘り起こされれば、その前提もがらっと変わるはずだ。そう考えただけでカールはどっと疲れてきた。すぐには帰れないかもしれない。地下室のデスクが俺を待っているというのに。

「ところで、被害者はどんな人物なんですか？」尋ねないわけにはいかなかった。それを訊いてしまえば、もう引き返せないとわかっていたが。

「名前はアルバーテ・ゴルスミト。苗字こそエレガントな響きですが、やっていたことはあの年代のほかの子と何も変わりませんよ。親から離れて青春と自由を謳歌したいと思う子のひとりでした。男あさりとまではいきませんが、それでもあれこれ楽しんではいたようです。ここにいたわずか数週間をフル活用していた」

「フル活用？　どういう意味ですか？」ローセが話をさえぎる。

「まあ、彼女のボーイフレンドはひとりだけじゃなかったってことですよ」

「ああ、そういうこと。まさか妊娠していたとか？」

「検視の結果、それはありませんでした」

「遺体に本人以外のDNAが付着していたか、と尋ねても無駄でしょうね」

「一九九七年の事件です。DNAデータバンクが整備される三年前の話ですからね。DNAを手に入れることすらできなかったと思います。遺体の内外から精液は検出されませんでしたし、爪の間に本人以外の皮膚片が付着していることもありませんでした。風呂から上がったばかりのようにピカピカでした。実際風呂上がりだったのかもしれません。ほかの学生たちが朝食に集まる時間より先に自転車で抜け出したわけだから」

「結局……何もわかってないんですか？　私の解釈が正しければ」カールはあっけにとられ

た。「つまり、ここに殺人事件かと思わせる物語があって、ボーンホルムのシャーロック・ホームズことハーバーザートがいて、今回は残念ながら失敗に終わったと」

ビアゲデールは今度も肩をすくめただけだった。俺になんて答えてほしいんだ？　と言いたげに。

「ではこの辺で」アサドはそう言うなり、ドロリとして甘ったるそうな熱いコーヒーを喉の奥に流しこんだ。「そろそろお開きにしましょうか」

アサド、本当におまえの口からそんな言葉が?!

ローセはアサドの言葉など無視し、またもやビアゲデールに秋波（しゅうは）を送った。「それでは、これからわたしたち、じっくり腰を据えてあなたが持ってきてくださった資料にあたることにします。一、二時間はかかるかしら。ひととおり目を通したら、ハーバーザートの人物像と、彼の行なっていた調査について情報収集をします」

すると、ビアゲデールのストイックな仮面にうっすらと笑みが浮かんだ。「はいはい、俺には関係ありませんから。あなた方ふたりが何をしようとまったくどうでもいいです。頼むから、俺を巻きこまないでくださいよ」

「あなた方がとっくの昔に発見すべきだったものを、わたしたちに探しだすことができるかしら？　木に引っかかった少女をめぐる謎を解くものを」ローセはビアゲデールを離そうとしない。

「わかりませんが、見つかればいいとは思います。ともかく〝轢き逃げによる過失致死ではすまない事件〟というハーバーザートの仮説の上にすべてが成り立っているんです。彼はこれを殺人事件ととらえていて、その証明に全力を尽くした。なぜあそこまで言い切れたのか、私にはわかりません。彼の別れた奥さんもそうですが、そのことでは同僚もいろいろ言ってます」

ビアゲデールはテーブルの上にDVDの入ったケースを置いた。「さてと、私はもう本部に戻らないと。でもこの映像を見てください。そしたらハーバーザートの死について何を知っておくべきかがわかると思います。退官式に呼ばれていた彼の友人のひとりがすべてを記録していました。名前はヴィリ。みんなからサムと呼ばれています。DVDを再生できるパソコンは持ってますよね？　じゃあ、まあ楽しんでください。そう言っていいのかどうかわからないけど」ビアゲデールは立ち上がった。

ビアゲデールを見送るローセの目が、その引き締まった尻に釘づけになっている。彼の妻が許すとはとても思えない視線だった。

ハーバーザートの妻は、徹底的に過去と決別していた。元夫の姓どころか、結婚生活を思い出させるようなものはすべて捨て去っていた。カールが電話をかけると、彼女はそのことを露骨に指摘した。

「あの人が死んだからって、わたしたち個人の破局話をご披露（ひろう）すると思ったら大間違いよ。

わたしと息子がクレスチャンを必要としていた大変なときに、あの人は家族を見捨てた。それで、一から十まで間違った選択をしたくせに、今度は卑怯にも自殺？　あの人が何に人生を懸けていたのか知りたければ、別のところを当たってちょうだい。わたしに訊くのは見当違いよ」

カールはローセとアサドのほうを見た。すると、ふたりとも引き下がるなと身振りで伝えてきた。なんとか会話をつなげと。

「つまり、元ご主人がアルバーテの一件にあまりにも没頭していた、あるいはアルバーテ本人に熱を上げていたとおっしゃりたいのでしょうか？」

「もうやめてくれません？　そっとしておいてって言ったでしょ！」

そこでプツリと回線が切れた。

「そばでほかの人間が聞いているのに気づいていたんですね」アサドが言った。「だから直接出向いたほうがよかったのに。そう言ったじゃないですか」

やれやれ。たしかにアサドが正しいのかもしれない。だがもう手遅れだ。それに俺はつねづね証言者の中には近づいてはならないタイプがふたつあると考えている。ペラペラしゃべりたがるやつと、黙りこくるやつだ。

ローセはメモ帳を軽く叩いた。「ハーバーザートの息子、ビャーゲの住所はこれ。ラネの北のはずれに間借りしているんです。十分で着くわ」

ローセはすでに立ち上がっていた。

4

サンフルグト通りのよく手入れされたその家は、通りから少し奥まったところに建っていた。フレンチバルコニーからドアノッカー、真鍮の表札、そしてきれいに刈り込まれた芝生にいたるまで、すべてが調和している。デンマークの田舎におけるステータスシンボルの典型といった感じだ。

ドアには〈ネリ・ラスムスン〉という表札しかなかった。

「いやいや、ビャーゲ・ハーバーザートさんもここに住んでいるよ」フィルター付きのタバコをわざとらしく指の間に挟み、胸元にはたきを突っ込んだ女性が言った。「でも、今はとてもあんたたちと話すような気分じゃないと思うけどね」

その女性はたいして興味もなさそうに、カールの身分証を一瞥した。年は五十五歳ぐらいだろう。丈の長い青色のスモッグ、自分で染めたと思われるパーマのかかった傷んだ髪、手首には派手に失敗したタトゥー。エキゾチックな雰囲気を出そうとしたのだろうが、ことごとく失敗している。

「あんなことがあったんだから、今はあの子をそっとしておいてやってくれない？　父親が自殺したんだよ」

アサドがすっと前に出た。「あなたが彼をそうやって気づかっていらっしゃることには胸を打たれます。ですが、父親が彼に宛てた最後の手紙を持ってきたって言ったらどうします？　彼の母親も自殺したのかもしれないし、あるいは放火の容疑でわれわれがビャーゲを逮捕しにきたのかもしれません。それでも、警察官の業務執行を妨害するつもりですか？」

アサドの弁舌に、大家の女性の頭がどんどん混乱していくのがわかる。アサドは彼女の腕に軽く触れ、「あなたがかわいそうなビャーゲのことをどれだけ思っているか、本当によくわかります」と言ったところで、女性の混乱は頂点に達し、思わずドアノブから手を離した。

その瞬間、カールはつま先をドアの隙間に差しはさんだ。

「ビャーゲ」彼女は抑えた声で二階に向かって呼びかけた。「お客様だよ」そう言って、カールとアサドをじっと見る。「あの子がドアを開けるまで、廊下で待っててておくれよ。さっきも言ったけど、今はあまりいい状態じゃないみたいだからね」

ビャーゲがいい状態じゃないどころか最低の状態であることは、階段の半分まで上がったところで鼻が教えてくれた。失業手当が出た木曜の夜に通いたくなる大麻カフェのハシシのにおいだ。

「このにおいはスカンクですよ。ハシシだともっと饐(す)えたにおいのはずです」とアサドが言う。

カールは眉をしかめた。この知ったかぶりめ。とにかくこの堕落したにおいは気分が滅入る。

「ちゃんとノックしてちょうだい！」下からまた大家の声が飛んできた。

しかし、その注意が耳に達するより先にアサドはドアを開け、そのまま息を呑んで固まった。何があったのかとアサドを押しのけたカールも、事態を目の当たりにした。

「ローセ、そこにいろ」カールが少し強い口調で、ローセが入ってこないように制した。

水パイプを手にしたビャーゲが、擦り切れた肘掛け椅子に沈み込んでいる。

裸だった。死んでいる。ハシシの煙が充満している中でも、それははっきりわかった。手首の動脈から血がしたたり落ち、床に血だまりができている。半開きの目がとろんとしているところを見ると、苦しい死に際ではなかったようだ。

「おまえが嗅いだのはスカンクのにおいじゃないぞ、アサド。単なるハシシと水だ」

「ちょっと、どうしたんですか？」イライラしたローセが後ろからふたりの間に無理やり割り込もうとする。

「そこにいろ、ローセ。見ないほうがいい。ビャーゲは死んでる。そこらじゅうが血の海だ。長年刑事をやってきたが、こんな大量の血を流して死んでいる人間を見るのは初めてだ」

アサドがあきれたように頭を振った。「何が初めてですって、カール？　あなたも私もたくさん死体を見てきたでしょうに。それとも私のほうが少しだけ多く見てるんですかね」

鑑識官と検視官が到着するまで時間がかかった。その間、ビャーゲの大家は特捜部Qの三人に泣いて訴えていた。どうしてこんな恐ろしいことにあたしの平穏な毎日が乱されなきゃならないんだ？　どうやって床の絨毯（じゅうたん）と椅子を賠償してもらうのさ？　領収書なんてもらないってのに。

そのうち、自分が一階の拭き掃除をしている間にビャーゲが手首を切ったらしいとわかり、大家はへなへなと座りこんだ。

「誰かがあの子を殺したってことかい？」何度もそうつぶやく。

「今のところ、そうとは言えません。あなたが聞き慣れない物音を耳にしていたというなら別ですけど。ここ何時間か、誰か知らない人が階段にいるのを見ましたか？　あるいは裏からあの部屋に入ることはできますか？」

大家は首を横に振った。

「あなたがやったわけではないと考えていいですね？」カールが続ける。

すると、大家の呼吸はあえぐようなしゃくり上げるような、奇妙なものに変わった。完全に取り乱している。

「わかりました」とカールが言った。「それでは、彼が自分で手首を切ったのでしょう。かなり不安定な精神状態とのことでしたから」

大家は一瞬沈黙したが、すぐにまた何やら聞き取れないことをぶつぶつとつぶやいた。どうやら、窓台で大麻を栽培してそれを水パイプで楽しむような男に間貸ししていたことで、自分も罪に問われるのではないかと心配しているようだ。

カールは彼女をふたりの助手に任せ、外に出た。そして素晴らしい晴天の下、タバコに火をつけた。

ビャーゲの部屋の捜索が行なわれ、コンピュータや資料や自殺に使ったナイフの押収から死体の検分と搬出まで、あっという間だった。カールがようやく五本目のタバコに火をつけたとき、ビアゲデールがもうひとりの捜査員と鑑識官とともにやってきて、ポリ袋をひらひらさせた。中には紙が一枚入っている。

カールはその紙を取りあげて、読みあげた。〝父さん、ごめん〟それだけだった。

「変ですね」アサドが言う。

カールも同じ意見だった。短く直接的な別れの言葉、それはそれで胸を打つものがある。だが、なぜ〝母さん、ごめん〟ではないのだ？ 母親にもっと違う形で遺言をしたためることだってできただろうに。

カールはローセを見た。「ビャーゲはいくつだ？」

「三十五歳です」

「それなら、父親が例の事件に取り組みはじめた一九九七年には十八歳ってとこだ」

「ハーバーザートの元妻とはもう話したんですか？」ビアゲデールが訊いた。

「話すも何も。ああ相手がつっけんどんじゃ――」

「それじゃ、もう一度チャレンジしたらどうです？」

「チャレンジ？　どうやって？」

「そりゃもちろん、オーキアゲビューまで行って彼女に息子の死を伝えるんですよ。頭の中に渦巻いているさまざまな疑問が解けるはずです。これからここを封鎖して遺体をコペンハーゲンの法医学者のところに搬送しますが、われわれはその作業に時間をとられますから」

カールはやれやれと頭を振った。俺はいったい、あとどのくらいここにいなけりゃならないんだ？

5

ワンダ・フィンの夫、クリス・マッカラムは英国人のクリケット選手だった。彼はけっしてスター選手ではなかったが、指導力はありそうだということでジャマイカ代表チームの勝率を十パーセント上げるべく、コーチとして六カ月間雇われたのだ。そこで、ジャマイカにやってきて、自分が最も得意とすること、つまりクリケットの仕方を現地の人間に教えていた。

ある日、クリスは練習の最中に初めてワンダを見かけた。まず彼女の筋骨隆々の脚が目に入った。彼女がトラックを周回している間、その脚は太陽の光を受け、黄金色のきらめきを放っていた。幻想かと思うほど神々(こうごう)しかった。

ワンダ自身も、この体形を手にし、ガゼルのような走り方を習得してから、自分が人にどう見られているかをよく知っていた。

「まさにマリーン・オッティの再来だね」練習を終えた直後、マッカラムは声をかけた。

ワンダが笑うと、マッカラムの目は純白の歯に吸い寄せられた。彼女は飽きるほど同じ言葉をかけられてきたが、マリーン・オッティと比べられると自尊心をくすぐられた。たとえ、オッティが自分より二十歳以上も年上だとしても。長い間ジャマイカのスプリントの女王だったオッティは、女神のように美しかったからだ。

そんなふうにしてワンダとマッカラムの付き合いが始まり、最終的に彼はワンダをイングランドに連れ帰った。

白人の男たちというのはまるで色気がない。その点ははっきりしていたが、それでもワンダは白人の男が大好きだった。ひとりの人間にさまざまな民族の血が混じるジャマイカ人は情熱もその分激しい。白人にはまるで勝ち目がない。そのかわり、白人の男は自分が何者であるかをしっかり自覚している。さらに重要なのは、彼らが人生の目標を持っていることだ。白人男性からは安定や将来といったものを感じとることができる。ワンダが育った西キングストンの貧民街、チボリガーデン地区ではまず手に入らないものだ。コカインの売人や喧嘩（けんか）や発砲騒ぎなどに囲まれて毎日を送っていた人間にとって、クリス・マッカラムのプロポーズはまさに夢のような話だった。断る理由などなかった。

クリスの妻となったワンダは、死ぬほど退屈なロンドン郊外のロムフォードの小さなテラスハウスで暮らすことになった。だが、しばらくすると結婚生活は破綻（はたん）した。マッカラムが、くるぶしを骨折してマイホームを売却せざるをえなくなっても、贅沢（ぜいたく）な生活を変えようとしなかったからだ。そして自分ではもう稼げないと悟ったマッカラムは、自分を扶養してくれる女性を探しはじめた。そうなると、ワンダも離婚に同意しないわけにはいかなかった。

そうしてワンダは放り出され、再びゼロに戻った。

職業訓練も受けたことがないワンダには、補助金や公的支援も無縁だった。特別な才能もない。自分にできるのは速く走ることだけだ。しかし、父親が常に言っていたように、それだけではなんの役にも立たない。だから、ロンドンのストランド地区に大企業の守衛という仕事を見つけたときには、救われたと思うだけでなく、これは、ジャマイカのトタン屋根の生活と肉体的な衰え――ジャマイカでは四十歳を過ぎるとたんに老化する――から逃れる唯一の現実的手段なのだと悟った。

こうしてワンダは、重役や要人が建物のガラス扉を出入りする様子を檻（おり）の中のライオンのように監視することになった。ワンダは訪問客に会釈（えしゃく）をしなければならないが、客のほうはそれを無視し、さっさと受付嬢のところへ向かう。ワンダより上等の制服を着た受付嬢の仕事は、相手の入館許可証をチェックして階上に通すことだ。客に相手にされるだけましだった。

自由と富の間にある空虚な場でひとり、ワンダはこの高級ビルの内部の、自分も知らない秘密が漏れないよう、見張りをしているのだった。

時が過ぎるうちに、ワンダは外の生き生きとした世界のことばかり考えるようになった。このビルの外ではさまざまなことが起きているというのに、自分にはまったく関係ない。明けても暮れても自分はサヴォイ・プレイスにあるガラス張りのドアを通してヴィクトリア・エンバンクメント・ガーデンの駐車場を見つめているだけなのだ。

駐車場の壁の向こうには夢の世界がある、とワンダは思った。ストライプ模様のデッキチェアに深々と腰かけた人たちの笑い声を聞くのは拷問だった。しかも、たったひとりでその責苦を負わなくてはならない。いったい誰がこんな生き方をしたいと思うだろう。ありあまる金を持つ人が、アイスクリームを買ったり、日差しの中でそれを食べたり、自由に過ごしているのを眺めているうちに、次第に耐えられなくなっていった。わたしは壁を眺めている立場の人間でしかない。それがわたしの運命だなんて。

仕事に人生を削られていくような毎日の中で、ワンダは遠い過去の影に呑みこまれていくような気がしていた。運命に通じるすべての道、すべての出会いは、自分がこの世に生まれる前から偉大な約束のもとに決められており、そのために自分は守衛という下級の仕事に就いているのだとワンダは知っていた。おまえの身体にはドミニカのアラワク族の血、ナイジェリアの血、そしてジャマイカ独自のスパイスを効かせたクリスチャンの気質が同じ分量だけ流れているんだ。父親は誇らしげによくそう言ったものだ。母親はそれを聞くと笑い、そんなことを忘れて常に落ち着いていればなんでもうまくいくわよ、とワンダに言った。常に落ち着いていろですって! 陰鬱で意味のないこの暮らしの中でそんなことまず無理だわ。祖先から受け継いだ誇らしいわたしの長所も、似合わない灰色の制服となんの特徴もない制帽に押しこめられているうちにどんどん腐っていくような気がする。

それでも、どれだけ希望のない状況でも、どれだけ先が不透明でも、ワンダは背筋を伸ばして立っていた。その脇をビルの職員や訪問客が通り過ぎていく。わたしは自分の一部を取り戻さなくてはならない。自分の未来をあの壁の向こうに描くために。そう彼女は思った。

運命の導きだろうか、ワンダは、唯一の友人でアパートメントの同じ階に住むシャーリーという女性から、あるセミナーに行かないかと誘われた。主催者は〈人と自然の超越的統合センター〉――正しく聞き取れていればだが――とのことだった。

シャーリーは神秘的思考、秘儀、秘教などが大好きで、人間存在を問うありとあらゆる冒険的な考えに強い好奇心を抱いていた。神がかったものにインスパイアされた音楽を聴き、ポリネシアの予言者カフナ・カウラに関心があり、何かを決めるときにはいつもタロットカードを広げた。シャーリーいわく、カードが示す複雑な意味の解釈を重ねて頼りにしてきたことで〝洞察力〟を得たのだという。ワンダはその方面に興味を持ったことは一度もなかったが、シャーリーといるときがいちばん笑顔になれた。

そして今、彼女はワンダをアトゥ・アバンシャマシュに引き合わせようとしていた。センターのウェブサイトによれば、彼は〝スカンジナビアの夢の世界に生まれた崇高な白い魂（たましい）〟であり、新たな教えをたずさえてロンドンにやってきた。その教えとは、すべてを超越し、命のあらゆるつながりとエネルギーの完全なる理解を可能にするという。

シャーリーは大はしゃぎだったし、参加費も常識を超えた額というわけではなかった。あとはワンダが一緒に行きたいと言いさえすればよかった。

それに、ふたりで一緒に何かするのは楽しそうだった。

アトゥ・アバンシャマシュは、シャーリーが持っている無料配布のチラシに載っている教祖や、これまでテレビで見た導師たちとはまるで違ってみえた。彼は蓮の上や緻密な彫刻が施された椅子の上で瞑想することも説教を垂れることもない。肥満体でも痩せぎすでもなく、正真正銘、血と肉でできたひとりの男だった。陽気な笑みを浮かべ、〈人と自然の超越的統合センター〉が、どのようにして人を根本から生まれ変わらせるのかを詳しく説明した。最終的に、身体の細胞一つひとつがあらゆる種類の攻撃や責苦に打ち克ち、全身が万物と融合できるようになるという。

万物というのが、アトゥ・アバンシャマシュが繰り返していた言葉だった。彼のセンターは、ベイズウォーターに建つ明るく簡素なマンションの一室にあった。アトゥは床に座った参加者の周りを歩きながら、彼の言葉のリズムに合わせて胸の奥深くまで正しい気を吸いこむようにと言った。一人ひとりの目をじっと見つめ、その人の首筋に赤みが差し、肩から力が抜けるまで目をそらさなかった。

「アバンシャマシュ、アバンシャマシュ、アバンシャマシュ！」彼がマントラを唱えると、同じ言葉が参加者の口から聞こえ、いつしか全員が同じ文句を唱える。

ワンダは床に座ったまま目を閉じ、しばらくマントラを唱えていた。すると、自分が何者で今どこにいるのかという意識がだんだんと薄れ、現実世界に戻りたいという気持ちも次第に消えていくのがわかった。

「目を開けて、私を見てください」突然、アトゥが一人ひとりに大きな声で呼びかけた。

「アバンシャマシュ、アバンシャマシュ！」そう唱えながら両腕を前に突き出すと、木綿の黄色いローブの袖が天使の羽のようにひらひらと揺れた。すると、彼はこうささやいた。

「あなたのことが見えます。あなたのことを見ています。あなたは美しい。あなたの魂が私に合図を送っています。今初めて、あなたはもう準備ができています」

アトゥが参加者の間に分け入り、一人ひとりに「あなたは美しい」とささやいていく。

ワンダの近くまで来たとき、彼は一瞬息を殺したように立ち尽くし、視線を落として彼女の目を見つめた。

「あなたは美しい。あなたは美しい」彼女には二度繰り返した。「ただし、自分をしっかり保って！　私の言葉を聞かないで。自分の呼吸だけに耳を傾けて。魂の奥の声を聞いて。魂に身をゆだねて」

ワンダはこれまで感じたことのない熱が全身を駆けめぐるのを感じた。酔っぱらっているような感じだった。アトゥ・アバンシャマシュの言葉は、自分がずっと求めていた知識のように、あるいは確信のように、胸にすっと入ってきた。目を開けると、肌が燃えるように熱く、両手が震えていた。自分の内部が完全に空っぽになったような気もするし、反対にぎっしり詰まっているような気もする。ワンダは喜びに満たされていた。まさしく至福だった。この人は、言葉だけでわたしを絶頂に導いた。今自分の中で波打っているこの感情、それはとても〝感謝〟などという言葉では表すことのできないものだ。

アトゥはうつむきながらワンダの横を通り過ぎるとき、彼女の頬をそっと撫でた。そして数分もしないうちに再びワンダのところへ戻り、手のひらを彼女の額の前にかざした。

「さあ落ち着いて、私の弟子よ」静かな声で彼が言った。「これまでの虚しい時間を生き直しましょう。旅の準備はもうできました」

そしてワンダは、気を失った。

6

二〇一四年四月三十日、水曜日

オーキアゲビューの中心部にある白塗りの家は打ち捨てられているように見えた。この界隈でも最も貧相な家のひとつだろう。

イェアンベーネ通りは、デンマークの小都市がここ百年でどう変化したかを示すひとつの例だ。当時は職人たちによって、この小区画にあっという間に小さな家が建てられていった。煉瓦(れんが)積み職人や大工が腕を振るった時代のことだ。しかし、それも遠い昔の話だ。島の観光事業によりオーキアゲビューが夏は花の街として、冬はクリスマスの街として商品化されたものの、この場所がかつて備えていた魅力は今や何ひとつ感じられない。

ハーバーザートの別れた妻は、ドアを細く開けるとすぐに、警察犬のようにカールの身分証のにおいを嗅ぎとったようだ。

「帰って！」そう怒鳴りつけると、ドアを閉めようとする。「わたしに用なんてないでしょ！」

「ハーバーザートさん、われわれは……」カールはその先を続けさせてもらえなかった。

「あなた字が読めないの？　コファーズと書いてあるでしょう？」わざとらしく、ドアの表札を指で示す。「ハーバーザートなんてここにはいません」

「コ……フォーズさん」ローセが声を落として話しかけた。「わたしたちはビャーゲさんのところから来ました。悪い知らせです」

ほんの数秒の間があった。ジュン・コファーズの顔が震え、その視線がこわばった表情の三人の訪問者に向けられた。ようやく何が起きたのか察知したのだ。彼女の目から生気が消えた。そして脚から力が抜け、床に倒れこんだ。

彼女はすぐに意識を取り戻したものの、少し前までのことがうまく思い出せない様子だった。ショックの抜けない目で天井を見つめていたが、なぜ自分が簡素なしつらえの居間でソファに寝かされているのかわからないのだろう。その間、三人は部屋の中を見まわした。特に目を引くものはなかった。ディスカウントショップで買ったと思われる家具、埃をかぶったまま並んでいるデンマークポップのＣＤ、ぞっとするほど汚れた灰皿、割れ目を継ぎ合わせた陶器の花瓶。フルーツ皿の上には未開封の封筒が何通かある。三人はジュン・コフォーズをそっとしておき、キッチンへ行ってみた。趣味の悪い七〇年代調の青タイルのせいで、部屋全体が薄暗く感じられた。

「あの状態では本格的な事情聴取なんて無理よ」ローセが小声で言う。「お大事にと言って明日出なおしたほうがいいんじゃないですか」

アサドが違う意見なのは、表情から明らかだった。

「来てください」ジュンが弱々しい声で呼んだ。

「何もかもあなたのせいですからね、カール」ローセが意地悪く言う。「だから、彼女にはあなたから伝えてくださいよ。それも単刀直入に。いいですね？」

カールはローセに言い返してやろうとしたが、不穏な空気を察したアサドがなだめるように腕に触れた。まあいい。どっちみち、いつかは話さなきゃならない。カールは居間に入っていき、ジュンを正面から見つめた。

「息子さんが亡くなったことを伝えにきたんです。申し上げにくいのですが、息子さんは自殺しました。警察医によれば死亡推定時刻は午後四時ごろです」

ジュン・コフォーズは大きく息を吸うと一瞬、鏡に映った自分を眺めるような表情になった。まるで、鏡の中から数年間の記憶を引き出そうとしているかのようだった。

「四時ごろだったの？」小声でそう言うと、無意識に腕をさすった。「ああ。お父さんが死んだってあの子に電話した直後ってこと？」そして数回深呼吸すると、喉元に手を当て、黙りこくった。

それから三人は彼女の横に座っていたが、三十分ほどすると、カールはローセに向かってうなずいた。今日のところは、ひとまず帰ったほうがよさそうだ。しかしドアに向かって歩きだし、居間の真ん中まで来たとき、アサドがいきなり立ち止まって、口を開いた。

「すみませんが、帰る前にひとつ聞かせてください。なぜ、父親が死んだことを息子さんのところまで行って直接伝えなかったのですか？　ご主人を憎むあまり、息子さんの父親に対する気持ちまで考えられなかったのですか？　父親が生きていようといまいと、彼は別に気にしないだろうと思ったのですか？」

カールよりも速く、ローセがアサドの腕を引っ張った。アサドはいったいどうしたんだ？　いつもなら、アサドこそが他人を思いやるところじゃないか。

ジュンは敵意に満ちた目でアサドをにらみつけた。今にもアサドの喉元に飛びかからんばかりだ。

「あなたに何がわかるのよ、あなたに……あなたなんかに……」怒りをこらえようとしているのか、声が震えている。「あなたにいったいなんの関係があるの？　あの最低男のせいで崩壊したのはあなたの人生じゃないでしょ？　この部屋を見なさいよ！　あのころ素敵だったハーバーザートに、アルミニンゲンでひざまずかれ、イエスと答えたときにこんな暮らしを望んでいたと思う？」

アサドはひげの生えた顎をつまんだ。だが、彼女に同情している様子はない。

「どうなのよ？　答えてよ。答えられないの？」ジュンは憎々しげにアサドに突っかかった。

アサドはローセの手を振り払い、ジュンに近づいた。アサドらしくない。それに、声も震えている。

「泣き言ですか！　私はここよりみすぼらしい家を見たことがありますよ。今にも崩れそうな掘立小屋や、お宅の冷蔵庫にある気持ち悪いジャンクフードを手に入れるためなら、両腕両脚を犠牲にすることもいとわないっていう人たちも知っています。あなたの着ているような服や、テーブルにあるタバコ数本のためなら殺しをする人間だっているんです。ええ、答えてあげますよ、あなたの質問への答えはノーです。あなたはこんなことを夢見ていたわけではないでしょう。でも、夢は実現させようと頑張るものじゃないんですか？　今あなたがここに座り、息子さんが遺体安置所にいるのは、クレスチャン・ハーバーザートひとりの責任ではないと思います。この事件には、つじつまが合わない点があります。たとえば、なぜ息子さんは遺書に〝父さん、ごめん〟と書いていたんでしょう？　父親には謝って、なぜあなたには謝らなかったんでしょう？」

　今度はカールがアサドの腕をつかみ、頭を振った。「どうしたんだ、アサド？　来い、行くぞ！」

　するとジュンが立ち上がった。遺言についてのひと言が明らかにショックだったようだ。両手を握りしめてつかつかとアサドに詰め寄ると、「なんてひどいことを！　でっち上げに決まってるわ！」と叫んだ。

　すると、ローセが彼女に向かって「いいえ、本当ですよ」とばかりに、大きくうなずいた。

　通りを渡って車の横まで行くと、カールとローセは怪訝な顔でアサドを見つめた。

「アサド、おまえ、心の奥に何か抱えてんじゃないのか？　そうなんだろ？　でなきゃ、なんであんな態度に出るのかわからん」

「そうよ、いったいなんの真似なの、アサド？」ローセも言う。アサドは無言だった。

そのとき、ジュン・コフォーズが怒りにまかせて思い切りドアを開ける音がした。そのまま外壁に突き当たったのではないかという勢いだった。

「知りたきゃ教えてやるわ！」ジュンはそう怒鳴りながら道路を渡ってくると、アサドに向かって言い放った。

「なんでビャーゲが父親にだけ謝ったかって？　それはね、あの子がわたしに謝るようなことは何もしていないからよ！」

ジュンはカールとアサドに向き直った。顔はこわばったままだが、涙が頬を伝っている。

「わたしたちはクレスチャン抜きで楽しくやっていたわ。ビャーゲがなんであんなことを書いたのかなんて、わかるわけないじゃない。あの子はとにかく鬱状態なのよ」そこで彼女はいったん言葉を切り、「だったのよ」と言い直した。唇が震えだす。

そして、ローセの腕をつかむと「アルバーテの事件は知ってるの？」と尋ねた。ローセはうなずいた。

ジュンはビクッとして手を離した。「そう。知ってるのね」そう言うと手の甲で涙を拭(ぬぐ)った。「夫はあの娘にすっかり心を奪われてしまったの。彼女を発見した日から、こっちの世界で暮らすことをやめてしまったみたいだった。まるでゾンビ。不気味だし、気持ち悪いし。まだ何か訊きたい？」

それから彼女は再びアサドのほうを向いた。「あなたに言いたいのはこれだけよ。わたしの夢についてわかったふうな口をきかないで。あなたになんかわかりっこない。その夢のために、わたしがどれだけもがいてきたか、わかってたまるもんですか」

夕闇の中に立っている彼女の姿が、すっと変化したような気がした。急に体内が空っぽになったかのように、動きがゆっくりになっている。

そのときカールは、初めてこの女性の姿を見たような気がした。もう六十を過ぎてるだろう、気難しく、人生の貧乏くじを引いた女。人生のある時期を丸ごと消し去り、なかったことにした女。だが、肉体が老いていく一方で、無情にも、心はその時期にまだとらわれている。不意に、彼女が、人生のある一点、前にも後ろにも進めない場所にいるように思えてきた。カールも痛いほどよく知っている場所。できればそのままそこに身を潜めて隠れていたいといつも思う場所だ。

数秒すると、少し気持ちが落ち着いたのか、改めてアサドを指さした。

《ああ、川があったなら、その上を滑っていってしまうのに》歌を歌っているのだろうか。《けれどここでは雪は降らず、くっきりと緑のまま……》そのまま頭の中で逃避を続けたそうだったが、ふと我に返った。表情がまた一変する。アサドに対する怒りが再び顔に浮かんだ。

「いいこと、わたしの夢についてはこれ以上何も言わないでちょうだい」そう言うと腕をだらりと下ろした。「それから、なんで父親のことを会って話さないで、電話で伝えたのかって訊いたけど……、本当に知りたい？」

アサドがうなずく。

「だったら余計言うもんですか」

彼女は軽蔑に満ちたまなざしをこちらに向けながら、一歩一歩、通りを引き返していった。

「さっさと行って。あなたたちには二度と会わないから。覚えておいて」

三人はホテルの食堂に座った。テーブルの上にはローセのノートパソコンがのっている。すでに日が落ちていたので、リステズのコミュニティセンターに行って責任者に会うのは明日に延ばし、今日のところは疑問点をまとめ、意見交換することにした。三人ともさっきの女性のことをずっと考えていた。元夫の死に続いて息子も死んだと聞かされても、どこか冷静さを残していたジュン・コフォーズ。

「彼女はなぜ、川でスケートがしたいなどと言いだしたんでしょう」アサドが首をひねった。

「報告書にはなんて書いてあるんですか？」

「もう長いことアミューズメントパークで働いているみたいね。昔はブラネゴースハウンと呼ばれていたけど、今はジョボランドという名前になってる。よくわからないわよね。冬の間は別のところでウェートレスを掛け持ちしている。忙しく働いているわ。あんなにイカレてたら、まともに務まらないと思うけど」

「リステズに行って、クレスチャン・ハーバーザートの自宅とコミュニティセンターを回れば、ハーバーザート家についてよく知っている人に話を聞けるかもしれない。いずれにしても明日まで待とう。それより、ＤＶＤを見るか？」そう言うとカールはローセのほうを向いた。「本当に一緒に見たいのか、ローセ?」

ローセは面食らったようだった。「どうしてそんなこと訊くんです? わたしだって警察学校を出てるんですよ。死体の写真なら山ほど見ています」

「まあ、そうだろうが、男がこめかみをぶち抜いて自殺するライブ映像だぞ。学校で見る写真とはまったく違う」

「そうだよ、ローセ」アサドも口をそろえる。「気をつけないと。こういうのを見るのが初めてだと、一気にもどるよ」

やれやれ。「アサド、それを言うなら〝もどす〟だ。嘔吐する、吐くってことだろ? それからローセ、アサドの言うとおりだ。吐き気を催すほどの映像かもしれない」

それを聞いたローセは、いっそう長々とまくし立てた。そうか、こいつの繊細な神経を守ってやろうという努力はまるで意味がないってわけだ。しっかり覚えておこう。

カールは〈再生〉をクリックした。

「手元にある薄っぺらい内容の報告書によるとだな、この映像はハーバーザートと同じ通りの数軒先に住んでいる男が撮影したものだ」カールが説明する。「このあたりではサムと呼ばれている男らしい。そいつはハーバーザートのビデオカメラを使っていた。慣れない機器を操作するので、最初に数分間試し撮りをしているんだろう」

たしかにそんな感じだ。部屋の中が画面に映ったとたん、勢いよく手ぶれしている。

会場は満員ではなかった。招待客リストによると、町会長とコミュニティセンターの運営を担当する女性が出席している。このふたりが退官式の手筈を整えたようだ。そのほかには警察本部長、地元の警察組合長、ビアゲデール警部、サム、今は引退し、教会の雑用係をしているネクソ出身の男性、スーパーマーケットの元支店長、そして、具合が悪くなり、そそくさと出ていった人間がひとり。

「引退を祝うにはさみしい顔ぶれですね」アサドがつぶやいた。「そのせいで頭を撃ちたくなったのかも」

「カールが話を聞いてあげようとしなかったから、ぶち抜いたのよ」ローセが冷たく言い放つ。

「そりゃどうも、ローセ。よくご存じで。映像を先に進めていいか?」そう言いながらカールが操作を続けた。

数分後、ようやくハーバーザートが白ワインを振る舞う姿が映しだされた。そのあたりからサムもカメラの扱いに慣れてきたようで、会場をぐるりと撮影している。天井は高いが、あちこち改修工事が必要そうだ。奥の部屋に続くドアがふたつあり、壁に配膳口らしきものがひとつあった。祝宴のときなどに素早く食事が出せるよう、調理場に続いているのだろう。壁にはぽつぽつと絵が掛かっていた。額のサイズも絵画の質もばらばらに見える。

ハーバーザートはハンス・テューイェスン通りに面した窓を背にして部屋の隅に立っていた。いつだったか、通りまで海の水が迫ってきたことがあった。彼の礼服は古い型だったが、カールのだって似たようなものだ。この業界では礼服を着る機会なんか滅多にないのだから。

「このたびはお集まりいただき、ありがとうございます」ハーバーザートの挨拶が始まった。これから実行しようとしていることなどみじんも感じさせない。驚くほど冷静な声だ。カールはタイム表示に目をやった。その瞬間まで四分足らず。俺がビデオカメラを向けているときに式典で知り合いが自殺したとしたら……。カールはついつい考えた。嫌な想像だ。ローセのほうをそっと見た。細目になっている。やっぱりタイム表示を見ているらしい。緊張しているんだろう。でなければ、素晴らしく肝っ玉が据わっているか、どちらかだ。

ハーバーザートが乾杯の音頭をとり、簡単なスピーチを始めた。ビデオカメラが無表情な出席者の顔を順に映していく。ハーバーザートはこの田舎で警察官として勤務した古き良き時代を懐かしみ、それから自分が変わってしまったことについて許してほしいと言った。そこでカメラはズームし、彼の目に迫る。痛々しいまなざしだった。ハーバーザートは次に、あの悪名高いアルバーテ事件に自分が没頭しすぎたことを、感傷などまったく入れずに淡々と謝罪した。そのせいでそれまでの生活を失ってしまったと述べる。それから、上司たちのほうに目線を向けると、アルバーテ事件の捜査では十分な協力を得られなかったと、不満をぶちまけた。

「カメラがここでゆっくりズームアウトしたのは、何が起きるか見えるようにするためかもしれませんね」アサドが言う。

ローセは何も言わなかった。

警察の報告書によれば、ここで組合長がなだめる仕草をするが、ハーバーザートは気にも留めなかったという。サムが、ハーバーザートと背後の壁が画面におさまるよう後ろに下がったようだ。ローセが身をすくませた。ハーバーザートがピストルを取り出し、カメラの前に立っている上司たちに狙いを定めたのだ。彼らは瞬時に脇へ跳びのいた。あきれるほど素早い身のこなしだった。サーカスの曲芸師や黒帯の柔道家もかなうまい。ビアゲデールは最初、彼の構えている拳銃をモデルガンだと思ったと言っていたが、おもちゃではないことは、この映像がこれから証明してくれる。

「今です」アサドがぼそりと言った。ハーバーザートがこめかみに銃口を当て、躊躇(ちゅうちょ)せず引き金を引いた。

頭部ががくりと横に倒れ、ねばねばした塊が左方向に飛び散った。

ハーバーザートが崩れ落ち、サムの手からカメラが落ちる。

カールが振り向くと、ローセはいなかった。

「どこに行った?」

アサドが背後の階段を指さす。

ローセにはやはり刺激が強すぎたのだ。

「今のでわかりました。ハーバーザートは左利きだったんですね」アサドが驚いた様子もなくコメントする。

おまえ、よくこんな映像を目を凝らして見られるな。それもケロッとした顔しやがって、まったく。

7

二〇一三年九月

電話の声は震えていた。相手の男性は気の毒なくらい緊張している。自分にあまり自信がないのだろうとピルヨはすぐに察した。

これはいい稼ぎになりそうだわ。

「あなたはリオネルね。なんて素敵な名前なのかしら。それで、今日はどんなお悩み、リオネル？」

「ええと、さっき言ったように、僕の名前はリオネルで、それで、僕は……できれば歌手になりたいんです」

ピルヨは満足げに微笑んだ。この人も〝夢をかなえたい〟パターン。ようこそ。

「僕、いい声していると思うんです。それはわかっているんです。でも、人前で披露しようとすると、もう駄目で。だから……お電話しました」

沈黙が流れた。男は心を落ち着けようとしているのだろう。

そもそも本当にそれだけの声をしているのかという問題はひとまず脇においておこう、と彼女は考えた。

「外の世界と距離を置いてみようと思ったことはある？　あなたにはもともと強い力があるはず。外を見ないで、自己の内側にある力を見出すの。そうすれば、安らぎや集中力、歌う喜びを手にすることができるわ」

「よくわからないんですけど……」

「ええ、そう思うのはあなただけではないわよ、リオネル。そうね、なんて言えばいいかしら。心の奥底から何かを求めると──あなたの願いがまさにそれだと思うのだけど──たいていの人は混乱する。自分のエネルギーに逆らう力が働いてかえってうまくいかなくなるのよ。リオネル、あなたが歌えなくなってしまうときにも同じことが起きているんだと思うわ。ほかにも何かしようとしたときに似たような不安を抱いたことがあるのでは？　そんなことはないと言うなら、生体音響学的な治療メソッドがぴったりだと思うわ。ひょっとしたら、地に足をつけるためのグランディング・ボディ・フィッションも役に立つかも。ただ、その前に、あなたにはどのような解決策がいちばん適しているのか、きちんと探っていったほうがよさそうね」

「なんだかすごく難しそうですけど、それで効果があるなら……」

「魂の成長が即座に得られるとは言っていないわよ、リオネル。でも、それを助けるメソッドはあるのよ。特殊なカルマを積むことを手伝うメソッド。もちろん、そのための修行はとても厳しいけれど。そういうときのために『一切衆生を救済するまで涅槃に入らじ』とした菩薩の誓願を覚えておいて。わたしも同じようにあなたのことを考えているわ。つまり、わたしと一緒に、あなたが歩んでいけそうな道を探してみましょうということよ」

リオネルが網にかかったことは、回線の向こうの深いため息でわかった——彼には高い買い物となるだろう。

色恋を禁じられ永遠の炎を守るウェスタの処女のようにストイックに電話の前に座り、弱き人間の生とあがきを見つめる時間が、ピルョは何より好きだった。電話カウンセリングをしているときの彼女は、水を得た魚のようだ。相談してくる相手の話を聞いているとしょっちゅう噴きだしたくなるが、誰もが少しずつ何かを隠し、見栄を張り、ごまかして生きているのだ。そもそも、他人の人生をより高いステージに導いてあげようとしているのだから、良心の呵責を覚える必要なんてまったくない。

電話をかけてきて、未来がもっとよくなるように助けてほしいと頼んでくる人を放っておくことなどできるだろうか？　日々の平凡な話を延々と語り、くだらない望みやかなうはずのない夢を訴えてくる相手に、その願いをもっともらしい言い方に変えて対応してあげる。そのどこが悪いというのだろう？　クライアントのためにしていることだ。心のよりどころがあるというだけでどれほど救われるか。自分はその瞬間に何度も立ち会ってきた。この世には、ものごとを予知し、運命が動きだすきっかけをつくることのできる人間がいる。他人よりその才能に恵まれている人間がいる。そう、わたしにはその才能があるのだ。アトゥが太鼓判を押してくれたではないか。ピルヨは微笑んだ。電話カウンセリングは、ピルヨ自身のアイデアだった。一人二役という単純だが天才的な思いつきで、なかなかの小遣い稼ぎになっている。月曜はカウンセリング専用回線で心理学者を演じ、そういう話ならこのセラピストに相談なさいと指示し、水曜は別の回線に出て、そのセラピストになる。ボイスチェンジャーを使えば、月曜は明るく軽やかな声、水曜は冷静で堂々とした深みのある声を出すことができる。完璧で誰にも見破られない方法だった。

〈光の神託〉と〈ホリスティック・チェーン〉と名づけられた、接続料一分間三十クローネの二本のカウンセリング専用回線は、ピルヨの老後資金になった。彼女はこのセンターで唯一、アトゥから個人事業を認められた人間だった。

ピルヨはそのほかにも多くの特権をもっている。彼女に言わせれば、どれも手にして当然の権利で、自分はそれだけのことをしている。アトゥは彼女に大きな借りがあるからだ。

「もうひとつ、最後に質問があるの、リオネル。あなたはその才能で、何を実現したいのかしら?」

電話の向こうからためらう様子が伝わってくる。こんなふうに相手が躊躇するたびに、ピルヨはいらついた。

「あなたは音楽をやっていきたいのよね。それは音楽が自分の重要な一部だからよね?」

「まあ……それもあります」

またか。この男もいつものパターンってわけ?

「有名になりたい？」

「ええ。そう思わない人なんていますか？」

やれやれ。馬鹿な人間は無数にいるけど、この男は処置なしだわ。

「どうして有名になりたいの？　お金持ちになるため？」

「まあ、そうじゃないと言えば嘘になります。でも、それよりもっとなんていうか……。歌手って女性にすごくモテるじゃないですか」

はいはい、ここにもまたひとり、愚か者の典型がいる。

「女性となかなかうまくいかないの？」思いやりのこもった声を出してやる。「独身なのね？」

すると、笑い声が聞こえてきた。

「まさか、違いますよ！　結婚してます」

脊髄（せきずい）を走る神経に直接触れられたかのように、ピルヨはビクッとした。ばつの悪さが脳内で複雑な化学反応を引き起こす。そんなふうに神経過敏な自分が嫌だった。長いこと直そうと努力してきたのだが、この症状に悩まされずに過ごせる日は一日もない。

「そう、結婚してるのね？」

「十年になります」

「じゃあ、奥さんはあなたの計画に賛成なのね。あなたの歌にどれだけ効果があるか、ご存じのはずだし」

「なんの効果ですか？　いや、とんでもない！　妻は僕の歌を聞いても『いいんじゃないの』というだけですよ」

　ピルヨは黙って自分の腕を見つめた。まるでアレルギー反応だ。こういうときはたいてい、鳥肌が立つか前腕が燃えるように赤くなるのだが、今、まさにその両方が起きていた。

　こんなやつにはわたしの人生から消えてもらわなければならない。今すぐに。

「リオネル、残念ながらあなたのお役には立てないと思う」

「はあ？　だってウェブサイトで約束してるじゃないですか！　だからあなたと話すために一分間三十クローネを払ってるんですよ！」

「わかったわ、リオネル、わかった。料金分のことはちゃんとやります。ビートルズの〈イエスタデイ〉を知ってる？」

　相手がうなずくのが感じられた。「最初のフレーズを歌ってみて」

なんとか一分持ちこたえた。ピルヨには最初から相手の歌を聴く気などない。判決はとっくのとうに下っているのだから。

「残念だけどリオネル、奥さんは周りから気の毒だと思われているでしょうね。あなたのような人に出会ったばっかりに、まるっきり才能のない夫をおだてなきゃならないなんて。うちのペットのほうがまだ音感があるわ。感謝してね。人生最悪の敗北からあなたを救ったのはわたしよ。マイクを持ったあなたが女の子をキャーキャー言わせるなんて無理。ギョッとさせるのが関の山だわ」

そう言って電話を切ると、深く息を吸った。カウンセラーにあるまじき行為だけど、この際どうでもいい。今の軟弱男がこの電話のことを言いふらすなんて、できっこない。

そのとき、背後でカチリという音が聞こえた。ピルヨはビクッとして振り向いた。唇を固く結び、目を閉じる。腋の下にじっとりと汗を感じる。首筋の血管がドクドク波打った。こんなふうになる自分は嫌だ。しかし、アトゥが新しい女との時間を邪魔されないよう、ピルヨのオフィスとアトリウムを仕切るドアをロックすると、どうしても身体が反応してしまう。

いつもそうだ。自分のオフィスを別のところに移そうと何度も考えたし、アトゥにも彼の部屋をセンターの内部に移動させるよう強く勧めてきた。それでも、この状態は変わらなかった。

ねえピルヨ、こうするのがいちばん便利なんだよ。重要なものがすべて同じ建物にあるほうがね。何かを決めるときも、必需品の補充にも、行動するときも、最短距離のほうがいいだろ？　互いの部屋までほんの数歩だ。角を曲がればすぐそこにすべてがある。このままでいいよ──アトゥはいつもそう言うのだった。

ピルヨはアトリウムに通じるドアをじっと見つめ、放心したような表情で腕を揉んだ。電話がまた鳴りだしたが無視した。入口のホールから自分に手を振る信者の姿が見えたが、それも見なかったことにした。もう何年も自分を虜にし、それなのに今、隣の部屋で別の女とよろしくやっている男の像を全力で頭から追い払おうとした。

駄目だ。ドアをロックするカチリという音に動揺がおさまらない。ピルヨはあの音が大嫌いだった。あれを聞くと、頭の中がショートしたような感覚に陥る。あれはアトゥがほかの女と寝る合図だからだ。セックスが終わるとすぐに彼はロックを解除する。その音はもっと耐え難かった。どちらにしてもカチリという音を聞くたびにピルヨの心は乱れた。あの音は地獄の責苦だ。

どうしてわたしはやり過ごすことができないのだろう。もう何年もこの音を聞かされてきたのに。アトゥは別の女と寝ることを隠そうともしない。そもそも、あの音を聞くたびにわたしが屈辱を覚え、愚弄されたような気分になることに彼は気づいているのだろうか。彼がほかの女と寝ることでわたしが傷ついているとわかっているなら、なぜやめてくれないのだろうか。ピルヨにはそこがわからなかった。

ピルヨはこういうときはいつも耳をふさぎ、心の平静を取り戻すために奉唱する。「ホルス、処女から生まれしホルスよ」彼女は唱えた。「死の三日後によみがえり、十二使徒の導き手であるホルスよ、我を救いたまえ、乱れし心を和らげ、執着をはらいたまえ。新たに芽生えし誘惑を雨で洗いたまえ。さらばそなたに光り輝く水晶を捧げん」

祈り終えるとピルヨは肺の奥深くまで空気を吸いこんだ。気持ちが落ち着くとバッグから小さな石を取りだし、バルト海に面した部屋の隅の窓を開けた。そして、そのきらきら光る水晶をゴットランド島の方角に向かって投げた。

バルト海の波はもう何年も、こういう水晶を呑みこんでは白い浜辺に打ち上げていた。

アトゥ・アバンシャマシュ・ドゥムジの〈人と自然の超越的統合センター〉はおよそ四年前から、エーランド島に本拠を構えている。スウェーデン本島の東海岸沿いの南部に位置する細長い島だ。ピルヨはここが心から気に入っていた。島の安らぎに満ちた景観は天と宇宙の思し召しとしか思えない。ここならアトゥの心を惑わす人間はいない。ピルヨにとって、それが何より重要だった。

しかし、アトゥは島を出て、バルセロナやヴェネツィア、ロンドンといった支部でも勧誘を行なうことがあり、その際は初対面の女性たちに囲まれる。彼女たちはまるで神託を受けているかのように息を詰めてアトゥを迎える。オーロラの輝きと宇宙エネルギーをたたえた魂の救済者が近づいてくるのを固唾を呑んで見守る。アトゥは彼女たちがどんな夢をあきらめてきたのか見抜く。彼女たちの口惜しさやどこにも行き場のない気持ちを、雲や羽根のように軽くする。ピルヨは島の外に出ると、まるでひとりぼっちにされたような感覚に陥った。嫉妬に囚われ、自分には存在価値などないように思い、孤独感に襲われる。島にいるときとまったく逆だ。

アトゥがピルヨを自分の右腕、仕事のパートナーだと思っているのは明らかだった。彼女をセンターの共同主宰者であり調整役と考えていた。さらに彼女には日報の記録という仕事も与えられていた。しかし、アトゥがピルヨが願うような視線を彼女に向けることは決してない。

ほかの女性を見つめるようにピルヨを見つめることは、まったくないのだ。

アトゥ・アバンシャマシュ・ドゥムジに最初についてきたグループの中で残っているのは、いつしかピルヨだけになっていた。アトゥがまだ別の人生を歩んでいて、フランクと名乗っていたころから一緒にいるのは、今やピルヨただひとりだった。しかし、ピルヨがどんなに献身的に働いても、どんなに近くにいても、どんなに願っても、アトゥは彼女を一度も愛したことがなかった。少なくとも肉体的には。

「きみは僕の恋人だ。僕たちふたりは魂で愛し合っているんだよ」それが彼のお決まりのセリフだった。「僕のかわいいピルヨ、きみのおかげで僕は最高の境地に達した。きみの寛大で聡明な魂に触れると、僕は大きなエネルギーを受け取るんだ」

アトゥがそう言うたびに、ピルヨは彼を憎んだ。自分の魂は寛大でも聡明でもないからだ。それでも、アトゥの言うことは理解できた。一緒に長く過ごすうちに、ふたりは精神的には兄妹のようになっていったからだ。とはいっても、それは彼女が求めていることとはまったく違う。ピルヨは彼がほかの女性に対して抱くのと同じ気持ちを自分に感じてほしかった。彼の情熱に貫かれ、身体を潤わせ、へとへとになりたかった。一度でいい、彼に押し倒され、女として求められていたら、すべてはまったく違っていたのに。たった一度でいいから彼がそうしてくれていたら、絶対に起こりえないこと、願っても無駄なことをこうやってひっきりなしに考えなくてすんだのに。

アトゥにとって彼女はウェスタの処女だった。彼を見守ってくれる、触れてはならない処女のシンボル。ある意味、それは事実だった。ピルヨは三十九歳にしていまだに処女だった。少なくともアトゥとの関係においては。彼に抱かれ、彼の子どもを産みたいのなら――当然それがピルヨの切なる願いだったが――、年齢的に急がなくてはならない。

アトリウムには今、ひとりの女がいる。アトゥが数カ月前にパリで勧誘してきた女だ。ピルヨは女の特徴を細部まで思い浮かべることができた。名前はマレーナ・ミケル。とんでもなく高いヒールを履き、身体のラインがぴっちり出る純白のワンピースを着て彼の前に現れ、両親はイタリア人だが自分は六歳からフランスに住んでいると語った女。アトゥが惜しみなく語りかけた言葉のおかげで自分の過去のすべてが融け合った気がする、と言ってきた女だ。アトゥただひとりのためだけにこの世に生まれたように感じる、彼が求めることならどんなことでもお役に立ちたいと言う女。

あんなしらじらしいセリフにアトゥがまんまと引っかかるなんて。おかげでわたしがどれだけ傷ついたか、誰にも想像つかないだろう。図々しくもあの寝床に、わたしの寝床に潜りこんでいる女にわたしがどれだけ嫉妬しているか、誰にもわからないだろう。

そのマレーナは今、ベッドで彼の横にいる。アトゥが放ったカリスマ性の網にすっぽりかかった女。彼が信者を愛人にしたのはこれが初めてではない。こんなことは何度も何度もあった。しかし、もう我慢の限界だった。

数週間前も、ロンドンで秋クラスの信者を勧誘したとき、セッション中に若く美しい黒人女性が失神したことを、ピルヨは覚えていた。

そのときアトゥは、驚くほど激しい口調で、自室で彼女を休ませたいので支度するようにと言いだした。そのあとドアの内側で何が起きたか、ピルヨにははっきりとはわからない。しかし、帰りの飛行機でアトゥの目は今までとは違う輝きを放っていた。パリの愛人もピルヨも見たくない輝きだった。

そして今、ピルヨの手元にロンドン女からのメールがあった。エーランド島でアトゥが開講する次のクラスにぜひ参加したい。ホームページによると一週間後に始まるとのことだが受講させてほしい、とある。

最悪だった。唯一の救いは、フランスから来た淫売がこれでやっとアトゥの身辺から消えてくれるということだろう。

あの黒人女性はアトゥに強烈な印象を与えた。それを思うと、あの女性とアトゥの関係は自分にとってまずい方向へ展開しそうだとピルヨは感じていた。あの黒人娘には、アトゥに圧倒的な影響を及ぼす力がある。好きなようにさせたら、間違いなくアトゥを骨抜きにしてしまうだろう。

ピルヨは今再び、覚悟を決めた。

8

二〇一四年五月一日、木曜日

港を一望できる窓際のテーブルに三人の食事が用意されていた。ローセはとっくに席に着き、海上の一点を見つめている。

「おはよう！」アサドが元気よく声をかけた。「今朝はちょっと顔色がよくないね、ローセ。早く歩けと鞭をあてられると嘆いたラクダに、友達のラクダが言うセリフがあるんだ。『つらくても先に進もう』と。頑張っていこう」

ローセは首を横に振ると、皿を脇へ押しのけた。

「薬局で何か買ってこようか？」アサドが気遣う。

再び首が横に振られる。

「ハーバーザートの映像を見たのが失敗だったんじゃないかな。だからそう言ったのに。ですよね、カール？」

カールはうなずいた。こいつはいつになったらその口を閉じるんだ。せめて朝食が終わるまで待ってくれよ。DVD鑑賞会から立ち直ってないんだってことぐらいわかるだろ？

「DVDとは関係ないのよ。たしかにあれはいただけない映像だったけど」

「じゃあどうして？」アサドがなおも尋ね、自分の皿をクネッケで山盛りにした。ローセがまた遠くを見つめる。

「そっとしておいてやれ、アサド。バターを取ってくれないか」それからクネッケの皿が空同然になっているのに気づき、こう付け加えた。「俺の分はほんのひとかけらか。ああ、いいよ。おまえがそんなに飢えてるっていうなら」

アサドは涼しい顔をしている。「ねえ、ローセ？　頭の中でぐるぐる回っていることを思い切って吐き出したほうが楽になるかもしれないよ」

アサドが話すたびに、クネッケのかけらが四方八方に飛び散る。やれやれ、こいつと毎朝食卓を囲む立場じゃなくて助かった。

アサドは少しの間、スーパーマーケットの前にメーデーのデモに向かう人たちが集まっている様子を見つめていた。プラカードの一枚に〈団結すれば強くなれる〉と書かれている。

「やっぱりビャーゲは同性愛者だったと思います？」とアサドが言った。

カールは眉をしかめた。「ずいぶん藪から棒だな。そう思うわけでもあるのか？」

「決定的な証拠があるわけではありません。でもあそこの大家さんは、間違いなく肉感的だったでしょう？　私はとても魅力的な人だと思いました」

肉感的だと？　なんだその気持ち悪い言葉は。こいつ、あの大家に色気を感じたのか？

「それで？」

「ビャーゲは三十五歳でまだまだ若くて男盛り、大家さんはとても我慢できなかったはずです。彼女は熟女ですしね」アサドは、スズメバチの巣に顔を突っ込んだのに無傷で生還したような、勝ち誇った顔でカールを見た。こいつ、自分の説に自信満々だな。

「さっぱりわからんな、アサド。何が言いたいんだ？」

「あの大家さんがビャーゲと関係を持っていたら、彼の部屋は盗賊のアジトみたいになっていませんよ。彼女がどんな人か、見たでしょう？　ほんのちょっとエッチなことをするだけでも、あの人ならビャーゲのベッドに風を通し、灰皿を空にし、彼の洗濯物を片づけていたはずです」

「おもしろい見方だ。だが、たとえ関係があったとしても、ビャーゲの部屋でなく別の場所でやっていたかもしれないじゃないか。そんなことは誰にもわからん。そんなのはすべておまえの妄想だ」

アサドは首を横に振った。「かわいらしいピンポンがついたレース編み作品と家族写真に囲まれて、あのビャーゲが大家と寝たと思いますか？」

「ポンポンだろ、アサド。房飾りと言いたいんだろ。そう考えたとして何が悪い？　もういいだろ、その話のどこが重要なんだ」

「彼はホモセクシャルだったと思うんです。ベッドの下にあった雑誌はどれも、ぴったりしたズボンに革の制帽の男たちが表紙のものばかりでした。壁にはデイヴィッド・ベッカムのセクシーなポスターが貼ってありましたし」

「じゃあ、そうかもしれん。だが、それがどうしたって言うんだ。そんなこと、どうでもいいじゃないか」

「たしかにそうですけど。でも彼の母親にとってはどうでもよくなかったんだと思います。だから母親は息子のところに行かなかったんですよ。ビャーゲはガラスケースにチョコレート菓子を入れて喜ぶような繊細なタイプのゲイではなかった。ママを女神と崇めて一緒にショッピングに行くような、なよなよしたタイプのゲイではなかった。彼はマッチョなゲイだったんです」

カールは唇を尖らせた。そうかもしれない。だが、それがなんだって言うんだ？　たとえビャーゲ・ハーバーザートの性的対象が、六十五歳過ぎのアンダルシアの一卵性双生児だったとしても、そんなことどうでもいい。俺には今、テーブルの上のうまそうな焼きたてのパン以外、どうでもいい。

アサドはローセのほうを見た。「ずっと黙っているけど、どうかした？　いつもならどんなことに対しても必ず意見を言うのに。何か言ってくれよ、ローセ。どうしたんだ？　あのDVDのせいじゃないなら、なんでそんなにショックを受けているの？」

ローセはゆっくりとこちら側に顔を向けると、昨日、ジュン・ハーバーザートの顔に浮かんでいたのと同じ、つらそうな表情でふたりをじっと見た。ただ、ローセは泣いていなかった。それどころか、悟ったような顔をしている。その目は、できることなら自分ひとりで解決したいんだけど、と言っているように見えた。

「わかったわよ、じゃあ話すけど、このことで議論するつもりはありませんからね、いい？　わたしはたしかにハーバーザートの映像を最後まで見ることができなかった。でもそれは、ハーバーザートがわたしの父親と驚くほど似てたからよ」ローセは椅子を後ろに引くと、それっきりテーブルを去った。

カールは目の前の朝食を凝視した。「アサド、そこまでにしておけ。これ以上追及するな」

「わかりました。彼女のお父さんに何があったんです？」

「ああ、フレズレクスヴェアクの工場で、仕事中に圧延機に引きずりこまれて亡くなったんだ。そこの事務所でローセもアルバイトしていた」

リステズのコミュニティセンターは、メインストリート沿いの人々が出入りしやすい場所にあった。この手のセンターの常として、黄色い建物の正面に〈リステズ　コミュニティセンター〉と記されている。

不恰好にかしいだ掲示板にはチラシやポスターが貼られ、さまざまな催し物が紹介されていた。ラインダンス、シニアのためのウォーキング、子どものためのパン焼き教室やハロウィーン用かぼちゃランタンづくりなど。さらに、市民団体が掲示物をすべてまとめ、地域活動や話題を閲覧できるようにしていた。地域の居住者の義務について、ダイビングスポットのある入江に新しくベンチを設置すべきか、海水浴場にブイを設置する自治体の措置は十分かどうか……。そういった話題だ。ちなみに五月一日の予定は、子ども向けの遊具、バルーンキャッスルの設置に向けた説明会だけとなっている。

このコミュニティセンターは観光客のためのものではない。よく考えもしないでこの辺鄙な場所へ越してきた住民の便宜を図るために存在しているのだ。

カールはセンターにいるふたりの女性を見た。ふたりともハーバーザートの映像に映っていた。

「ボレデ・エレボーです」まずまず聞き取れるボーンホルムなまりでひとりが名乗った。「ここの運営を担当しています。すぐ裏に住んでいるので、鍵はわたしが持っています」

もうひとりはマーアンとだけ名乗った。彼女は市民団体の会長を務めているということだった。この状況では何も手につかないだろう、その沈んだ目を見ながらカールは思った。

「ハーバーザートさんを個人的にご存じでしたか？」ローセとアサドが挨拶している横で、カールが尋ねる。

「ええ」ボレデ・エレボーが答えた。「よく知っていました」きびきびした口調だったが、けっして尊大ではない。

「どうして？」

彼女は肩をすくめ、三人をホールへ案内した。パノラマウィンドウから建物の裏側にある庭を見渡せる、明るい空間だった。白い壁には証書と絵画がそれぞれ間隔をあけて飾られている。

テーブルにはすでにコーヒーが用意されていた。

「いつかこんな日が来ると覚悟しておくべきでした」三人が腰かけると、会長が口を開いた。「本当に痛ましいことです。今もショックから立ち直れません。気の毒に、クレスチャンはお客様があまりに少なかったのであんなことをしたのでしょう。わたしたち全員がその罰を受けているような気がしていますよ」

「おかしなこと言わないで、マーアン」きっぱり言うと、ボレデはカールのほうを向いて続けた。「マーアンはいつもこうなんです。とても繊細で。ハーバーザートは自分の中のもうひとりの自分に嫌気がさしていて、それで自殺したんだと思います。わたしの意見をお尋ねになりたいなら、それが答えです」

「さほどショックでないようにお見受けしますが、どうしてですか？　あの現場に居合わせたのだから、それはそれは衝撃だったと思いますが」ローセが尋ねる。

「いいですか、お嬢さん」ボレデが言う。「わたしはね、グリーンランドの住宅街で五年もソーシャルワーカーをやってきたんですよ。あんなことでいちいちうろたえていられると思いますか？　散弾猟銃が違う目的で発砲されたりするのをたくさん見てるんです。もちろんギョッとはしましたよ。でも、わたしの人生は変わらず続いていくわけでしょ？」

ローセはしばらく沈黙して相手を見つめていたが、立ち上がると、通りに面した窓の前まで歩いていき、振り向いた。左の人差し指をこめかみに当てて銃を撃つ真似をすると、次の瞬間、床に倒れた。

「こんな感じでした？」ボレデに尋ねる。

「そうね。でも床を見たほうがよくわかると思いますよ。しみがまだ残っているから。これ以上ごしごしやるのはごめんだから、掃除婦さんに電話するつもりなんです」

「なんだかイライラしているみたいですね。彼がここを現場に選んだからですか？」ボレデの苦情にはとりあわず、アサドがコーヒーをかき混ぜながら尋ねた。いや、コーヒーを数滴垂らしたシロップと言うほうが正しい。

「イライラしているですって？　いえ、彼がここで自殺したのは、そういう悪いカルマだったのでしょうから仕方ありません。あのまま家に帰っていたかもしれないし、岩礁に身投げしていたかもしれない。たまたまここが現場になっただけです。まあ、たしかにうれしかったとは言えませんけど」

「悪いカルマ？　私にはなんのことだか」アサドが頭を横に振る。

「これから会合でこのホールに集まったり、飲み食いしたりするたびに拳銃自殺のことが頭に浮かぶんですよ。うれしいと思います？」

「それはおふたりについての話でしょう。市民団体から退官式に出席した人はあまり多くなかったと思いますが？」ローセがずばりと言う。

「たしかにそうです。ですが、あの絵とその後ろの壁に開いた穴は残ります。たとえ壁の穴をふさいでも頭の中に残ります」

どうやらボレデ・エレボーは相手を論破したいタイプのようだ。

「でもそれもやっと終わります。警察が銃弾を壁から引き抜いたので、そこにものすごく大きな穴ができてるんです。何年も手入れをしてきたのに、見てくださいよ。なんて腹立たしい。汚いコンクリートがむき出しです。ハーバーザートに感謝しなくてはね。こんなことまでしてくれたんですもの」

荒々しい東部のこの地域には、皮肉がうまくなる条件がばっちり整っているのだろうか。

「ボレデの言うことを真に受けないでください」蚊の鳴くような声で会長が言った。「この人もわたしと同じようにショックを受けているのです。あの出来事を彼女なりの方法で乗り越えようとしているだけなんです」

「ローセ、もう一度さっきの続きをやってもらえないか?」アサドが立ち上がり、ローセに歩み寄った。「今度は私が招待客の役をするよ。きみはハーバーザートだ。私は……」

ローセには何も聞こえていないようだった。銃弾に貫かれた絵画をじっと見ている。太陽と木の枝、そして空飛ぶ鳥を描いたその作品が歴史に名を残す名画だから、というわけではなさそうだ。

「ええ、そう。ハーバーザートがその飛ぶ鳥を撃ち落したんです。ど真ん中に命中させて。それなのにその絵が落ちないなんておかしいわよね」ボレデが笑い声を上げた。「ま、おかげでそのがらくたをやっと処分できるわけですけど」

「この絵が気に入らないんですか?」アサドが絵に近づく。「なかなか素敵だと思いますけど。でも、ここではもう、この絵のような浜辺の景色は見られませんね」

「あなた、一度眼鏡を磨いたほうがいいんじゃないの？」ボレデがあざけるように言う。

「これを描いた人間はインチキ芸術家よ。その気になればこの手の絵を一日に十枚は描いてるでしょうよ」

　ローセの目はずっと壁に釘づけだ。「ちょっと外に出て、新鮮な空気を吸ってきます」

　無理もない。鳥を撃ち抜いた銃痕の周囲には、頭骨の破片と脳髄の残滓がこびりついている。ローセは父親のことを思い出したに違いない。

「彼女のように若いお嬢さんには、厳しすぎる仕事ですね」会長が同情を寄せた。

「まあそうですけど」カールはうなずいた。「彼女の年齢にだまされてもいけませんし、彼女が激情的に振る舞ったからといってそれにだまされてもいけません。それはそうと、ハーバーザートの私生活がどんなだったか教えてください。あまり情報がないもので」

「いい人だったと思うんですけど」会長が応じる。「ただ、仕事のしすぎで限界を超えてたんですよ。それで家族が犠牲になって。あの人は刑事ではなかったのになぜひとりで全部やろうとしたのか。わたしにはどうしても理解できないのです」まなざしが暗く沈む。「特に犠牲になったのはビャーゲでした。本当にかわいそうに。あの母親では、あの子も大変ですよ」

　このふたりはビャーゲが死んだことをまだ知らない。そう気づいたカールは、このまま事情聴取を進められるよう黙ってろよ、とアサドに目で警告した。今日中にコペンハーゲンに戻るには、夕方のフェリーに乗らなければならない。カールの計算ではまだ時間があるはずだった。ビャーゲの死はボーンホルム警察の管轄だ。残り物を突っつきまわしたところで何も出てこないだろう。やることはやったんだし、いいじゃないか。ローセの言い分を聞いてここまで来てやった。それに、ローセ自身も逃げちまったわけだしな。よしよし、夕方のフェリーでめでたく帰れるぞ。

「ということは、ビャーゲの自殺は母親のせいとも考えられます?」アサドがカールのもくろみを見事にぶち壊した。

一瞬ののち、ふたりの女性は目を見開いた。

「まさか、なんてこと!」会長がうめく。

凍りついたふたりの目が、カールに説明を求めている。くそっ、アサドの馬鹿野郎! なんて口が軽いんだ!

「聞いた話では、あの親子は口もきかなかったそうです。ビャーゲはホモセクシュアルなんだけど、母親がとても嫌がっていたらしくて。まったく、清純ぶってあきれるわよね。自分は年がら年じゅうベッドの上にいたくせに」ボレデ・エレボーは不快感を隠さなかった。

「ほら、言ったとおりでしょう?」アサドはしてやったり、という顔をカールに向ける。

「ジュンが禁欲的な生活を送っていたわけではない、そういうことですね。ですが、彼女は独身だったわけですし、別にいいじゃないですか」カールが尋ねる。

ふたりの女性が顔を見合わせた。ジュン・ハーバーザートについて、淫(みだ)らな噂が広がっているのは明らかだった。

「彼女は、まだハーバーザートと結婚していたころから、蜂のようにぶんぶん飛び回っていたんですよ」会長の口調が突然とげとげしくなった。おだやかに見えた天使がついに仮面を取ったのだろうか。

「どうして、そんなことがわかるんです？　彼女だってまさか、そんなこと自分から触れ回ったりしないのでは？」

「それはそうですけど。彼女が男といるところを直接誰かが見たわけでもありませんし。でも、彼女、急におだやかになったんです。すぐにピンときますよ」

「誰かに恋をしているようだったと？」

ボレデは「なんて間抜けな質問なの？」という顔をした。「恋？　違うわよ。あっちのほうで充実していたって感じ。オーガズムよ、わかるでしょ？　もちろん、自宅でそんなことをしていたわけじゃない。彼女、ある時期から急に昼休みを長くとるようになったという話です。だからその間にお楽しみなんだろうって、職場ではみんなそう思っていたらしいですよ。オーキアゲビューに住むジュンの姉の家の前にジュンの車が停まっているのを見た人がいるんです。同じ通りに住んでいる知り合いによると、彼女、ドアの前で男と話してたんですって。絶対にハーバーザートじゃないと言っていました。同い年ぐらいに見えたらしいけど」ボレデ・エレボーは小さく笑ったが、すぐに顔を曇らせた。「彼女のほうも積極的に旦那とよりを戻そうとしていたわけじゃないらしいんです。お互い、別のことに気持ちが向いていたんでしょうね。アルバーテのことがあろうとなかろうと、どっちみち彼女はハーバーザートを捨てていたでしょう」

「ビャーゲが自殺したなんて信じられない」会長はまだショックから立ち直れないようだった。

「そうですよね。ですが、アルバーテの話に戻りましょう。交通事故で亡くなったということですが」アサドが先を進めた。「この少女について、何かご存じないですか？」

　ふたりが肩をすくめた。

「まあ、小さな島ですしね。なんでもすぐ噂になるから」

「たとえばどんなことでしょう？」アサドがまたもや砂糖をひとさじ、カップに投入した。

嘘だろ、まだ足りないのかよ？

「たしかにあの子はかわいかったけど、まあ普通の子でしたよ。ただ、ホイスコーレのほうでは派手にやっていたみたい。しっかり監視する人間がいないんだから、若い子が羽目をはずすのも当然だけど。犬だったら、もっとリードを短くしてしっかりそばに置いておくべきだったんじゃないかしら」ボレデが先を続ける。「次から次へと、それも全然違うタイプの男の子と付き合っていたという噂です」

「噂？」アサドが尋ねる。

「わたしの甥っ子がホイスコーレで働いているんですけど、彼女が熱を上げていた男の子が何人かいたとか。手をつないでボーンホルムのいちばんの絶景〝山彦谷（やまびこだに）〟を散歩するとか、いろんな子とデートしてたみたいですよ」

「まあ、他愛のないことに思えますけど。この件について何か報告書にあるか、アサド？」

アサドがうなずいた。「はい。でもほんの少しです。ひとりは同じ学校の子でした。といっても、少しいちゃいちゃする程度だったようです。それから、学校の外にも誰かいたようで、そちらはもう少し長い記述があります」

カールが女性たちに視線をやった。「誰だかわかりますか？」

ふたりが首を振る。

「その人物について報告書にはどう書かれているんだ、アサド？」

「何も書かれていません。何者なのか捜査を行なったが、わからずじまいだったとあります。ふたりの生徒から、その人物は学校の生徒ではなく、彼に出会ってからアルバーテは熱に浮かされたようで、授業など上の空だったという証言があります」

「ハーバーザートがあとから独自に行なった捜査で、その男について何かつかんでいたかどうか、ご存じですか？」

ふたりは肩をすくめた。

「なるほど。ここで行き止まりか。つまり、こういうことだ。ハーバーザートは、そもそも自分の担当でもなく解決の見込みもない事件に執着していた。妻は息子を連れて去り、彼をサポートしようとする人間はいなかった。彼の人生は、交通事故と少女の死によって破滅の道をたどったんだ。警察官としては、あまり共感できませんね。ちなみに、われわれはジュン・ハーバーザートから話を聞こうとしましたが、取りつく島もありませんでした。別れた夫を許す気などこれっぽっちもない様子でした。ボレデさん、あなたはふたりをよくご存じのようですね。ジュンと連絡は取り合っているんですか？」

「まさか、とんでもない。昔は親しくしていましたよ。ジュンはうちからほんの数百メートル下ったところに住んでいましたからね。結局、そこにはハーバーザートだけが最後まで住んでいたわけですけどね。でも、彼女が家を出ていってからは付き合いもなくなりました。たまに、彼女をジョボランドで見かけますけどね。あそこでチケット売りしたり、アイス売りしたり、いろんな仕事してますよ。でも、それ以外は、もう何年も彼女と話していません。離婚してからなんだか少しおかしくなったみたいで。カーリンはジュンとビャーゲと、オーキアゲビューのイェアンベーネ通りの家で一時期同居していたことがあるんです。もと両親の家だったところでね。でも、そのうちカーリンが耐えられなくなったみたいで。カーリンなららいろいろ話してくれるかもしれません。だけど、ジュンの姉のカーリンは今、ホーンボルムにいますよ。それと、サムにも会ってみたらどうかしら。二十一番地ですよ。ここ数年、ハーバーザートと付き合いがあったのはあの人ぐらいですから」

カールが目くばせすると、アサドは猛然とメモを取った。解読できる文字であることを願うばかりだ。

「あとひとつ」とカールが言った。「そのサムが昨日ここで撮影した映像を見たのですが、途中でホールを出ていった人がいました。乾杯の直後です。誰だかわかりますか？」

「ああ、それならハンスよ」ボレデが答える。「飲んだくれのハンス。地域の人たちの使い走りなんかをしているの。飲み食いできるってわかると必ず来るのよ。あの人からまともなことはまず聞けないと思うけど」

「どうやったら彼に会えます？」

「この時間に？　うーん、燻製工場の裏手にあるベンチかしら。その道を渡ってストランスティンを右に曲がると灰色の建物があって、突き当たりに煙突が見える。そのすぐ裏に庭があってベンチが置いてあるの。いつもそこに座って、ビールを飲みながら何か彫っていますよ」

ストランスティンを右折すると、海辺にローセのシルエットが見えた。海からようやく顔を出している高さの岩場に立つ様子はことのほか頼りなげだ。まるで風景に呑みこまれそうなほどちっぽけに見える。

カールとアサドはその場に立ち尽くし、ローセの姿を見つめた。喧嘩腰でタフな、いつもの彼女とはまるで違う。

「お父さんが亡くなってどれくらいなんですか？」アサドが尋ねる。

「かなり経っている。だが、あの様子じゃまだ乗り越えていないみたいだな」

「先にコペンハーゲンに帰してやったほうがいいのではないでしょうか」

「何言ってるんだ？　三人とも今夜のフェリーに乗るんだ。あと話を聞かなきゃならないのはジュンの姉と、ホイスコーレにいた数人ぐらいのものだろ？　そんなの、コペンハーゲンから電話すればいい」

「今夜ですか？　ここでもっと捜査しなくていいんですか？」

「なんでそんな必要があるんだよ。ハーバーザートの家は鑑識が徹底的に捜査している。部屋の隅からひょっこり重大な手がかりが見つかるなんてこともないはずだ。それに、昨日も今日も聞いて回ったが、はっきりした証拠なんて何も手に入らなかった。たしかに奇妙な話かもしれないが、ハーバーザートが十七年探して結局何も見つからなかったんだ。俺たちが数日やそこら探してどうなる？　いいか、もう十七年も昔の話なんだぞ」

「カール、例の男性があそこに」アサドが燻製工場のほうを指さした。煙突の背後にある公園の白いベンチに背を丸めた男の姿があった。飲み干したビールの缶が草の上にいくつも転がっている。女たちから聞いたとおりだ。

「こんにちは！」柵の小さな門から強引に入りながら、アサドが陽気に声をかけた。「そこに座ってらしたんですか、ハンスさん！　ボレデが言ったとおりですね」

アサドの突撃ぶりは悪くなかったが、男は目もくれなかった。

「たしかにここならのんびりくつろげますよね。なんて素晴らしい眺めなんでしょう」

反応なし。

「わかりました。今は話したい気分じゃないんですね。それならそれでかまいませんよ」アサドはカールにうなずいてみせると、近くに転がっていた散水ホースのノズルを切り替えて水を出し、手を洗いだした。カールは腕時計に目をやった。アサドの祈りの時間だ。

「私にかまわないで、ローセのところへ行ってください。十分ですみますから」アサドがにこやかに言った。

「いや、彼女にはひとりになる時間が必要だ。俺はそのへんを歩いて考えをまとめることにする。だが、アサド、こんなところで祈って大丈夫なのか？　みんなに見られるぞ。このあたりにどんな人間がいるかわかったもんじゃないぞ」

「イスラム教徒が祈るところを見たことがない人がいるなら、今がまさにそのチャンスですよ。草は柔らかいし、その男性は私とおしゃべりする気がないようですし。何か問題でも？」

「わかったよ、アサド。おまえの絨毯を取ってきてやろうか？」

「いいえ、大丈夫です。上着がありますから。自然の中ではこれで十分です」そう言うと、アサドは靴下を脱ぎだした。

　カールが二十メートルも歩かないうちに、アサドは胸の前で両手をからめて直立姿勢で祈りを唱えていた。青い空を背景に、アサドはとても柔和な顔をしている。残念ながら、カールはそこまで神を近くに感じたことはなかった。

　岩場の上に目を向けると、ローセはピクリとも動かず、水平線を見つめていた。海の上ではカモメの群れが鋭い声で鳴いている。ローセはなぜ、あそこにいるのだろう？　哀悼の気持ちからだろうか。何を考えているのだろう？　持てあますほどたくさんある秘密のことか？　それともアルバーテ・ゴルスミトとクレスチャン・ハーバーザートのことか？

　その場にじっと立っていると、なんとも言えない感情にとらわれた。ほんの数日前まで自分はクレスチャン・ハーバーザートのことも、アルバーテのことも知らず、スヴェニゲ、リステズ、ラネといった場所ともかかわりがなかった。それが今やこうやってリステズの海岸に立ち、不意に心細い気持ちに襲われている。よりによってデンマークの最東端で、人はどこへ行こうとも、どこへ逃げようとも、違う人間になることはできない、と悟るとは。人は誰しも自分の中にわけのわからない説明のつかないものを抱え、時折、そういうわけのわからなさに振り回されて失敗することがある。だが、文句を言うわけにもいかない。そのわけのわからなさも含めて自分自身なのだから。

　カールは頭を振った。くそっ、そんなこと改めて考えなくたって、自分がなんでこういう人間になったのか、それは自分がいちばんよくわかってる！

　だが、本当にそれだけか？　今の時代、誰もが自己否定をしながら、一方で自己弁護をして生きている。自分が置かれている立場を否定したいなら、いつだってそこから逃げだすチャンスはある。生まれた国、結婚、考え方や価値観、そしてファッションでさえ、自分にとって昨日まではあれほど重要だったことを、その気になればすべて捨て去ることができるのだ。ところが、どんなに新しいものを見つけても、それがどんなに自分が望んで手に入れたものだったとしても、今度はそこに何も見つけられなくなる。明日になればまた同じことの繰り返し。永遠に追い求めるだけだ。なんと虚しいのだろう。

俺はそうではない、と断言できるのか？

くそっ、なんて馬鹿なんだ、俺は。カールは自分に毒づくと、息を吸いこみ、海と朽ちた海藻のにおいを嗅いだ。俺はなんでこうなっちまったんだ。どうして、女ときちんと付き合ってこられなかったんだ。モーナと別れたあと、リスベトはやさしく俺を理解しようとしてくれた。しかもすこぶる美人だった。それなのに俺はどうした？ 出会ったその瞬間から心の中では彼女に背を向け、突っぱねようとしていたんじゃないか？ もちろん彼女はそれに気づいていた。そのことで説明を求めたり、俺を責めることだってできたはずだ。だが、彼女はそうしなかった。本当に見切りをつけたのはどっちなのか？

その後はどうだ？ その後も何人かの〝リスベト〟に出会ってきた。だが、俺はそもそも真剣な付き合いをするだけの価値のある男なのか？ 俺のような男とずっと一緒にいたいと思う女などいるのか？

それでもまだ、俺にはモーデンとハーディがいる。あとは？ イェスパか？ アサドと、あそこの岩礁に立っているローセも俺のそばにいてくれる。だが、明日も同じ場所にいてくれるのだろうか？ 俺はそれだけの価値がある男なのか？

カールは波を眺めた。しばらくしてポケットから携帯電話を取り出すと、アドレス帳をスクロールしていった。

モーナの番号はまだそこにあった。別れてほぼ三年経つのに、ワンプッシュでつながることができる。

ディスプレイに人差し指を置いたまましばらくためらったが、意を決して押してみた。カールの名を口にするモーナの声を聞くまでわずか十秒。俺の名前もまだあっちの携帯に保存されているってことだ。これはいい兆候か？

「あなたなの、カール？　何か言って」あまりに自然な口ぶりに、カールは膝から力が抜けそうだった。「ねえ、カールなんでしょ？　もしかしてかけ間違い？」

カールは声を振りしぼった。「いや、違う。きみの声が聞きたくて」

「ええ、わたしよ」

「そんな馬鹿なと思われるかもしれないが、俺は今ボーンホルムのスヴェニゲにいて、海を眺めながら、きみがそばにいてくれたらと考えてたんだ」

「あら、スヴェニゲにいるの！　おもしろいわね。こっちは今、デンマークの反対側よ。正確に言えばエスビェア。それだけでも十分、あなたのそばに行くのは難しいわね」

〝それだけでも十分〟と彼女は言った。前途有望とはあまり思えない。

「ああ、そうだな。きみがそばにいてくれたら、って言ってみたかっただけだ。コペンハーゲンに戻ったらまた会えるといいが」

「いいわよ。また連絡して。それじゃあね、カール。バルト海に落っこちないでよ。ものすごく冷たいから」

電話は切れた。手ごたえがあったとはとても言えない。

公園に戻ると、アサドがベンチに腰かけ、あの男としゃべっていた。

「こいつ、ほんとにイカレてるぜ」子どもみたいな高い声だった。「地面に寝っころがるだろ、尻を宙に突きだすだろ、それでもって、わけのわからないことばっか言ってる」

アサドが笑った。「ハンスは私が彼のビールを奪いにきたと思ったんだそうです。ようやく、私がそういう人間ではないとわかってくれましたけどね」

「それがよ、こいつは一滴も飲まないときた！　五月一日以外もだよ！　ラネのデモに行きたいか？　俺は行ったことあるよ。でも俺は今デンマーク党を支持してるからね。俺の知り合いはみんなそうだ。だってデンマークに住んでるんだからな。ここにいる、酒を飲まないあんちゃんもそうだろ？」男はにやついた。

「ハンスは、ここの住民のことはみんな知ってるそうです。昨日は、ハーバーザートがしたことが気に入らなかったので早めに退散したんだそうです。でも、その前からハンスもハーバーザートには嫌気がさしていたとか」

「そうさ、あのハーバーザートの野郎！　あれは頭がまともじゃなかったね。俺のほうが二倍は利口だよ」

「どうして？」

「やつのカミさんはそりゃあきれいだった、ほんとだよ。でもあの野郎は手放しちまったんだからな！　そうよ、俺は街で彼女が漁師たちといるのを見たことがある。クナホイじゃ別の男といたしね。いや、それにしたってさ、ハーバーザートは間抜けだよ。彼女は誰とでもキスしてたんだぜ」

そこでハンスが顎をくいっと上げた。「ほら！　あの人を待ってたんだろ」

ローセのほうを指さし、缶ビールをぐびりと飲んだ。頬を赤くし、風に髪の毛をもつれさせながら、ローセが力強く歩いてくる。話に割って入ろうとしているのは明らかだった。

「少し待ってくれ、ローセ。アサドは今、取り込み中だ」カールはそう言って、ベンチの男に目を向けた。

「こんにちは、ハンスさん。わたしはアサドの友人で、親切な人間だけど、とても好奇心が強いんです。さっきおっしゃいましたね、ジユン・ハーバーザートが漁師たちとキスしてたって。その人たちの名前はご存じですか？　ぜひ話してみたいんです」

「連中はもうここにいないよ」

「もうひとり、ジユンがどこかで会っていた男性がいるっておっしゃいましたね。どこでしたっけ、クナホイでしたっけ？　名前はご存じですか？　その人ともぜひお話ししたいんですが」

ハンスがビールを口から噴きだして笑った。

「ハハハ、そりゃ無理だ。名前なんかわかんないね。あの男はここの生まれじゃなかったよ。ビャーゲに訊きゃあいい。俺があいつに彫刻の手ほどきをしてやったんだ。ボーイスカウトの制服を着たビャーゲは、ほんと間抜けだったねえ。あの半ズボンときたらさ！　向こうの先だよ、クナホイでさ。あそこで発掘調査があって、ジュンと男はそのとき出会ったんだ」

「間抜けだった?」

「だって大人って言っていくらいの年だったんだぜ!」

「ボーイスカウトのグループリーダーだったとか?」

頭に電気が通ったかのように、ハンスの顔がパッと明るくなった。「ご名答!」

「なるほど。母親が会っていた男性のこと、ビャーゲが知っていたと思います?」

「ああ。いつだったか、息子とその男がいるところに彼女が来たことがあった。あそこの、今じゃ〝迷路(ラビリンス)〟になってるとこだ。そう言うんだよな? 何かで読んだよ。ついでに言うと俺はさ、あんたたちがまるで知らないことだって読んで知っているんだよ」

カールはハンスに二十クローネを渡した。今日の分には十分だ、ビール三缶買っても残るな、と彼は言った。

ハンスが人生に求める願いは実に慎ましかった。

「ふたりとも、聞いて」車に戻る途中、ローセが出し抜けに言った。目が輝いている。復活したのだ。そしてまた何か企んでいるようだ。

「あそこに立ってずっと考えていたんです。もう、頭から煙が出るくらいね。そもそもハーバーザートって何者だったんだろう、どうしてあんなことをしたんだろう、よりによってどうしてアルバーテの事件にあんなに熱を入れたんだろうって」

「心の隙間を埋めるためじゃないか？　家庭がうまくいってなかったんだろ。あの女性たちもハンスも言ってたじゃないか。または、警察官としての使命感からとか」

「そうかもしれません。優秀な警察官だったのは確かだわ。彼は自分の目標を追い求めたけど、それ以上先に進めなくなった。それで自殺した。でも、本当に力尽きたことが理由で自殺したのかしら。どう思います？」

カールは肩をすくめた。

「そういうローセはどう思う？」「たぶん」アサドが笑う。

「うーん」ローセが少し考える。「そうね、わたしはそれが理由じゃないと思う。それだけじゃないわ。彼は、この事件に対して自分がどれだけ必死だったか、それをわからせたくて自殺したんだと思う」

「自分の頭を撃つほうがよっぽど〝必死〟だと思うけど」アサドがコメントする。

「茶化さないでよ。ハーバーザートは、捜査を進めてほしいと必死だったのよ。わたしたちにこの事件を引き継がせたかったの。なぜかっていうと、事件がいよいよただごとではなくなってきたからよ」

「むしろ、何もわからなくてどうしようもなくなったからじゃないのか」カールが意見する。

「たしかにその解釈には一理あるし、それは認めます。でも、彼は誰がアルバーテを轢き殺したのか知っていたんだと思います。ただ、それを証明することができなかっただけなんです」ローセは自信があるのだろう、満足げに頭を左右に振った。「あるいは、犯人の居所を突き止められなかったか。もしくはその両方ですね。きっと、そのせいでおかしくなったんです。だから、彼の自宅を徹底的に探せば、ひとつやふたつ、答えが見つかると思うんです」

「ストップ、ローセ。そこまでだ。ちょっとのめりこみすぎじゃないのか。それにだ、だったらやつは、死ぬ前に容疑者の名前を書き残しておいたはずだろ？　そのほうが話は簡単だし、筋も通る。もしあの自殺が本当に念入りに計画されたもので、計算されたものだとしたら、なんで俺たちは手ぶらでここに突っ立ってるんだ？　何も手がかりがないからじゃないのか？」

「彼が何かを書き残していたことは十分考えられます。わたしたちはそれをまだ見つけていないだけで。ですから、それすらまだ見つけていないということです」ローセはまた頭を振った。十字路の中央に立ち、どの方向に行くか決めかねている、といった様子だ。「あるいは、答えがすぐそこにあるということまではわかったのに、それがなんなのかまでは見えなかったのかもしれない。だから外部に助けを求めた。鋭い目を持つ人間にね」今度は確信を持ってうなずいた。「そうよ、きっとそうだわ」

ローセが目を輝かせてカールを見る。信じられない。こいつの目がこんなに潑剌と魅力的に見えるとは。

「どう思います、カール？　大切な事件の解明を任せようと、彼がわたしたちに白羽の矢を立てたんですよ。誇りに思うべきじゃありません？　彼にははっきりとわかっていたんです。

自分が自殺すればわたしたちがここに来ざるをえなくなるって。事件をもう一度捜査させるためには、過激な方法をとるしかないと。そのために彼は自分を犠牲にしたんです。賭けてもいい、きっとそうです」

カールはうなずくとアサドのほうを盗み見た。彼女、イッちゃってますね、アサドがそう目で訴える。

たしかにな。

9

二〇一三年九月

ワンダ・フィンは退職願を出さなかった。ただ、出ていっただけだ。制帽を地面に投げ捨て、奥にいる受付嬢に向かって大声で別れの言葉を告げ、意気揚々とビルを出ていった。素晴らしく開放的な気分だったし、これが唯一の正しい道だという確かな手ごたえがあった。ヴィクトリア・エンバンクメント・ガーデンの壁に沿って歩きながら、なんの後悔もなかった。無駄に過ごした日々を恨む気持ちも吹き飛んだ。今、この瞬間から自分の前には全世界が開けている。そして、運命の人との生活が待っている。

ワンダには計画があった。アトゥ・アバンシャマシュ・ドゥムジに頬を撫でられ、「私の弟子よ」と呼ばれたときから、血の気を失って倒れ、意識を取り戻したときから、彼の自分を求めるような目を見たときから、手の甲に彼の唇が触れるのを感じたときから、アトゥ・アバンシャマシュ・ドゥムジこそが自分の夢見ていた未来だとわかっていた。

しかし、計画をシャーリーに明かすと、警告の言葉の嵐だった。何を言っても無駄なのに。

「ホームページを見ればたしかに未来が開けてくるような感じがするわよね。海辺の美しい建物、おもしろそうな儀式。でもねワンダ、実際に向こうに行ってみたら、彼にとっては遊びにすぎなかったんだとわかるわよ。全部意味がなかったって」シャーリーが諭す。「アトゥ・アバンシャマシュ・ドゥムジは、賢いと思った女性とはどんな人とでも関係を結ぶの」

シャーリーはむきになっているようだった。彼女も一時期、アトゥに魅せられていたのだ。

「あんたにずっと恋人がいないのは知ってるわよ。でも、そんな冒険をするくらいなら、このロンドンにだって満足できる相手はたくさんいるはず。何もそんなリスクを冒して自分を傷つけなくたって」

ワンダは首を振った。

「シャーリー、わたしのことをわかってないのね。わたしは愛人になんかなるつもりはない。アトゥ・アバンシャマシュ・ドゥムジの選ばれし女になるのよ。彼のしきたりに従って生き、彼の子どもを産む。それがわたしの天命なの。あのとき、ピンときたのよ」

「アトゥの選ばれし女？」シャーリーは笑いだしそうになったが、友達があまりに思いつめているのでなんとかこらえた。「わかったわ、でも待って。彼の手伝いをしてる女がいたでしょう、射るような視線が気にならなかった？　あの女との対決は避けて通れないわよ、絶対に」

「だって彼女はけっこう年いっているじゃないの、シャーリー」

「言ってくれるじゃない」シャーリーがやり返す。「あの人、わたしと同い年ぐらいだと思うけど」

ワンダは、シャーリーの部屋に立ち寄ったところだった。その部屋の窓から、遠くにそびえる塀を眺めてみたくなったのだ。光と夢を締めだしてきたあの塀。日に日に暗く、どんよりと感じられていった塀。あの向こうには、自分と同じようにかなえられない希望を抱く人たちがいる。この界隈では、将来とはもっぱら夢でしかない。少年はサッカー選手かロックスターになりたがり、少女はそういう人と結婚してセレブな暮らしを送ることを夢見る。だが、ここでの現実はといえば、ジャンクフードをつまみながらリアリティ番組とクイズ番組を見て終わる毎日だ。自分がしっかりした教育を受け、そこそこの夢を実現できる立場の人間だったらと、虚しい思いに駆られる日々。この地区では、ごく一部の限られた人間しか成功と豊かさと永遠の幸福を約束する場所にたどり着けないのだ。

「ごめんね、シャーリー」年齢に関する自分のコメントに友達が気分を害しているのに気づき、ワンダは釈明した。「そんなつもりじゃなかったの。自分はまだ若いし子どももいないから、心身ともにその準備ができていると言いたかっただけよ。アトゥの助手については、彼女は彼と寝たことがない。そんな気がする」

「ワンダ。きっと悲しむことになるわ。全財産を無意味な計画に注ぎこんだって、いつか後悔することになる。戻ってきたとき、どうやって暮らすの？　どこに住むの？　わたしの部屋にふたりは無理よ」

「あなたに会いにこの部屋に来るわ、シャーリー。でもそのときはホテルに泊まる。そのときは違うわたしになっているると思ってて」

シャーリーは唇をきゅっと結んだ。「じゃあ、これから仕事が終わって帰ってきたら、わたしは誰と遊んだりしゃべったりすればいいの？」涙がこぼれる。「わたしをひとりにするなんてひどい」

ワンダは何も言わず、シャーリーをぎゅっと抱きしめた。

「せめて定期的にメールして。ワンダ、約束して」

「もちろんよ。毎日、時間ができたらすぐにメールするわ」

「きっと口だけよ」

「そんなことない。約束するわ、シャーリー。約束は守る」

ワンダはさっそく、スウェーデンの〈人と自然の超越的統合センター〉にメールした。そちらに向かうので、この日時にカルマル駅に迎えにきてもらえるとありがたいのだが、と打ったのだ。申し込んだコースに引き続き、次のコースも受講したい、その後もセンターで修養を続け、アトゥ・アバンシャマシュ・ドゥムジの思想と理想に奉仕することを考えていると。

ワンダには、自分の望みを実現できるという確信があった。あの日、ロンドンでアトゥ・アバンシャマシュはたしかに自分を欲していた。セミナーの続きがなければ、自分は彼のものになっていた。互いにそれを欲していた。あのときはタイミングが悪かったのだ。もう少しで一線を越えることができたのに。あの日の続きを始めないと。

そう、今こそ。

数日後、ワンダは、コースはすでに定員いっぱいだと告げるメールを受け取った。欠員が出たらすぐに連絡するが、年内に空きが出る可能性は少ないという。

信じられなかった。だけど、アトゥ・アバンシャマシュに会いさえすれば事情は変わるはず。彼はわたしを見たとたん、コースに受け入れてくれるだろう。再会に向け、自分は準備万端だった。メールの送り主に目をやると、そこにはピルヨ・アバンシャマシュ・ドゥムジとあった。

シャーリーが正しいのかもしれない。きっとそうだ。この女性と対決することになるだろう。

それから何日も、ワンダは宇宙のエネルギーに集中し、アトゥの教義を繰り返し唱えた。彼の知に完全に浸りたかった。アトゥのすべての言説があまりにも自然で筋が通っているように思えた。けっして難しくはなかった。ワンダが理解したアトゥの思想とは、絶対的かつ純粋な法則の中に全世界をとらえる思考の型と人類の前向きな志（こころざし）を結晶させることであった。読めば読むほど、理解しようとすればするほど、純粋な生のためのこの法則が、自分から卑俗なものを取り払ってくれるように感じた。

心の中に安らぎがどんどん広がっていく。テーブルの上のコーラが視界から消え、背後のテレビも意識から消え、頭の中の音も止んだ。自分の計画についてわずかに残っていた疑念も消滅し、目指すべきもののイメージがはっきりするにつれ、心が落ち着いていった。アトゥ・アバンシャマシュ・ドゥムジの前に立ったら、わたしの直観は正しかったと完全に証明されるはずだ。彼は再びわたしの色香に酔いしれ、自分の教えがわたしにこんなにまで浸透していることにたまらなくなるだろう。真に自分にふさわしい女性を目の前にしていると、たちまち悟るはずだ。

彼からわたしを遠ざけようと躍起になっているあの女は、自分がかけがえのない存在ではなかったと思い知るのだ。

10

二〇一四年五月一日、木曜日

サムことヴィリ・クーラ船長は、モーセデール通りの木組みの黄色い家に住んでいた。ハーバーザートの自宅からほんの二軒先だった。サンヴィーとスノーオベク間の国道沿いには、ありとあらゆるタイプの家が道路より数メートル高い土地に整然と並び、海に面した漁師小屋とその庭を眺めることができる。最高にのどかな風景だ。近くの住民が頭に弾丸を撃ちこんでさえいなければの話だが。

ドアをノックしたものの返事がなかったので、カールたちは燻製炉の脇を通り、中庭に続く車寄せへと歩いていった。四輪駆動車が一台停まっている。

カールはボンネットに手を置いた。ラジエーターは冷たい。

裏口のドアを叩いても反応がなかった。戻ろうとしたとき、自転車に乗った男性に出会ったので尋ねてみた。

「サムなら海に出てるよ。あいつの釣り船はいまや迎撃船みたいな役目をしてるからね。当分会えないと思うよ」

「迎撃船？」

「そう。忌々しいロシア人の船長たちが錨をしっかり引き揚げないから、錨が海底をずるずる這って電気ケーブルを切っちまうんだ。またやられたところだよ。あいつらのせいで、去年のクリスマスごろは一カ月半もスウェーデンから電気が来なかったんだぜ。まあ、今回はあそこまでひどくはならないだろうけど。今じゃ、サムがじっと座って見張ってるからね。で、あいつらがやりそうになると、船を出して連中を食い止め、ケーブル敷設船の針路から出ていかせるんだ。ちょうどケーブルの修理をしているところだから」

「なるほど。ハーバーザートのことで少し話を聞きたかったんですが。あのふたりは友人でしたよね？」

「ハーバーザートか、まったくなんてこった！」相手の鼻息が荒くなった。「まあ、友達だったと言えるかもしれないけど、ハーバーザートとうまくやるのは難しいよ。あいつとサムはカード仲間だったんだ。でも、ここ何年もそれだけの関係さ」

「ハーバーザートはある捜査にのめりこんでいたようですが、サムにその話をしたと思いますか？」

「最初の十年くらいはきっと話していただろうな。でも、サムのようなやつにも手にある相手だった。いくらサムがお人よしとはいえ、さすがにそこまでじゃないからな。あのふたりはたまにカードゲームをやってた。でもそれだけさ。俺に言わせればね」

「じゃあ、サムはその事件がハーバーザートにとってどれほど重大なものなのかは知らなかったということですか?」

「そんなのわかるわけないよ。サムはたいがいは海に出てるんだから。それにハーバーザートは人前で感情を見せるタイプじゃなかったからね。でも、なんでサムに直接電話しないんだ? さては、ボーンホルムには電話が引かれてないと思ってるとか?」

男は心底おかしそうに笑うと、サムの電話番号を教えてくれた。だが、かけてみると通話中だった。


ハーバーザートの煉瓦造りの家はどこから見てもごく平凡な家だった。今はどことなくわびしさが漂っている。とはいえ幽霊屋敷のような不気味さではなく、二度と目覚めることのない何かを感じさせる。そう、こんこんと眠り続けるいばら姫の城とでも言おうか。気の毒にも忘れ去られ、来る当てのない救いのキスを待っているような。

「家族が離散してから、家から生気が失われてしまったのね。そんなふうに感じない?」ローセはそう言うと、うなった。「ふーっ、ひどい! 鑑識も換気くらいしろっていうの!」

通常、事件現場で鼻につくのは、たいていはゴミのにおいだ。半分空の缶詰、汚れたまま何カ月も放置された食器の山。しかし、そういうものはここにはない。家に入るなり、彼らを出迎えたのはおびただしい書類の山だった。どこもかしこも書類だらけ。だがよく見ると、やみくもに散らばっているのではなく、きちんと分類され整理されているようだ。キッチンはピカピカで、居間に入るまでどこも埃を払う必要はなかった。そして居間にも何もなかった――膨大な量の書類を除けば。

「ニコチンと欲求不満のにおいがします」部屋の隅からアサドが言った。そばには書類が一メートルほどの高さに積み上げられ、今にも崩れてきそうだ。

「というより、よどんだ空気とセルロースのにおいだ。長い間、誰も換気のことなんて考えなかったんだろう」カールが訂正する。

「鑑識が本当にここを隅々まで調べたと思います？」アサドが書類の山の間で両腕を広げる。

カールは深呼吸した。「まあ、やってないだろうな」

「まったく、どこからどう手をつければいいのか」ローセがため息をついた。

「いい質問だ。と、同時に、おまえさんは今まさに答えを言ったも同然だ。なぜハーバーザートがあきらめたのか、なぜラネ警察が気前よく俺たちにここの鍵を渡し、好きにしていいと言ったのか。心から礼を言うよ、ローセ」カールは続けた。「アサドと俺は今夜にも帰るが、おまえさんはここに残るんだな。おまえさんならこの資料を分類し、アルファベット順かつ時系列に並べ替えることができるだろう。まあ……そうだな……一カ月といったところかな。長くとも二カ月」

そう言いながらカールは笑った。だが、ローセは違った。

「ここにはきっと、何かが埋まっているはずです。捜査を前に進めてくれるものが。ハーバーザートより先に行けるものが。もちろん、その意欲があればの話ですけど」ローセがちくりと言い返す。

おそらくローセが正しいのだろう。だが、この資料の山をかきわけるには数週間かかるはずだ。一個師団分の警察官を手伝いに投入したとしての話だが。そもそも、そんな意欲はない。見渡す限りの書類は、事故の数日後からずっとハーバーザートが追い求めて手に入れた手がかりだった。資料ごとに書類の山ができている。その量ときたら、ハーバーザートがボーンホルム全島を捜査したのではと思うくらいだ。

しかし、どの書類が決定打なんだ？

「全部箱に詰めて、本部に運ぶのがいちばんだわ」ローセが提案する。

カールの眉間にしわが寄った。「俺の目が黒いうちは断じてそんなことはさせん。だいたいだな、こんな紙の霊廟をどこに置くっていうんだ？」

「別室を設ければいいんですよ、アサドがペンキ塗りをしているあたりに」

「じゃあ、色塗りはもうしないでおきます」アサドが即座に反応する。

「ふたりともちょっと待て！　そのスペースはゴードンに使わせるんじゃなかったのか？　あいつが卒業したから場所を与えるという話だったろ？　俺たちの良き友、ラース・ビャアンが、自分の管轄だと言い張る特捜部Qにあの甘ったれ小僧の居場所がないと知ったら、なんて言われるか」

「あら、ラース・ビャアンの言うことなんて、あなたは気にしないと思っていましたけど？」ローセが反撃する。

カールは苦笑した。たしかにそうだ。特捜部Qのボスは俺で、ビャアンではない。たとえ、あっちがそう思っていたとしても。それに、ビャアンはもともと特捜部Qに割り当てられた予算をひっきりなしに流用している。もしあいつが文句を言ってきたら、俺だってそのことをどこにタレこめばいいかぐらいわかっている。そう、ビャアンに文句など言わせない。いや、違う違う、今大事なのはそこじゃない。俺はあの地下室に、これ以上紙を置きたくないんだ。

「この事件の捜査中は、ゴードンは私の部屋にいればいいですよ」アサドが言う。「そばに生きものがいるって、いいものですから」

カールは耳を疑った。こいつら、本気かよ。

「ところで、サムには電話しないんですか？」

「おまえがかければいいだろ、アサド。俺の携帯は充電切れでね」こうなりゃ八つ当たりだ。

「ここに固定電話がありますよ。これを使えばいいんです」アサドがそう言って、テーブルの上に積み上げられた新聞の切り抜きを指さした。山の上に時代遅れの電話機が置かれている。

カールはため息をついた。特捜部Qの指揮権は誰にあると思ってんだ……いや、ちょっと待て、この一件を引き受けたとは言ってないぞ、ふざけるな！

一瞬、キレようかと思ったが、そこまでの気力もなかった。カールはしぶしぶダイヤルを回した。

受話器の向こうから、がやがやした話し声に混じって、興奮気味の声が聞こえてきた。

「気持ち悪いったらありゃしないよ、クレスチャンのとこから電話がかかってくるなんてさ」カールが名乗り、用件を伝えると、サムが大声で言った。

回線がプップツいう音を押しのけて、モーター音が勢いよく聞こえる。カールは空いているほうの耳をふさいだ。

「いやほんと、どこからかかってきたか知って心臓がひっくり返るかと思ったよ。ああ、たしかにあいつと俺はときどきカードをやった。あいつが自殺する前もな。だが、今はそんな話をする暇はないんだ。よりによって今、エストニアのMSCコンテナ船が俺たちの漁場を通過しようとしててね。船長として俺は、あいつらをどやしつけなきゃならん」

「すぐ終わります。前の日に一緒にいたとは初耳です。どうして警察はそのことを知らないのでしょう？」

「ああ、誰からも訊かれなかったからさ。ハーバーザートの家で、カメラの使い方を教えてもらってたんだ。くだらねえビデオカメラよ。あいつがどう操作するか教えたがってさ」

「そのとき、ハーバーザートはどんな様子でしたか？　普段どおりでした？　何か異変に気づきませんでした？」

「ああ、やつは少し酔ってたかな。リニア・アクアヴィットとポートワイン二杯で涙腺がゆるくなっちまってね。わかるだろ？　正直、少しセンチメンタルになっていたとは思うよ。だけど、よくあることだったからね、俺も気にしなかったんだ」

「センチメンタルというのは？」

「ちょっと泣いたんだよ。ビャーゲのものをいじりながら。青いスカーフとか、あの子が昔こしらえた木彫りの人形とかをさ」

「自殺の兆候が何かあったということですか？」

「いや、まったく。だってあいつはカードで俺を負かしたんだからね。冗談はおいといて、そりゃ少し沈んでるように見えたけど、そんなことしょっちゅうだったから」

「そういうふうに沈んでいるとき、ハーバーザートはこれまでもよく泣いたんですか？」

「二、三回はあったかな。飲みすぎていつもより感傷的になったんだろう。サム、これを知ってるか、あれを覚えてるかって。そう言いながら、家族と過ごした日々を思い出してたんだろうな。やつは孤独だったからね、あの晩もそうだったけど、今になってみれば、あのときやつが何を考えていたかわかるような気がするよ。あとになって思うとすごくおかしな夜だったからな。あの晩のことを考えると悲しくなるよ。ちなみに、さっき言ったエストニアのアホどもが今、左舷前方にいるんだ。あれを通すわけにはいかん。もう切るよ。急いで回避しないと衝突しちまうから。何かあればいつでも電話してくれ。これ以上は何も知らないけどな」

カールはのろのろと受話器を戻した。聞かなければよかった。これでまた事件にさらに深く首を突っ込んだ気がする。こんなことをしていたら、そのうち引き返せなくなるだろう。

「なんて言ってました？」ローセが応接テーブルの脇に立ち、書類の山をぱらぱらとめくりながら訊いた。

カールは立ち上がった。ハーバーザートが最後の夜に使用したコップは鑑識が押収していたが、スカーフと小さな木彫りの人形はまだテーブルの上にあった。

人形を手に取ってみる。男性を彫ったようだ。子どものようにぎこちない彫り方が微笑ましい一方で、どこか強くこちらに訴えかけるものがあった。

「ハーバーザートは沈んでいて、泣いたそうだ。今思えば、いつもの彼らしくなかったと」

「だから、ハーバーザートは衝動的にやったんじゃないんです。言ったでしょ？　拳銃自殺を計画していたって。かなり前から計画していたのかも」

「かもな。だとしたら、俺のせいじゃないってことだろ？」カールは木彫りの人形をポケットに突っ込み、周りを見た。完全なカオスだ。右側のシステムキッチンに積み上げられた書類は黄ばんでいる。部屋と部屋を仕切る壁に沿って並べられた書類はそこまではなく、こちらはアルファベット順に、分野ごとにファイリングされている。窓台にはビデオテープといろいろなパンフレットが並べられていた。

カールは隣の部屋へ入った。アサドが、ボードに留められた大小さまざまな写真を眺めている。

「なんだこりゃ、すごいな」

「古いライトバンの写真です」

いや、俺は驚いただけで、別に質問したわけじゃないんだが。

カールは写真に近寄った。

「そうだ。これはフォルクスワーゲン・ブリーだ。ここの写真は全部そうだな」

「ブリー？」

「当時はこのタイプのワーゲンバスをそう呼んだんだよ、アサド」

「そうなんですか。これ全部、遠くから撮影したものばかりです。変ですよね」

「ふむ。しかもすべて違う車両だな。二台と同じものはない」

アサドがうなずいた。「こんなにいろんな種類があるなんて知りませんでした。赤、オレンジ、青、緑、白。どんな色だってあるんですね」

「ああ。それに形もな。フロント部分にスペアタイヤが装着されているこのタイプはかなり古いものだ。だいたいはウィンドウがぐるりとボディを囲んでいるが、そうじゃないのもある。数えてみたか？」

「はい。百三十二枚です」

まさか、本当に数えていたとは。

「では、ハーバーザートがどんな仮説を立てていたのか、おまえの意見を聞こうじゃないか」

「アルバーテは雄牛（ブル）に轢き殺されたんです」

「ブリーだ。ああ、そう考えられるな」

「バツ印のついている車がきっとそうです」

「バツ印？」

アサドは写真を四、五枚指さした。どれも、隅にバツ印がついている。

「ここです。マークがついている車はすべて水色です」

「ああそうだ。水色のがいちばん普及していた。六〇年代、七〇年代にはどこにでも走っていた」

「ですが、水色のワーゲンバス全部に印がついているわけではないんです。フロントウィンドウが二枚に分かれていてサイドウィンドウがないタイプのものだけです」

「俺の記憶が確かなら、今でもいちばん普及しているモデルだ。時代とともに型も多少は変わっているが、ごく平凡なモデルだな」

「ここの部分に脂じみのようなものがついているでしょう」アサドが言う。「見てください。まるでハーバーザートが何度も何度も、このバンパー部分を指で突いていたみたいじゃないですか。なあ、おまえだよな！　とでも言うように」

カールはその写真に目を近づけた。たしかに。それに、バンパー自体も普通のものとは違っていた。一般的なバンパーより小さく、二本の平行な支柱がスチールパイプの上に垂直に溶接されている。

「バツ印のついた中で、こういうふうに補強されたバンパーはこれ一台だけだぞ、アサド」

「カール、あっちを見てください。あそこにもあります」

アサドが、さらにまた別の部屋を仕切る壁を指さした。

巨大に引き伸ばされた写真のコピーが、二枚の絵の間に粘着テープで貼られていた。二枚の絵にはコミュニティセンターで見た浜辺の絵にあったのと同じサインが見える。この島出身の画家なのかもしれない。そこに貼られているバンパーが補強されたワーゲンバスの写真のコピーは、近くで見ると粒子がひどく粗く、不鮮明だった。運転者がちょうど車を降りる瞬間をとらえていたが、顔は判別できず、ナンバープレートも読み取れない。誰かが何度も拡大コピーを繰り返したのだろう。

「カール、この下を見てください。一九九七年七月五日とあります。事故のちょうど四カ月半前じゃないですか？」

カールは答えなかった。

写真の上部、小枝が重なり合って濃い影をつくっているところから運転者の男に向かって矢印が記されている。目を凝らして見えるかどうかというその薄い矢印は長さ約十センチ。横に鉛筆で走り書きがあった。

カールはその文字を読んでぎくりとした。〝この男だ、カール〟そう書かれていたのだ。

「なんて書いてあるんです？」アサドが首を伸ばしてくる。

メッセージを読んだアサドが口をぱくぱくさせた。

「なんてこった、俺にどうしろって言うんだ」カールがうめく。「この男は誰なんだ。どうせ、そこまでは書かれてないんだろ」

「コペンハーゲン本部の鑑識に協力を依頼して、男の顔をもっとクリアにしてもらったらどうでしょう？」

「このコピーじゃ駄目だ」カールが振り返って居間を見た。「ローセ、ちょっと来てくれ」

飛んできたローセが、カールとアサドが何を発見したのかを理解するまでに五秒とかからなかった。

「うわ、大変！」ローセが思わず叫ぶ。

カールは口をへの字に曲げた。

「これで後戻りできなくなりましたね」アサドのコメントはまったく癇にさわる。

カールは長いことその拡大写真を眺め、そしてため息をついた。この事件から降りる道は本当にどこにもないのか？ いや、おそらくないだろう。カールは苦い思いでローセに話しかけた。

「正直に言う。おまえさんがハーバーザートについて言ってたことは正しかったようだ。ここに来てよくわかった。ハーバーザートはおそらく何年も前からこの男のことを疑っていたが、捜しだすことはできなかったんだ。時が経ち、だんだん気力が保てなくなり、自分ひとりでは解決できないと悟って、ほかの人間にゆだねようとしたのだろう。彼は自殺することによって、ハエ叩きを一度打ちすえるだけで二匹のハエをやっつけようとしたんだ。この事件から逃げだすと同時に、俺たちに押しつける。やつは俺たちがここにやってくると確信していた。その説にはとりあえず賛成するよ。あの自殺が俺たちにとってはここまでの切符だったというわけだ」

「片道切符ですけどね」アサドが引き継いだ。「でも、ここに書かれたBMV／BR CI

B14G27って何を意味してるんでしょう?」

「撮影した人間のイニシャルじゃないか? あるいは書類番号とか。ローセ、そっちのファイルの中は見たか?」

ローセがうなずく。

「で、このアルファベットと数字を見ても、何もピンとこないか?」

「きませんね。彼の分類の仕方はかなり単純ですし、ファイルにもたいして資料が入っていないんです。空っぽといってもいいくらい」

「となると、カール?」アサドが何か言いたそうにしている。

「となると、なんだ?」カールはアシスタントたちに目をやった。このふたりと働いてもう七年近くになる。山ほど事件を解決してきた。今でも彼らは仕事に情熱を傾け、目を輝かせる。ふたりのそういうまなざしに押され、カールのやる気が出ることもあれば出ないこともあった。今日は出ない日のようだ。となると、自分自身の奥深くに潜り、残っているエネルギーをかき集めるしかない。

カールは拡大写真が貼られた横の壁をトントンと叩いた。これで後戻りできない、アサドはそう言った。

「よしわかった。ローセ、おまえさんはホテルにもう二晩、部屋を取ってくれ。それからアサド、おまえと俺で家の中を全部見ていく。持ち帰る資料がどのくらいの量になるのか、どんな順序で整理されているのか、見通しを立てなきゃならんからな」

11

二〇一三年十月

到着日時を知らせるワンダ・フィンの最後のメールを、ピルヨはもう何度も何度も読み返した。嫌な予感がする。アトゥの教えでは、そういう予感には何も意味がないとされていたが、ピルヨは無視できなかった。

最悪だ。メールを読み返すたびに、次々と新たなシナリオが浮かんでくる。だが、その結末はいつも同じ。破滅。ワンダ・フィンはコースの受講はかなわないというピルヨの回答を徹底的に無視し、じきにここへやってくる。ピルヨとアトゥの世界を根底から覆すために。メールの文章がそれをにおわせていた。そんなことは絶対に許さない。こうしている間にも、わたしは子どもを産めるリミットの年齢にどんどん近づいているのだから。

けど、問い合わせ先がわたしだったのは不幸中の幸いね。アトゥがメールを読んでいたら、たちまち好奇心が目覚めてしまっただろう。あの女には一歩たりともエーランドの土を踏ませない。でないと、破滅は避けられない。

ピルヨは時計を見た。一時間もすれば、ワンダ・フィンが美しさを放ちながら、カルマル駅に立っているだろう——ピルヨが屈服するのを期待して。

あまり時間はない。ぶっつけ本番でやるしかないだろう。どうにかなる自信はあった。

ピルヨは、ベスパを桟橋近くの駐車場に停めた。

それからその場にたたずみ、しばらく古めかしい渡し板を見つめた。杭にパシャパシャと水が当たり、藻(も)が揺れている。

ここ以上に平穏な場所はない。それなのに、突然不快なことを思い出した。何年か前、ここで事故が起きた。わたしの存在を価値のないものにしようとするあの状況に終止符を打った事故。

そう、あのときもアトゥの部屋に出入りしていた女が、単なる弟子の立場からピルヨのライバルへとのし上がってきた。許せなかった。あの女が自分の地位を脅かす前にすべてを終わらせる必要があった。

あの女との対決はたしかに不快だったけれど、それもすでに過去のことだ。事故という形での解決は、理想的なものだったじゃないの。

あれからもう何年も経つ——そして今度は、ワンダ・フィンがやってくる。

ピルヨはセンターを出て建物に目をやると、砂利道を行くことにした。建物をぐるっと一周し、植えこみを通って敷地の外に出る道だ。

直進する道より一ブロック分距離があったが、この回り道をすれば国道に出るまで誰にも会わないですむ。自分がいつどこへ行ったのか、センターの人間にはわからない。あとで尋ねられても、島の北端に行っていたと言えばいい。電話カウンセリングについて新しいアイデアを練るために頭を空っぽにしたかったのだと。

重要なのは、説得力のある理由で自分の不在を説明できること。どんなことがあっても、ワンダ・フィンの名など出さないこと。

パリ女については、まずはこのロンドン女とのけりがついてからだ。アトゥに気づかれずにどう進めるかはまだ決めていない。だが、とにかくすぐに動かないと、敵はあっという間にこっちの領土まで侵入してくるだろう。

†

コペンハーゲンで電車に乗りこんだワンダは、ようやく旅をしている気分になった。

飛行機での移動にはおもしろいことは何もなかった。だが、電車に乗り換えたとたん、まったく未知の風景が目に飛びこんできた。まるで、おとぎ話と冒険の世界に入りこんだようだ。人々の話す言葉さえも魔法のように響き、わくわくする。

広大な平野が飛ぶように過ぎ去っていく。かと思えば、耕作地とごつごつした岩地が入れ替わりながら姿を見せる。何世代にもわたって人間の手で積み上げられてきたとおぼしき石壁が数キロも続いている。樅（もみ）の木の森が広がり、赤い木組みの家がどこまでも並んでいる。

ワンダには確信があった。この美しい異国の地で、王子様と出会い、過去と決別してみせると。

準備は万端だった。招待されていない以上、断られることは覚悟しておかなくてはならない。交渉が長引く可能性もある。だからと言って、引き下がるつもりは毛頭ない。あれからまたメールを出して、自分の到着時間を知らせておいた。駅に迎えが来ていればラッキーだ。迎えなどなかったとしても、駅の近くにホテルを見つけておいたからどうにかなるだろう。宿泊費も数週間分ならある。その間にアトゥに会うことができるはずだ。

「スウェーデンは初めてですか？」ワンダが座席でごそごそしていると、向かいに座っている男が尋ねてきた。電車はカールスクルーナを過ぎたところだった。カルマルまではあと三十分ぐらいだろう。

ワンダはうなずいた。

「どこに行かれるのですか？」男が微笑む。

「エーランド島です。そこで未来の夫に会うんです」思わず口から出た。

相手はがっかりしたようだった。「そんな幸運な男性は、いったいどんな方なのでしょうね？」

顔が赤くなるのがわかった。「名前は、アトゥ・アバンシャマシュ・ドゥムジです」

男が眉間にしわを寄せてうなずくと、窓に顔を向けた。もやの中に集落が浮かんでは後ろへ流れていく。

カルマル駅に着くと、男はワンダが荷を下ろすのを手伝ってくれた。

「あの、ご自分が何をしようとしているか、おわかりになってますか？」スーツケースをホームまで運ぶと男がいきなり切りだした。

「なんで、そんなことを？」ワンダはむっとして男を見た。まただわ。この人も色眼鏡で世界を見ている。小さいころからずっとそういう眼鏡をかけてきたのね。

「私は、ここカルマルで仕事をしているジャーナリストです。少し前にエーランド島のあのセンターを訪問しました。導師に取材するためです。そこでとても奇妙な体験をしました。奇妙としかいいようがありません。もちろん、まったく個人的な印象ですよ。それはわかってます。ただ、あそこには、詐欺とか嘘とかいかさまのにおいがぷんぷんしました。ドゥムジというあの導師は、手練手管を使って私を丸めこもうとしました。まあ、それはそれとして、あなたはこれからご自分が何をしようとしているのか、わかってますか？」

ワンダはうなずいた。これまでにないくらい力強く。

そして男に礼を言うと、なんの躊躇もなく駅の外に出た。

駅前の広場に着くと、ワンダは旗竿にもたれて太陽の光にまぶしく目を細めた。やはり、迎えは来ていない。

ホテルに部屋をとってスーツケースを預け、タクシーを呼ぼう。

エーランド島には四十五分で着くだろう。

スーツケースを持ち上げようと身をかがめたとき、真っ白な服を着た女性がスクーターを運転し、角を曲がってこちらに来るのが見えた。

その引きつった表情で、すぐに誰だかわかった。自分でも気づかないうちに、ワンダはこぶしを握りしめていた。

12

二〇一四年五月一日、木曜日

アーカイブの鬼と化したハーバーザートは、床だろうとどこだろうと、平面という平面にはすべて書類の山をつくるべし、という強迫観念にとらわれていたようだ。壁も、新聞の切り抜きとコピーに覆われている。額に入った家族写真二枚を除けば、この家にハーバーザートの人となりがわかるようなものはなかった。居心地のいい住まいとはとても言えない。ハーバーザートの私生活を垣間見ることができた人間などほとんどいなかっただろう。

しかし、家の中がどれほどすさまじいカオスに見えても、熟練刑事の目からすれば、ここにも一定の法則があることは明らかだった。アーカイブの心臓部は居間で、詳しい資料が置かれている。二次的な資料はトピックに従って分類され、残りの部屋に振り分けられていた。居間の書棚にあるファイルには、家中に散らばっている情報のリストが綴じられ、どの部屋の書類の山も時系列順にまとめられていた。

ダイニングはいわば倉庫だった。ハーバーザートがなんらかの理由で事件と関連づけて収集したと思われるものがたくさん保管されている。残りの部屋はトピックごとに使われていた。たとえば、ユーティリティルームには警察の捜査結果書類が置かれ、ほかの場所より余裕があった。さらに奥の部屋には、事故の数週間後にハーバーザートが行なった地元住民への聞き込みの書き起こしがぎっしりだ。息子の部屋には国家警察から取り寄せた他の轢き逃げ事故の資料がストックされ、〝アルバーテ〟と書かれた書棚があり、彼女の生活に関する書類が細かく分類されている。

二階の寝室に入ると、むっとするような空気が鼻を突いた。窓の高さまで書類が積み上げられている。

アサドが鼻をくんくんさせた。「カール、疝痛(せんつう)に苦しむラクダの後ろに立ったことありますか?」

あるわけないだろ。だが、このにおいはたしかにそんなところだろう。壮年の男が換気もせず、ここで長い間、自分の体臭をくすぶらせていたのだから。

寝室もありとあらゆる記録で埋まっていた。きちんと整えられたベッドとクローゼットの前にできた細い隙間も、資料でいっぱいだった。窓の前にあるふたつの棚にはさまざまなホイスコーレのパンフレットと、当然のことながらアルバーテと同時期にボーンホルムのホイスコーレにいた教師や生徒に関する資料が詰まっていた。カールとアサドはその中に、この部屋の資料とは無関係と思われるものを見つけた。

「こんなものがなぜ、ここにあるんでしょう?」アサドがベッドサイドの床を指さす。カールもちょうど、そこに丁寧に分類されているパンフレットやビラを数えようとしていたところだった。そこにはありとあらゆるスピリチュアル系のパンフレットが集められていた。来世療法、アロマテラピー、占星術、オーラ・ペイント、オーラ・トランスフォーメーション、バッチフラワーセラピー、予言、夢解釈、感情解放テクニック、エナジーバランス、心霊治療、空間浄化など、思想から療法、セラピーまで、すべてがアルファベット順に分類されている。

「彼はこういったことに慰めを求めようとしていたんでしょうか？」

「わからん。だが、こんなもの、なんの役にも立たんだろう。この家のほかのところでも、この類いのものを見たか？　タロットカードとか、振り子とか、占星術関連のものとか」

「一階のバスルームにあるのかもしれません。まだ見てませんから」

玄関はごく普通にしつらえられていた。片側にコートやウィンドブレーカーの掛かったハンガーがあり、反対側の小さな棚には履き古した靴と、柄が竹でできた靴べらが置かれている。玄関の外側の風よけ室には、当然ながら傘立てがあった。玄関からはドアが四つ見える。ひとつは居間、ひとつはキッチンに続いている。残りのふたつは幅の狭いドアで、おそらくそこがバスルームとトイレだろう。カールはキッチンに目をやった。ローセが流しの前に立ち、めずらしく思いつめた表情で手を洗っている。心ここにあらずといった感じだ。

それでも第六感か、ローセはカールの視線に気づき、ぱっと振り向いた。

「カール、ゴードンが使うことになってる新しい部屋にこれを全部を収納することは無理です。でも、廊下の壁を使って棚をいくつか置けばおさまるかもしれません。ハーバーザートの棚を引越し業者に頼んで運んでもらいましょう。ジュンがオーケーすればですけど」ローセが腿で手の水を拭いた。「なんといっても、彼女が遺産相続人ですからね。法的見地から言うと、ビャーゲが父親の遺産を数時間相続していたわけですけど、死んでしまいましたから母親に権利があります。どうしましょう？」

「よく考えたな、ローセ。それなら、必要な措置を取るだけだ。ただし、俺だったら棚くらいのことでいちいちおうかがいを立てたりはしないが」

ローセはぽかんとした。「あなたから文句を言われないなんて。拍子抜けだわ」

「文句なんか言わないさ。それにしても、この家にある資料の多さたるや、想像を絶するね。まさかと思う量だ」

「私もまさかと思います」後ろからアサドが加わった。細いドアが両方とも開け放たれ、ひとつのドアからは明かりが漏れている。

「片方にトイレとバスルームがあります。とくに見るべきものはありませんでした。もうひとつのドアは細い廊下に続いていて、その先にガレージと地下室への階段があります」

まだあるのか。ガレージと地下室なら、がらくた置き場ってことだな。

ふたりは家の中からガレージに入った。埃だらけのふたつの窓から明かりが細い筋となって差しこんでいる。ガソリンやタールのにおい、床の轍からして、ここが何に使われていたかは明らかだ。だが、肝心の車はどこだ？　コミュニティセンターには停められていなかった。警察が押収して、本部の駐車場にでも置いてあるのか？

「ガレージって薄気味悪いですよね、カール」アサドは腕をだらんと下げているものの、手はぎゅっと握っている。

「薄気味悪い？　蜘蛛が怖いのか？」カールはぐるりと内部を見渡した。俺の従妹なら、二秒とここにいられないな。気絶する暇すらないだろう。夏休みに農家をやっている両親のところに遊びに来たときに、蜘蛛をひと目見るなりヒステリーを起こした赤毛の従妹を思い出したのだ。

棚の上には遠い昔の思い出が転がっていた。ローラースケート、ぺちゃんこになった子ども用浮き具、ふたがへこんだ色バケツ。とっくの昔に使用禁止になったスプレー式の除草剤も大量にある。棟木の上にはウィンドサーフィンのセイルやスキー板とストックも見えた。いったい、このどこが薄気味悪いんだ？

「ここにあるものはみんな、過去と、無駄に使われた時間を物語っています」アサドが哲学的なことを言いだした。

「無駄に使われた？」

「使われるべきものが使われずにいた長い時間のことです」

「そうかどうかわからんぞ、アサド。それに、どこが薄気味悪いんだ。むしろ、悲しいと表現すべきだと思うが」

相棒がうなずく。「ガレージって、家や家での暮らしと切り離されてますよね。ガレージに入るといつもそう思います。死を感じるんです」

「俺にはわからんな」

「わかる必要はありませんよ、カール。何を思うかは人それぞれですから」

「自殺とか、そういうものを思い浮かべるってことか？」

「ええ、それもありますね」

「まあとにかく、ここには興味深いものはなさそうだ。何かが隠されているわけでもなし、壁にメモがあるわけでもなし。ピラミッド建設の謎も、水晶も、寝室で見たようなスピリチュアル系のくだらんチラシもなし。だよな？」

アサドもガレージの中を見まわしてうなずいた。

地下室でも驚きの大発見はなかった。きちんと整頓され、片づけられている。洗いもののない洗濯場、貯蔵品のない貯蔵庫、作業台はあっても道具のない作業場。そのかわり、部屋の中央に比較的新しい型のコピー機と、いまや誰も使い方を知らないような時代遅れともいえる写真現像用の器具があった。

「ハーバーザートはここを暗室として使っていたんだな」カールが言う。「現像液はないが」

「以前から写真が趣味だったのかもしれませんね。ここであれをやったんですね」アサドがコピー機をポンと叩く。「これを使ってワーゲンバスの写真を拡大したんですよ」

「おそらくな」

カールはコピー機の横にあったくずかごを手に取り、中からしわくちゃの紙を取り出して作業台の上に広げた。

居間の壁にあった巨大写真のコピーだった。ハーバーザートがどんな手順でコピーしていったかが手に取るようにわかる。まず写真をA6サイズまで拡大し、そこからどんどん倍にしていった。A5、A4、A3。当然、画質もどんどん悪くなる。

「最初に拡大したやつを見てみろ。ボンネットより上の位置にもう一台車が見える。それも相当の年代物だ。その遠景に例の男とワーゲンバスが写っている。ここは駐車場だろうな。どう思う？」

「でも、草も生えていますよ。駐車場じゃないかもしれません」

「たしかに。だが、ここをよく見ろ。この拡大コピーの隅に、別の写真の縁らしきものが写っている。どう思う？」

「このページにさらに何枚か写真があったということですね」

「そのとおり。おそらくこの写真はアルバムに貼られていたものだろう。写真が貼りつけられている紙の素材が、アルバム用の台紙とよく似ている。目が粗く、ボール紙のようだ。写真のサイズは正方形だから、コダックのインスタマチックで撮ったんだろう」

「原本がコピー機に残っているはずです」アサドがコピー機のカバーを開けたが、思い違いだった。

アサドは無精ひげを撫でながら考えこんだ。ざらついたひげがサルサバンドのようなリズムで音を立てる。「そのアルバムがあれば、どこで撮影された写真かがわかるんですけどね。もしかしたら撮影者も」

「ハーバーザートは刑事じゃなかったんだから、そういう論理立った考え方はしなかったのかもしれん。だが、どこで手に入れたのかはメモしているはずだ。上にあるファイルのどこかに書かれているんじゃないか？」

「見てください。ここにコピーの山がもうひとつあります」

ハーバーザートが壁にねじで留めていた木箱から、アサドが紙の山を取り出し、カールに渡した。「彼が最後に精を出していたのはこれだったんじゃないですか？」そう言いながらニヤニヤしている。

「アホか」カールは、裸の女性がテーブルの上でしどけないポーズを取っている写真のコピーに目を落とした。ハーバーザートがこういうお愉しみを見出していたとしても、かなり昔のことだろう。

「パソコンをチェックしてみました」上の階でローセがふたりを迎えた。「パスワードは簡単にわかりましたよ。ご推察のとおり〝アルバーテ〟でしたから。居間のファイルにあった一覧リストがここにもありました。違いは、ファイルの中に新聞の切り抜きやその他の補足情報が詰めこまれているかどうかってことぐらいで、とくに重要な情報はなさそうです。ハーバーザートはファイルに分類することを途中であきらめて、あとは書類を積み上げていくことにしたんじゃないかしら。思い違いかもしれませんが」

〝思い違い〟だと！　ローセからそんな殊勝(しゅしょう)な言葉が聞けるとは。

「ワーゲンバスの写真に関する情報は何かあったか、ローセ？」

そう言いながら、カールはローセの前に拡大写真の中の最も小さい一枚を広げた。

「ええ、たぶん。それにしても、かなり不鮮明ですね。コピーですか？」

アサドがうなずく。

「ほかにも見つけたものがあります。ハーバーザートは、スキャナーを持っていなかったようです。そこに小さなプリンターがあるだけで」ローセは、書類の下に埋まったインクジェットプリンターを指した。「でもしばしお待ちを。パソコンの中身を徹底的に調べますから。このわたしが、写真の出どころについて手がかりがつかめないなんてことは絶対にありません。このおんぼろパソコンの容量はたった六十メガバイト。全部あさったとしてもたいしたことないです」

ようやく強気のローセが戻ってきた。ローセは、ため息をつきながらパソコンの画面に向かった。そして一気にパソコンに集中した。そう、これぞローセだ。これまでも、そしてこれからも。

「カール、来てください！」アサドが出し抜けに叫んだ。

まるで幽霊を見たかのように、拡大コピーを見つめている。

「どうした？」

「ここ、撫でてみてください」カールの手をコピーの中央へ持っていく。

「ん？」

「少し強めに押してください」

ふむ。たしかに何かある。

「裏に何かが貼りつけてあるんですよ。ハーバーザートは、私たちがこれを押収することを予想していたんでしょう。藁玉の中の針を見つけましたね」

「藁山な、アサド」カールは拡大コピーの角から慎重にセロハンテープをはがした。

アサドの言うとおりだった。コピーの裏面に、四枚の写真が貼られたアルバムの台紙がくっついている。

「出どころについて記述があるかもしれません」アサドがコピーからアルバムの台紙をそっとはがした。

だが、何も書かれていなかった。

カールはページを手に取り、裏返してみた。四枚の写真はヴィンテージカーを連写したものだった。どこかで開催されたクラシックカーの集いで撮影されたのだろう。

カールは胸が高鳴るのを感じた。捜査がいきなり新たな展開を迎えるといつもこうなる。笑みを漏らさずにいられない。そうだ。俺はこの瞬間のために生きてるようなものだ。

「見つけたぞ」カールは興奮を抑えつつ、写真の一センチ四方ほどの部分をトントン叩いた。「ここだ、この後ろのところ。男が見えるか？　この車のボンネットのあたりに目をやっているだろう？　しかし、見事なパーツだな」

「でも、この部分をハーバーザートより鮮明に処理できるとは思えません。百年トライしても無理です」

アサドの言うとおりだ。ハーバーザートだって精いっぱいのことはしたはずだ。

「写真の下にはCIB14G27、ページの縁の下のほうにはBMW／BRと記されています。それから、横の写真のこの黒い車の上に書かれたTHA20ってなんですか？　下の二枚にはWIKN27、WIKN28とあります。これ、車のことなんじゃないですか？　カール、あなたが運転しているあのポンコツ車以外のヴィンテージカーについて何か知っていますか？」

「いや。CIはシトロエンってことぐらいだ。TH　AやWIKNは聞いたことがない」

「調べましょう」

アサドがものすごい速さでローセを椅子ごと押しのけて画面の前からどかせた。さすがのローセも抵抗できなかった。

「すぐに説明するから」カールがローセにそう言っている間に、アサドはもう〝シトロエンB14G27〟と検索窓に打ちこんでいる。

何もヒットしない。どうすればいい？

「まったくしようがないわね」ローセがむっとした顔で言う。「全部旧車よ、わからない？　それも相当古いわ、二〇年代ね。正確に言うと、一九二〇年、一九二七年、一九二八年。わたしの目が確かならね」

やれやれ。俺としたことが、気づかなかったとは情けない。

「なるほど。アサド、シトロエンB14G一九二七と打ちこんでみろ」

ローセが正解だった。ピカピカに磨かれた色とりどりの車が画面いっぱいに表示された。一九二〇年代にこんなにエレガントな車が生産されていたとは！

「素晴らしい。で、THとWIKNはどのブランドだ？　何を指してる？　調べてくれ、アサド」

「わたしがやるわ」ローセがアサドの腰を乱暴に押し、横の椅子に座らせた。

画面にはあっという間に一九二〇年型のThulin A（チューリン）と、二七年と二八年型のWillys-Knight（ウィリーズ・ナイト）が表示された。

まるでプレゼントの包みを開けたかのように、アサドが口をぽかんと開けている。

「これですよ、カール。言ったとおりでしょ！」アサドが小躍りして叫び、ローセは残りのブランド名と数字をすべて検索窓に打ちこんだ。

「やった、これですよ！」アサドの笑い声が響く。

三件ヒットした。間違いなく、いちばん上の検索結果が目指すサイトだ。

ボーンホルムラウンド一九九七（フォトシリーズ）
http://www.bornholmsmotorveteraner.dk

〝BMV／BR〟の意味もこれで判明した。〝Bornholms Motor Veteraner/Bornholm Rundt〟の略だったのだ。

アサドは椅子から立ち上がり、ぴょんぴょんジャンプした。

「わかった、わかったから、アサド。もうこの事件は解決したも同然だ。あとはいくつか細かいところを詰めればいい。そうだな、この写真の撮影者、ハーバーザートにアルバムを貸し出した人物、写真の男の詳細、そいつが轢き逃げをしたのか、どこにいるのか、ハーバーザートはどうやって……」

アサドがいきなり動きを止めた。

「これでわかりました。カール」ローセが言う。「それじゃあ、ハーバーザートのプリンターが動くかどうか試してみます。動くようなら、このヴィンテージカー・クラブに関するものをすべて印刷します。それでいいですね？　そうすればスタートラインに立てますよね」

カールは携帯電話を手にした。ちくしょう、バッテリーがほとんどない。それでもとりあえずビアゲデール警部に電話をかけた。

「カール・マークです。用件はふたつ。できればハーバーザートの資料をコペンハーゲン警察本部に持ち帰りたいんですが」

「そうですか。相続人たちも喜ぶと思います。でも、どうして？」

「興味があるんですよ。誰かがしなきゃならないし。ふたつめは……」

そこでビアゲデールが口を挟んだ。

「〝アルバーテ事件〟のことを言っているなら、当時、あの事故を調査していた人間に直接聞くといいですよ。いいやつです。ただ、口の利き方には気をつけてくださいね。よく働くし、責任感も強いです。内線でつなぎます。名前はヨーナス・ラウノー」

「もうひとつの用件は、ビャーゲ・ハーバーザートのところで、われわれが知っておいたほうがいいことが何かわかったかなと思いまして。自殺の動機とか」

「いえ、何も。ビャーゲのパソコンはゲイ向けのポルノ画像ばかりでした。あとは古いゲームですね」

「パソコンの捜査がすんだら、それもコペンハーゲンに送ってもらえますか？」

「いいですよ。じゃあラウノーにつなぎます」

疲れたような声が回線の向こうから聞こえてきた。カールが用件を伝えると、その声はますます元気がなくなった。

「信じてもらえないかもしれませんが、私だってクレスチャン・ハーバーザートを手伝ってやりたかったんですよ。問題は、確実な証拠をつかむ時間がなかったということです。当時も今もほかの事件で手いっぱいで。もう二十年近く前の話だということを忘れないでください」

カールはうなずいた。まあ、言い訳だな。それに二十年も前と言うが、この世で確実なことがあるとすれば、犯罪者はそう簡単に悪事をやめないということだ。

「ハーバーザートはワーゲンバスと一緒に写っていた男を疑っていたようです。一九九七年に撮影された写真に写っている男です。なぜ彼がこの男を疑っていたのか、思い当たること
はありませんか？　ハーバーザートからその男について聞いたことは？」
「クレスチャンとはここ五、六年、その話をしていませんでした。実を言うと、彼にやめて
くれと言ったんです。これぞという手がかりをつかんだのなら別だが、そうでないならその
話はもうやめろと。警官として、日々の業務をしっかりこなすべきだとも言いました。ここ
数年で、彼は何か発見したのでしょうか？」
「そちらはどうなんです？　結論を導き出せるような手がかりが何か見つかったんですか？
この件について、今はどう思われてます？」
「この事件に関する見解は人それぞれでしょうね」
「たとえばどんな？」
「現場にブレーキ痕が見つからなかったことからすると、運転者は――あれが事故だったと
すればですが――アルコールか薬物を摂取してたのではないかと思われます。しかし、事故
ではなく殺人だとしたら、動機がまったくわかりません。アルバーテは妊娠してたわけでも
なく、人気者でした。彼女を殺そうなんて。もちろん、快楽殺人の可能性はあります。精神
を病んだ人間が衝動的に人を殺したいという欲求に襲われ、たまたまアルバーテがそこにい
たということも考えられます。ただ、そもそもアルバーテがなぜあんなに朝早く現場に自転
車で向かっていたのか、何か理由があったはずです。ところが、それもわからない。誰かと

会う約束をしていたのか、なぜその場所だったのか。私は彼女が誰かと会うために現場にいて、自転車を降りてその相手を待っていたと想定しました。彼女はちょっと離れたところに自転車を停めていました。でなければ、自転車に激突して負傷していたはずです。しかし、自転車には付着物は一切ありませんでした。ですから私は、彼女が時間より早く到着したため、少しあたりを歩きまわったあとに、そこで待っていたのではないかと思っています。もしかしたら、待ち合わせの相手に殺されたのかもしれません」

「筋は通っていますね。相手として考えられるのは？」

「そこなんです。彼女にボーイフレンドがいたことはわかっています。それは私の報告書にも記載してあります。相手がこの島に滞在していたこともわかっています。ただ、この島を出ていったのが事故の前なのかあとなのか、その点は不明です」

「その人物の名前と島での滞在場所はわかりますか」

「おそらく、ウリーネの農場でコミューン生活を送っていたのではないかと。名前はわかりません。農場の所有者は賃貸契約を結んでいたわけではなく、現金五千クローネで農場を借りられたそうです。所有者はわざわざそれを国に申告し、税金も払っていました」

「おそらく、とおっしゃいましたね。どうやって突き止めたんです？　報告書にはありませんでしたが」

「いえ、それ以上のことはわかりません。ただ、ハーバーザートがそこまで突き止めたことは確かです。彼は昼も夜も二十四時間捜査していましたから」

「なるほど。それで、所有者は農場をどのくらいのあいだ貸してたんですか？」

「六ヵ月間です。一九九七年六月から十一月まで」

「借りた人間についての情報は？」

「二十代半ば、あるいは後半の男性。ハンサムで長髪、ヒッピーのような服装です。ミリタリージャケットには、〝原子力反対〟とかそういった類いのワッペンが縫いつけられていたそうです」

「それから？」

「それで全部です」

「たいした手がかりではないですね。農場主は、知っていることをすべて話したと思いますか？」

「まあ、そう願うしかないですね。というのも、彼はすでに亡くなっているので。三年前です」

カールは電話を切った。こんなに長く事件を寝かせておくからいけないんだ。

「ちょっとお伝えしなくてはならないことがあります。あなたがこれを聞いて喜ぶかどうかはわかりませんけど」ローセが切りだした。

だったらなんで、ニヤついてるんだ？

「あと二泊分予約しました」

「それのどこが、お伝えしなきゃならないことなんだ」

「そこまでは問題ありません。ただ、あなたとアサドが別のほうを向いて寝るというだけで」

「うん？　別のホテルに移るってこと？」アサドが念のため聞き返す。

こいつのほうが俺より察しがいいみたいだ。

ローセは甘やかされた十代の少年を見るような目つきでふたりを見た。ホテルを移るというわけじゃなさそうだ。

「じゃあ、別の部屋に移るってこと？」アサドが続ける。

「そのとおり。シングルの空きがなかったので、おふたりに素晴らしいダブルベッドの部屋をおひとつご用意いたしました。ベッドはキングサイズ、上掛けもキングサイズ。気持ちよく過ごせると思います」

13

二〇一三年十月

その女は、まるで気品のある彫刻のように駅前広場の旗竿にもたれていた。脇にスーツケースが置いてある。ここ北欧の暮らしは暗闇との闘いでもあるが、目の前に輝くような黒い肌を見せつけられ、ピルヨは馬鹿にされたような気がした。アトゥとその世界観や思想に身を捧げてきた自分の二十年間、最終的には自分が彼の心をつかむのだと信じて過ごした二十年間に対するあざけりにも思えた。そこにいる女は、そんな自分の努力など吹き飛ばすほど美しく優美で、鍛えられた肉体を持ち、エキゾチックで——違う言い方をすれば、不気味とも言える存在だった。

ピルヨはスクーターに乗ったまま、このまま引き返そうかと考えた。しかし、頭では、そんなことをしても無駄だとわかっていた。これだけの長旅をしてきたからには、あの女は旅路の残りをひとりで進んでいくに違いない。馬を十頭出してもそれを止めることは不可能だろう。

ピルヨの全身を震えが走った。穏便にことをすませたいが、無理かもしれない。

ピルヨは女に近づいていった。「こんにちは!」できるだけ自然に見えるように挨拶する。「ピルヨです。あなたとは何度かメールをしました。それでも来られたのですね。せっかく来られたのに、それが無駄なまま終わるなんて残念でなりません。お伝えしていたはずですが……」ピルヨは相手を気遣うかのように微笑んだ。いつもならこれでうまくいく。「ですが、わたしたちが誤解していたか、あるいは連絡の不備というわけですから、こちらでロンドンまでの航空便を手配しました。コースに空きが出たらすぐにお知らせを……」

「こんにちは、ピルヨ。お会いできて光栄です」相手はまったく動揺を見せないまま、ピルヨをさえぎった。「ええ、わたしがワンダ・フィンです」ピルヨの言葉などまるで耳に入っていないかのように、微笑みながら手を差し出す。だが、彼女にはすべて聞こえていたはずだ。目を見ればわかる。ふっくらとした頬が魅力的なこの女は、アトゥに会うまでは引き下がらないだろう。

「帰りのチケットを手配してあるのよ、ワンダ。聞こえたかしら?」

「ええ、聞こえました。ありがとう。でも、わたしはアトゥ・アバンシャマシュ・ドゥムジに会うために来たんです。コースが満員であることはわかっています。でも、彼に会うまで帰るわけにはいかないんです」

ピルヨはうなずいた。「お気持ちはわかります。でも残念ながら、今、センターでアトゥに会うことはできないの」

一瞬ワンダはがっかりしたようだった。だが、立ち直りは早かった。「わかりました。それなら待つことにします。ロンドンからこのあたりのホテルには空きがあることを確認してあるんです。ここから二分のところにフリーメーソンホテルがあるので、先にそこへチェックインします。お手数ですけど、彼が戻ったらお電話いただけます？　携帯電話の番号はメールに書いてありますから」

獰猛な生き物が狩りをするときは、できるだけ集中し、辛抱強く待たなければならない。ヘビは地面の上でピクリともせず、ヒョウは姿勢を低くして獲物に近づく。そして一気に飛びかかる。この女も同じだ。堅く揺るぎない決意を胸に抱きながら、あくまで落ち着いた物腰で、友好的ですらある。自分の到着が受け入れられないことは当然予想しており、自分が対決する相手が誰なのかもわかっているように見える。まるでアトゥの繊細さを自分こそが最大限理解しているとでも言いたげで、このゲームの中でピルヨがどれだけ弱い立場にあるかを正確に把握しているようだ。

でも、この女はひとつ思い違いをしている。形勢はこちらが不利に見えるかもしれないが、まったく逆なのだ。わたしは弱くもないし、傷を負ってもいない。ただ、どんな手段でこの女を捕らえるかを、考えあぐねていただけだ。でも、もう決心がついた。似たような状況には何度も立たされてきたが、自分が選択したことの結果を悔やんだことはない。

いずれにしても、ここまでのレールを敷いてきたのはこの女のほうだ。

「フリーメーソンホテル、って言ったかしら？　ホテルにお金を使わせるのは申し訳ないから、アトゥとの短い面会をアレンジしましょうか。アトゥは南部のストラ・アルバレットという場所にいるはず。魂と対話するためによく行くのよ。瞑想しているときに邪魔が入るのを嫌がるけど、あなたがそれほどまで会いたいと言うのなら、なんとかセッティングしてみるけど」

ピルヨは無理に笑顔を作った。相手は餌に食いついたようだ。

「でもね、ワンダ。がっかりさせないためにも、きちんと言っておきたいのだけど、わたしたちにできるのはそこまで。そのあとは、あなたを駅まで送ります。今日中にコペンハーゲンに戻れるように」

ワンダは、ピルヨのスクーターの荷台に目を向けた。あまり安定がいいとは思えないが、荷台はふたり乗りできるタンデムシートになっており、ヘルメットがふたつ置かれている。

「でも、スーツケースはどうすれば？　それにはとてものせられないわ」

「そうよね。ここを降りたところにコインロッカーがあるからそこに入れておきましょう。戻ってきたら引き取ればいいわ」

女はうなずいた。しかし、彼女がこれを物語の終わりと考えていないことは一目瞭然だった。むしろ、スーツケースはそのうちセンターに送ってもらえばいいと思っているようだ。

「ベスパに乗ったことはある、ワンダ？」

「もちろん。わたしの地元では、それ以外に交通手段がないので」

「そう。スカートをたくし上げないとね。それからわたしの上着にしっかりつかまってね。

抱きつかれるのはあんまり好きじゃないの」

ピルヨは精いっぱい愛想を振りまくことにした。この段階でワンダ・フィンが疑いを抱くことだけは絶対に避けたい。この女にベスパでのドライブと風景を楽しませ、何よりも、アトゥ・アバンシャマシュ獲得に向けて一歩進んでいると信じこませなくてはならない。

「エーランドは最高の場所よ。あなたもそう思うんじゃないかしら。途中で名所をいくつかお見せするわね。次に来るときは島を一周して案内できると思うわ」運転しながらピルヨが声を張りあげる。

タンデムシートのワンダは、カルマル橋の上を通りながら自分の新天地となる島をはるか遠くまで見つめた。橋の両側では波が風にあおられ泡立っている。東向きの風が海上のつむじ風と合流しているのだ。

あの尾根の上、風力発電機のあるところまで行けば、突き落とせる場所が見つかるだろう、とピルヨは思った。険しい下り坂になっているので、落下したとしても助けるのは不可能な場所だ。

「ここには本当にたくさん風車があるのよ」ピルヨが風に逆らって大声で言う。「昔ここに住んでいた人たちは風車を共有するんじゃなくて、土地を分割してそれぞれに風車を建てるほうを選んだのよ。一族の中でも土地を細かく分けていったから、そのうちに一つひとつはとても住めないような小さな面積になってしまった。結局、食べていけなくなって大勢の人が島を去っていった」背後でワンダがうなずいているのがわかった。しかし、島の歴史などどうでもいいと思っていることも伝わってくる。それならそれで結構よ。こっちは頭の中で、横風を最大限に利用する計画をシミュレーションすることに集中できる。

ヴィッケルビーとカストルーサに向かう国道はいつになく渋滞していた。そこに拠点を構えるアーティストの展覧会の特別招待日と重なったからだろうか。アーティストのアトリエも公開されるとあって、本土から芸術に関心のある人たちがツアーを組んで押しかけているのだ。もっと南に行けば車も流れているはずだが、そこまで行ってしまうとチャンスはなくなる。

ワンダの質問にどう答えればいいのか。石灰石に覆われた荒涼とした平野の広がるアルバレット方面を示す標識を通り過ぎるたびに、ワンダはここで曲がらないのかと尋ねてきた。

「まだよ！」ピルヨは声を張りあげた。「アトゥはもっと南のほうが好きなの。先史時代の遺跡が多く残っているから」

「それで、鋤を持ってきてるんですね？」ワンダがスクーターに鋤がくくりつけられているのに気づいて言った。

ピルヨはうなずくと、前方を見つめた。傾斜面のきついゲトリンゲならちょうどいいかもしれない。そう上まで行かなくても、ワンダをタンデムシートから振り落とせるかもしれない。〝事故〟には申し分のない場所だ。

緊張が走る。でも、不安ではなかった。最後の手段を取らざるをえなくなったのは、初めてではない。

「ゲトリンゲでちょっと停まりましょう。アトゥの大好きな場所のひとつよ。今日も彼がここに来ているかどうかはわからないけど、ここの特徴的な起伏がよく見えるわ」

ワンダは微笑んでタンデムシートから降りると、ピルヨの気遣いに対して大げさに礼を言い、見事な景観について感激の言葉を漏らした。

「あら、アトゥはどこにもいないわね」ピルヨはそう言いながら、周囲に目を走らせた。目の前には直立したいくつもの石が船のようなシルエットをつくっている。

「素晴らしいわ」ワンダが石群を指さした。「ストーンヘンジみたい。あれよりはずっと小さいけど。あそこに古い風車もあるわ！ ヴァイキングのお墓があるのはここですか？」

ピルヨは短くうなずくと、あたりを見まわした。この場所は平地で人気がない。国道を挟んだ向かい側にもストラ・アルバレットのほとんど人気のない土地が広がっている。

こちら側には、山腹に古代の墓跡があった。記憶が確かなら、あそこには雑草が生い茂っているはずだ。ゴミを処理するにはうってつけかもしれない。雑草が伸び放題の場所では死体も簡単には見つからないだろう。それに死体が見つかったところで、それをワンダ・フィンという女、さらにはわたしと結びつける人間などいないだろう。

そう、この場所は理想的だ。国道から来る車さえ見張ってれば。

「もっとこっちへ来てみて、ワンダ」大声で呼んだ。「ここからだと、島の特徴がはっきりとわかるわ。住人がどんどん減っていった理由もね」

ピルヨは下方に広がる原野と、はるか西のきらきら輝く海峡の両側にある集落を指さした。

「あの海峡の左側の奥、そこがあなたがさっきまでいたカルマルよ」適当に話しかけた。

「わたしたちが今いるこの高地には、十九世紀後半まで農民が住んでいたの。そしてどんどん土地を分割していったのよ。さっき説明したみたいにね」

ピルヨはワンダを斜面ぎりぎりまで連れていくと、振り向いた。心臓が早鐘のように打ちはじめている。「国道の向こう側を見て。あそこがストラ・アルバレットよ。アトゥはあそこにいると思う。百年前までは、あそこもまだ肥沃な大地と牧草地だったのだけど、農民たちがむやみに開拓し、家畜が草を食べ尽くしたのよ」そう言いながら、ワンダの腕を取った。

「それほど豊かな土地に住んでいたのに自給自足できなくなったなんて、信じられる？」

ワンダは首を横に振った。リラックスし、安心しているようだった。今がチャンスだ――

車さえやって来なければ。

「エーランドはエゴの島と呼ばれるべきかもね。だってそうでしょう、住民たちは互いに協力できなかったという、ただそれだけのために島を捨てなくちゃならなかったのよ」そう言った瞬間、ピルヨはワンダの腕をつかんだ。同時によろけたふりをして腰でワンダをひと突きした。

すべては期待どおりだった。バランスを失ったワンダは、つかまれていないほうの腕で虚空を掻き、上半身を後ろに反らせると、無意識に一歩下がった。しかしそこには何もなかった。次の瞬間、ワンダは仰向けに傾斜を滑り落ち、はるか下の藪でバウンドし、岩山に勢いよく叩きつけられるはずだった。そのまま息絶えてくれれば最高だった。それなら鋤を使う必要はなくなる。「大変！」ピルヨは叫び声を上げた。そして——ワンダが自分にしっかりとつかまっていることに気づいた。

ワンダはひとりでは落ちなかったのだ。反射的にピルヨに手を伸ばし、ピルヨもろとも滑り落ちた。ふたりはもつれ合いながら山腹の藪に突っ込んだ。険しい岩場まであと少しというところだった。ふたりは茂みに積もっている腐った木の葉の上に横たわり、目を見開いて互いを凝視した。

「わたしを殺すつもり？」ワンダはあえぎながら言って、どうにか気を落ち着かせ、枝や木の根を支えに身を起こした。

ピルヨは青ざめていた。こんなはずではなかった。最悪なのは、ワンダにバレたことだ。もう彼女が気をゆるめることはないだろう。

この状況で目的を達するにはどうすればいい？　ピルヨは必死で考える。それも、アトゥに気づかれずに。

「ああ、なんてこと……わたし、わたし……」つっかえながら言うと、ピルヨは震えだした。「ごめんなさい、あの……、こんなことが……起きるなんて。わ、わたし、運転しちゃいけなかったのに。でも、もう長いこと発作が起きてなかったから……。わ、わざとじゃないの。本当に、ご、ごめんなさい。わたし、てんかん持ちで……、でも、わたしはただ……あの……」

涙がどうしても出てこなかったので、口の中に唾液を溜め、口角から垂らしてみせる。

「ほら」同情心などみじんも見せず、ワンダはピルヨの手を引いて立たせた。

ピルヨはかっかし、何を考えても堂々めぐりだった。自分が自分ではないような気がする。この女は姑息にもわたしの座を奪いにきたのよ。ああ、頭がズキズキする。この女はアトゥの子を産み、わたしをメイドに格下げにしようとしている。それだけではすまないかも。どうしてこの女をもっと早く阻止しなかったの。アトゥのことでワンダを幻滅させればよかったのに、どうしてそうしなかったのかしら。そもそも、どうしてメールに返事などしたのかしら。どうして？　どうして？　どうして？

「気分が悪いなら、あなたが後ろに乗ったらどう？　わたしが運転するわ」ワンダの声が後ろから聞こえてくる。

ピルヨは振り向いた。破れたスカート姿の女が手を差しだしている。

「キーを貸してちょうだい。もう戻るでしょう？」ワンダの目に迷いはなかった。

ワンダはとことん用心深くなっている。そうするだけの理由があるとわかっているのだ。

「どの道を行けばいいの？」ワンダはすでにスクーターにまたがっていた。

ピルヨは指で方角を示した。「国道をレスモまで戻って、アルバレット方面に右折して。十分ぐらいで着くわ」

あの荒野で決着をつけるしかない。どうやるのか、それはまだ考えていない。でもとにかく、あそこでやるしかないのだ。

14

二〇一四年五月二日、金曜日

ひとつのダブルベッドでアサドと寝た夜は、めくるめく悦び(よろこ)とはかけ離れていた。どちらかというと小柄なのに、どうしたらあんなにいろいろな騒音が出せるのかまったく謎だ。多彩ないびきと歯の間からもれる笛のような音が、かわりばんこにしつこく鳴り響く。とても人間が立てている音とは思えなかった。まるで、パイプオルガンを何台も投入したオーケストラじゃないか。ちょっとやそっとでは鳴り止まない。アサドは石のように眠っていたのではなく、岩屑(いわくず)のように眠っていた。あるいは、噴火中の火山だった。朝の三時から五時まで、すっかり神経を消耗(しょうもう)させたカールは、ひたすらそんなことを考えていた。

轟音がようやくおさまった。ほっとしたのもつかの間、数秒もしないうちにアサドの口が大きく開いたかと思うと、そこからわけのわからない寝言が聞こえてきた。うとうとしかけたカールには何を言っているのかよくわからなかった。どっちみちアラビア語だしな。ところがだんだんデンマーク語が混じるようになり――、カールはハッと目覚めた。

今、「殺す」って言わなかったか？　しかも寝返りを打ったときに「忘れない」とも言わなかったか？　本当にそう聞こえたかどうか自信はないが、ひとつだけ確かなことがあった。アサドの様子がなんだかおかしい。気になってしまい、カールはますます眠れなくなった。

朝になり、カールは目を覚ました。だが、ぐったりと疲れていて、アサドの陽気な笑顔が見えてもまともに応じられなかった。

「アサド、おまえってやつは、寝てる間もしゃべってないと気がすまないのか」ようやく口を開いてそう言った。そのとき、下の道路から女の罵声が聞こえてきた。

カールはベッドから首を伸ばして窓の外を見たが、女の姿は見えなかった。ホテルのエントランスのすぐ前に立っているのだろう。

すると、背後から実におだやかな声がした。「寝ながらしゃべってましたか？　なんて言ってました？」

ああ、しゃべってたさ。だが、カールはそれを口にする気力すらなかった。振り向いて答えるかわりに笑ってすませようとしたが、頭がぼうっとしていたので、そのままヘッドボードにもたれかかった。戦友を密告した直後の兵士のような気分だ。

「いや、よくわからなかった。だが、おまえはデンマーク語で話してた。あんまりおだやかじゃなさそうなことをな。悪夢でも見てたんじゃないか？」

アサドの力強い眉毛が中央に寄った。何か言いかけようとしたが、そのとき再び、女の声が下から響いてきた。

「そこにいるのはわかってんのよ、ジョン。女といるのを見た人がいるんだからね！」

カールはベッドから飛びだし、窓に寄った。下には中年のなかなか魅力的な女性が立っていて、ホテルの階段に向かって闘犬のようにうなり声を上げている。

嘘だろ！　あのジョン・ビアゲデールがまんまとローセの網に引っかかったってことか？　なんと気の毒な。


「今日の捜査は別行動だ」朝食の席で、カールは鉛のように重いまぶたと闘いながら、そう提案した。ローセとアサドが出ていったら、こっそり部屋に戻って睡眠不足を解消するつもりだったのだ。

「ちょうどわたしも、そうしたほうがいいと思ってました」ローセは、白雪姫に出てくる悪い<ruby>お妃<rt>きさき</rt></ruby>のように黒い服に身を包んでいる。ホテル前で起きた朝の三文芝居についてはひと言もなく、その原因についての謝罪もない。ジョン・ビアゲデール夫妻のことなどローセの頭の中ではとっくに過去のことのようだ。ジョン・ビアゲデールは無事なのだろうか？

ローセが続けた。「わたしはハーバーザートの自宅に行って、荷造りを始めます。昨日のうちにボーンホルムの引越し業者に連絡しておきました。二十分後には、ここにわたしを迎えにきてくれるそうです」

カールは賛成の意をこめてうなずいた。

「それから、ジュン・ハーバーザートの姉がすぐ近くの介護施設にいることも突きとめました。でもこれ、あなたの宿題だったんじゃないの、アサド?」ローセがアサドをじろりと見る。「昨日、あなたがあんなに自信満々に迫ったせいで、ジュンは元夫の捜査結果についてもうひと言も話してくれないかもしれないのよ。だったら、あなたがジュンの姉から何か引き出してくるのが筋ってもんでしょ?」

ローセの小言をアサドは神妙に聞いていた。そう、これこそがローセ。何が起ころうともローセだった。アサドはうつむいて、砂糖をすくってはコーヒーに入れ、すくってはコーヒーに入れ、中身があふれないように必死だった。

ローセは今度はカールのほうを向いたが、カールの血の気のない顔も、文句を言いたげな表情も平然と無視した。ここではまるで、ローセが舞台監督のようだ。

「カール、あなたは九時半からボーンホルムのホイスコーレを見学することになっています。話はつけておきました。そのあと、昨日お話ししたとおり、当時学校を管理していた夫婦のところへ行ってください。もちろん、あなたにその気があればですけど。行きますよね?その夫婦もこの近くに住んでます」

おいおい、どうやったら夜のお愉しみをこなしながらこれだけの段取りを組めるんだ?

カールは深く息を吸うと時計を見た。もう九時五分じゃないか! 食欲を絞りだし、口に食べ物を放りこみ、コーヒーを飲み、ひげを剃るのを十分足らずでやれって言うのか。それに、俺にはひと眠りしてスイッチを切り替える時間が絶対に必要なんだ!

「ローセ、ホイスコーレに電話して、約束をあとにずらしてもらえ。二、三準備しなきゃならないことがある」

　そうくるだろうと思ってたわよ、とでも言いたげにローセが笑った。「いいですよ。でも、そうすると明後日になります。明日は遠足で学校が閉まっているので。もう二、三日このホテルに泊まりたいというのなら、わたしはかまいませんけど。急いで戻る必要もないですしね」

　カールはうなずいた。彼女の提案に反論するのは、靴に石を入れたまま歩くのと同じくらい難しい。自分が横たわっている棺（ひつぎ）に自分で釘を打つのと同じくらい無理な話なのだ。

「それで、アサドは介護施設に行く件が片づいたらリステズまで来て、わたしを手伝って。たぶんあなたがいちばん早く終わると思うから、タクシーでよろしく。何かご意見は？」

「意見があるとすれば、こんなにおいしいコーヒーを飲んだのは初めてってことです」アサドは空のカップを振ってみせた。カールは負けを認めざるをえなかった。

「俺の意見はな、一緒に出かけたほうが話が早いってことだ、アサド。ジュン・ハーバーザートの姉を少し待たせることにはなるが」

　すると、カールの携帯電話が鳴った。カールはディスプレイを眺めたとたん、うんざりすると同時に、いったい何ごとかとかまえた。

「ああ、おふくろ。なんの用？」

　カールの母親はそう返されるのが大嫌いだった。カールは時折、こうやって電話に出ては母親をがっかりさせる。すると会話はたちまち終わる。だが、残念なことに今朝の母親は腹を立てた様子もなく、すぐに本題に入った。

「タイのサミーから連絡が来たんだよ。昨日、なんとコレクトコールでかけてきてね。それはいいとして、信じられない話なのさ！　もうすべて整理がつくところまできているみたいなんだけど、それがねえ……」

カールは頭を反らした。まったく、サミーのことも、彼がデンマーク人御用達（ごようたし）のエキゾチックな遊び場で道楽にふけっている理由も、脳の奥のほうにしまいこんでいたというのに。

「サミーはかんかんだよ。そりゃそうさ。ロニーは自分の遺言をとっくに別の誰かに送ってたって言うんだから。ロニーはきっと、サミーのことを信用できないと思ったんだね、だろ？」

例の遺言状か。あいつが他人から巻き上げたものをどう分配するかが書かれているだけならいいが。まったく、ロニーの件となると、どうして俺ばかりが口の中に嫌な味を感じなくてはならないんだ。

「そりゃそうさ、もしサミーが俺の弟だったら、俺はさっさと養子に出してもらったね」カールは答えた。

「カールったら、ほんとに冗談が好きだね。やだよ、お父さんとあたしがそんなことするわけないじゃないか」

寄宿制市民大学（フォルケホイスコーレ）は畑と森に囲まれ、〝山彦谷〟のすぐ近くにあった。デンマーク全土の子どもたちが押し寄せてくる場所だ。カールもこの谷についてはよく聞いていたが、見たのは初めてだった。カールの故郷では林間学校と言えば、ボーンホルムではなくコペンハーゲンだったからだ。旅行のハイライトはチボリ公園の見学で、メリーゴーラウンドに乗った生徒が全員気分が悪くなって胃の中のものを戻してしまう、というところまでがお約束だった。

太陽の光の中ではためく旗竿の三角旗と、〈フォルケホイスコーレ〉と彫刻された石がふたりを出迎えた。その奥にはさまざまな時代に建てられた赤と白の建物が並び、小さな茂みの中に、手作りのトーテム・ポールと小規模なコーヒー館が見えた。よく手入れされた生垣が敷地をぐるりと囲んでいる。

事務局の入口前にかわいらしい赤毛の女性が立っていた。ひと目見るなり、アサドは背筋を伸ばした。

「ようこそ」女性は、アルバーテが在籍したころはまだ自分はここにはいなかったと前置きしたうえで、「でも、当時の雑用係がまだおりますし、そのころのアルバムもございます。また、長年ここの責任者だった元校長夫妻が在任中に日記をつけていました。ただ、アルバーテのことについては、わたしの知る限りあまり記されていないようです」と話した。

アサドは、趣味の悪い人間が車のリアウィンドウの前に置いているマスコットの犬のように、うんうんと首を縦に振った。「最初に雑用係の方とお話ししたいのですが」そう言いながら目をとろんとさせている。まったく、ローセだけじゃなく、こいつまで色目を使いだしたのか？「でも、少し校内をご案内いただくことはできますか？　アルバーテがここでどのように過ごしていたのか雰囲気をつかみたいもので」

いったい俺は、この辺鄙な島で何をやっているんだ？ 赤毛の職員にアサドが職権濫用に近いアプローチをしているのを見ながら、カールは自問自答せずにはいられなかった。こういうことにかけては、アサドもローセもあきれるほどやり手だ。いっそのこと、こいつらを残して、俺だけこっそりフェリーで帰ったほうがいいんじゃないか。そうしたら、夜中のひとりオーケストラの横で過ごす夜から解放される。

「いくつかの建物はあとから建てられました。とくに通りに面した二棟ですね。ここはガラス工芸の作業所になっています。でも、まずはアルバーテが食事をし、絵を描き、眠っていた場所にご案内します」


見学ツアーが進めば進むほどアサドの色ぼけはひどくなり、どうでもいい質問をするようになってきた。「朝食はどんなものだったんですか？ 毎朝合唱していたんですか？ 暖炉のある部屋に集まったのはいつも何時ごろでした？」

雑用係が現れてようやく、アサドの様子はいくらかまともになった。雑用係の名はヤアアンといい、おとなしそうな男だった。こめかみには白髪(しらが)がちらつき、ずんぐりした体形だが、どうやら記憶力がいいようだ。ヤアアンは一九九二年からここにいるが、アルバーテが行方不明になったことと彼女がどのように死んだのかという点について、その記憶力を十二分に発揮した。一九九七年のあの年は、ほかの年よりもひときわ記憶に残っているようだった。

「彼女が消えたのは作業棟の棟上げ式が行なわれたのと同じ日でした。やることが多くて手いっぱいだったのでよく覚えています」彼はカールたちを黄色い煉瓦でできた平屋の建物のひとつに案内した。「ここです。彼女はここに寝泊まりしていました。〈ロごもりの館〉と呼ばれています。どの建物にも、こんなふうにおかしな名前がついているんです。たとえば、〈聖殿〉とか、〈いかずちの谷〉とか、〈きりぎしの館〉とか。理由は訊かないでください。話すとものすごく長くなりますから」

「わかりました。ここはどこもひとり部屋ですね」カールが言う。「しかも窓が庭に面してますね。外部の人間を簡単に中に入れられたのでは？」

雑用係は笑った。「若い子たちは夜な夜な踊りにいくんですから、不可能なことなど何ひとつありませんよ」

カールの頭の中につい、ローセが浮かぶ。あいつだったら、何をしたことやら……、いや、今はそんなことを想像している場合じゃない。

「ただ、警察が同じ寮の女の子たちに事情聴取したときには、誰もがアルバーテが部屋に男性を入れていたはずがないと言ってました。壁が薄いので、そういうことがあれば聞こえたはずだと」

「あなたのアルバーテに対する印象はどうでした？　どこか――目立ってましたか？」

「私の彼女に対する印象ですか？　そうですね、彼女は私がここで見た中でいちばんかわいい子でした。顔もかわいかったし、吸いこまれるような目もしていましたが、それだけじゃなくて、どこかの王女のように歩き方がエレガントなんです。歩く姿が飛びぬけて美しかった。グレタ・ガルボみたいにふわふわと滑るような感じで。身長は特別高くありませんでしたが、どんな仲間といても彼女の存在は際立っていました。私が申し上げていること、おわかりいただけますか？」

カールはうなずいた。アルバーテの写真はすでに見ている。

「グレタ・ガルボって誰ですか？」アサドが尋ねた。

雑用係は、月から落ちてきた人間を見るような目つきでアサドを眺めた。いや、実際アサドはそうなのかもしれない。だってそうだろ？　誰がこの男の素性を知っている？　そもそもこの男がいつも持ち歩いているあれ、あれはいったいなんだ？　アサドは存在そのものが謎だ。

「それから歌声もきれいでした。朝の合唱ではいつも、彼女の声がひときわ響いていましたね」

「つまり、彼女は並はずれて魅力的で特別な存在だった、というわけですね。彼女が校内で誰かと付き合っていたかどうか、記憶にありますか？」

「いいえ、残念ながら。当時も警察から訊かれたのですが。でも、生徒の誰かから、そういう証言はなかったのですか？　私が知っているのは、彼女が友達数人と連れ立ってバスやタクシーでラネに遊びに出かけていたことぐらいです。ビールを飲んだりしていたとしか。一度、向こうの温室のソーラー発電機の裏でいちゃついているカップルを見ましたが、アルバーテではありませんでした。彼女はしょっちゅう自転車で出かけていました。この島の自然にとても興味があると言ってましてね。どのくらい自然観察に行っていたのかはわかりません。出かけても三十分かそこら。もっと早く戻ってくることもよくあって、妙だなと思っていました」

「たいした収穫はなかったな」三十分後、元校長夫妻を訪問するため、オーキアゲビューに向かう車の中でカールが言った。

「ボーンホルムというところは本当に美しいですねえ」アサドはグラブコンパートメントに脚をのせて、景色を眺めている。

「なあアサド、土地だろうと人だろうと、おまえの適応力の高さには恐れ入るよ」

「私の、なんですって？」

「そんなに気に入ったなら、ここで仕事を探したっていいんだぞ」

アサドがうなずく。「ええ、それもいいかもしれませんね。ここの人たちはとてもやさしいし、親切だし」

こいつ、本気か？　カールはアサドをじろじろ眺めた。本気かもしれない。

「おまえ、赤毛が好きなんだろ？」

「いえ、とくにそういうわけでは。今はそんな気がするだけです。カール」そう言ってダッシュボードに付けられた携帯電話を指さした。「鳴ってますよ」

カールは通話ボタンを押した。「ああ、ローセ。どうした？」

「今、ハーバーザートの自宅の二階で段ボール箱と書類の山に囲まれてるところなんですけど。当時、彼が学生に行なった聞き取り調査の書き起こしを綴じたファイルがいくつもあるんです。知ってました？」

「中までは見なかったが、たしかにそういうファイルがあったな」

「ざっと見てみたんですけど、アルバーテは結構男の子と遊んでいたみたいですよ。かなりの数の女子がそう証言しています。男の子たちが彼女に首ったけだったので、ほかの女の子たちは相当頭にきていたみたいですね」

「腹を立てた女子学生のひとりがアルバーテを木の上まで放り投げたとでも？」カールが不満げな声を出す。

「まあおもしろいことを、ミスター・マーク。でも、わたしの知るところでは、男子学生の中でも、ほかの子たちより一歩進んでいた子がひとりいるんです。アルバーテとキスもしてるし、しばらく付き合っていたみたい。アルバーテがほかの誰かと出会うまでですけどね」

「ほかの誰か？」

「ええ。学外の人間です。でも、この話、あとでもいいですか？」

「ああ。それならどうして電話してきたんだ？」

「彼女が付き合っていた男子学生について何か耳に入れたんじゃないかと思って。名前はクリストファ・ダルビュー」

「学校見学はほとんど収穫なしだ。クリストファ・ダルビューだな。今、元校長のところに向かってるから、そこで聞いてみるよ」

背が高くほっそりした男性に案内され、カールとアサドはキッチンへ入った。その男性、カーロ・オーディンスボーはコーデュロイのズボンとツイードの上着といったいでたちで、顔を覆っているひげは丁寧にそろえられていた。これでパイプでもくわえていれば、オックスフォード大学の文学教授と言ってもとおりそうだった。

窓台にはガーデンショップより多いのではないかと思うほどハーブの鉢植えがぎっしりと並べられている。

「カリーナを紹介します」

こちらは夫と正反対で、カラフルで派手な服装の女性だった。ミュージカル『ヘアー』の世界から抜け出てきたような恰好で、にこにこしている。これに三色の布地を編みこんだターバンをかぶっていたら、まるでカールの元妻ヴィガのパートナーだ。

「クリストファ・ダルビューとおっしゃいました？」テーブルに着くと、元校長が言った。「ふむ、それならアルバムを見てみないと。その前に、コーヒーをどうぞ」

「きみはどう思う、カリーナ？」コーヒーを注ぎながら夫が尋ねた。「アルバーテの仲間にクリストファ・ダルビューという子がいたかな？」

妻は唇を尖らせた。記憶にないらしい。

「ちょっと待ってください」カールが口を開いた。「もしかして、これが役に立つかもしれません」ローセの電話番号を探す。

「もしもし、ローセ？　クリストファ・ダルビューの写真は手元にあるか？　あったらすぐ携帯に送ってくれないか」

「いいえ、彼にフォーカスして撮られたものはありません。でも、集団で写っているものならあります。ハーバーザートは話をした人間すべてにチェックをつけて、名前も書きこんでいますから」

「よし、それでいい。送ってくれ」

カールは再び夫妻とクッキーの缶へ顔を戻した。

「これもそれも、おいしいですね」アサドの手が缶と缶の間をせっせと往復している。

カールはうなずいた。「お菓子までいただいて、ご親切にどうも。それはそうと、こちらのお宅はあの学校と同じように居心地がいいですね。あそこで寄宿生活を送っている学生が家にいるようにくつろげるのは、おふたりのおかげですね。壁に掛かっている絵画から、小さなピアノ、快適なラウンジ、広間まで、欲しいものはすべて備わっているように見えました。ですが、いつもあんなふうになごやかな雰囲気なのですか？　生徒と指導者の間でもめごととかないんですか？」

「もちろんそういうこともありますよ」カーロが答えた。「ただ、われわれの時代には何ごとにも節度がありました。そこははっきり言っておきたいです」

「では、生徒のひとりがあんな形でいなくなって、当時のみなさんはどうでしたか？」

「ぞっとしましたよ」妻が答える。「とにかく恐ろしかったわ」

「とても古い学校なんですね」カールが続ける。「百年前の写真も見ましたよ」

「ええ、一九九三年の十一月に百周年を祝いましたからね」

「それはすごいですね」アサドが無精ひげについたクッキーのかけらを拭いながら言った。

「校長をされていたころ、似たような出来事はけっこうあったんですか？」

「似たような出来事ですか？　まあ、数年前に窃盗事件が連続で起きたことはありましたね。ギターやアンプ、カメラなんかがなくなったんです。そりゃ、愉快じゃないですよね。村の年寄り警官のライフは大忙しでしたよ。あとは、市場や墓地での盗みぐらいでしょうかね。ほかには特に」妻が答えた。「ああそれから、もうひとつ、うちの教師のことでちょっと嫌な事件がありました。その教師は授業中に亡くなったのです。それ自体は自然死でしたが、あとから武器の不法所持が明るみに出ましてね」

アサドは首を横に振った。「いいえ、そういうお話ではなくて。アルバーテのことに関してなんですが」

「死亡事故やレイプ、暴力事件とか」カールがごく簡潔に表現し、アサドにうなずいた。クッキーをバリバリほおばっていた割にはうまく方向転換させたじゃないか。

「いいえ、そういったことは起きませんでした。まあ、例外的に、ある女子学生が数年前、自殺しようとしたことがありますが。ありがたいことに未遂に終わりました」

「失恋ですか？」カールは夫妻の顔を探るように見つめた。ふたりは何か言いたそうにしているようにも見える。いや、このふたりに隠しごとをする理由などないはずだが。

「失恋というより、家族関係に悩んでいたように思います。若い生徒の中には、とにかく家を出たい一心で願書を出してくるケースが毎回何件かあります。でも、それで彼らの心が休まるかと言えば、必ずしもそうではありません」

「じゃあ、アルバーテの場合は？　彼女も家族と距離を置きたくてここに来たのでは？」カールが突っ込む。

「ええ、おそらく。彼女の家族は非常に厳格だという話でした。アルバーテはユダヤ教徒だったのです」カーロが一瞬息を止め、申し訳なさそうにアサドを見やった。しかしアサドは肩をすくめただけだった。

〝それがどうかしました？〟――実際どういう意味だったのかはともかく、アサドはそんなオーラを放っていたように見えた。

「ええ、彼女はユダヤ教徒で、家ではがんじがらめだったようです。ここでもユダヤ教の掟（おきて）を守った食事しかしていませんでしたよ。つまり彼女は、両親から教えこまれた宗教と文化に頭のてっぺんからつま先までどっぷり浸かって、ここにやってきたのです」

「ですが、精神的には家族から離れることができたのでは？」カールが尋ねる。

妻が微笑んだ。「そういう面では、彼女はあの年代のよくいる少女たちと同じでしたね」

カールのズボンのポケットで音がした。ローセからメッセージが届いたのだ。

「これが彼の写真です」集合写真の中からひとりを指さす。

〝一九九七年秋コース〟一人ひとりの顔に書きこまれた矢印と手書きの名前の下にそうある。

「いちばん前で床に座っている少年、これがクリストファ・ダルビューです」

高齢の夫妻は目を細くした。「いや、これでは小さすぎてはっきりしないな」カーロ・オードィンスボーが言う。

「アルバムでしたらうちの居間にもありますよ。ねえあなた、持ってきて差し上げたら?」

カーロはすぐに立ち上がった。カールは心の中で舌打ちした。ホテルに置いてきたファイルの中に、アルバムからコピーしたもっといい状態の拡大写真があったのだ。持ってくるぐらい簡単なことだったのに。

「それよりも、この中を見てみませんか?」アサドが自分のバッグからまさにそのファイルを取り出した。「こちらの拡大写真のほうがきれいですよ」

なぜもっと早くそれを出さないんだ、アサド!

アサドはカールに目くばせすると、コピーを瞬時にテーブルの上に広げた。そのとき、元校長がアルバムを手に居間から戻ってきた。

「これが彼です」アサドがアイスランド風のセーターを着て柔らかいひげを生やした青年を指で示す。

夫妻は読書用眼鏡を取り出し、写真に顔を寄せた。

「ああ、この子なら覚えている。ごくぼんやりとですが」夫が言う。

「まあ、そんなことを言って。覚えていないんでしょう、カーロ」妻の目が細くなり、胸が小刻みに震えた。笑いをこらえているのか？

「ほら、パーティでトランペットを吹いた子よ。それがあまりに調子っぱずれで、ほかの演奏までストップしちゃったじゃない。もう忘れたの？」

夫は肩をすくめた。笑ったり怒ったりという感情を表に出すのは妻が担当しているようだ。

カリーナがカールとアサドに顔を向けた。「クリストファはかわいい子だったのよ。とても内気で。はにかむ様子もまたかわいかった。この島の出身です。どのグループにも、ここ出身の人が何人かいました。でなければ、たいていユトランドやシェランから来た人ね。もちろん、国外から来る人も毎回数名いましたよ。だいたいがバルト海沿岸諸国の出身で、あの年はエストニア、ラトヴィア、リトアニアから来た学生が、八人から十人ぐらいいましたっけ。それと、ロシアから来た人がふたり」

そう言ってひとりの少女を指さし、何かを考えるように、その指を頬に当てた。

「クリストファの苗字は本当にダルビューだったかしら？　どうも名前と一致しないのよ。カーロ、アルバムで確認してもらえる？」

夫の指が写真の下にある名前をたどっていく。

「きみが正しいよ。彼の名字はダルビューではなくて、ストゥスゴーだ。この島に多い苗字です。なぜ、警察の記録ではダルビューになっているんだろう。わからないな」と夫がつぶやく。

「クリストファ・ストゥスゴー、そう、それよ！」カリーナが叫んだ。「それが彼の名前だわ！」

「彼はアルバーテと短い間付き合っていたそうです。まあ、付き合っていると言えればですけど。そのことについて、何かご存じですか？」カールが尋ねる。

残念ですが、もうずっと昔の話なので。ですが、当時そのことを訊かれたとしても、やはり何も言えなかったでしょう。そもそも、わたしたちは学生生活以外の生徒たちの行動についてあまりよく知らなかったものですから――それが答えだった。

ラネに戻る途中でカールはローセに電話し、悪いが荷造りはひとりでやってくれないか、と頼んだ。ローセが快く引き受けるはずがない。電話越しだったので彼女の怒号を直接浴びずにすんだものの、カールとアサドは生きたまま煮えたぎる釜の中にぶちこまれたような思いだった。「今からクリストファ・ダルビューのところへ行く。もっとも家にいればだが」カールは話をそらそうとした。「ラネの郊外に住んでいるんだ。だから話を聞くのも簡単だろう。そのあとでジュン・ハーバーザートの姉のところにも行くよ。ローセ、きみならできる」カールは励ますように言った。

だが、それでローセの気がおさまるはずもなかった。

15

二〇一三年十月

てんかんですって！　何を言うかと思えば！　てんかんの発作ならもう十分すぎるほど見てきたわ、とワンダは思った。彼女は七人姉妹だったが、愛する妹がてんかん持ちで、毎週のように軽い痙攣を起こし、少なくとも月に一度は激しい発作で意識を失った。だから、ワンダはてんかん発作の前兆や症状について知り尽くしていた。発作が起こると顔がゆがんだり奇妙な表情になったりするのが普通だ。当然、個人差はあるとしても、ピルヨが仕掛けた猿芝居とはまったく違った。

　ワンダがキックレバーを蹴ると、ピルヨが背後からしがみついた。おかしいじゃない。さっきは身体に触れられるのは好きじゃないと言ってたくせに。

　ワンダのお腹の前でピルヨの両手がしっかり組まれていた。小さく白いその手には年齢を示すサインがいくつか出ていたが、無邪気で傷つきやすい少女の手のように見えた。そして、ぶるぶると震えている。

なぜ震えているのかしら？　何を怖がっているの？

まさか、てんかん発作の後遺症？　わたしがこの人の発作を引き起こすようなことをしたってこと？　そうだとしても、わたしは医者じゃないし、どうしようもないわ。

「ここで右折して」ピルヨが指示を出す。

右折し、不毛の荒野を走るとワンダはスピードを上げた。今、速度と方向をコントロールしているのはわたしよ。

彼女はわたしの存在をおとなしく受け入れるべきなのだ。彼女のそばにいると、自分が歓迎されていないことがひしひしと伝わってくる。まさにシャーリーの言ったとおりだった。でも、もう後戻りはできない。とにかく落ち着いて、この闘いに勝つ手段を一つひとつ見つけていかなくては。

わたしは本当に長い間、塀の向こうに行けずにいた。あの世界には二度と戻りたくない。アトゥと再会したらそっと近づき、ロンドンで介抱してくれたお礼を言おう。ふたりの目が合ったあの瞬間を思い出してもらおう。見返りなど求めない、ただ、あなたに尽くすためにやってきたと告げよう。わたしは十分に鍛えているし、体力もある。信者たちと一緒に力仕事をする覚悟もある。わたしが、いかに彼にとってなくてはならない存在なのか、きっとわかってくれるはず。

「少し行くと自然保護区が見えてくるわ、ワンダ。右側はミュシンゲ・アルヴァーで、左がグンゲ・アルヴァーと呼ばれているの。たぶんアトゥはそこにいると思う」

声の感じからして、今度は信用できそうだった。

ワンダは振り向いてピルヨの顔を見た。満面の笑みを浮かべている。

なぜか、その笑顔がやけに明るい。

「いやにニヤニヤしてるな、怪しいぞ」子どもたちのうちの誰かが下心を抱いて近づいてくると、父はいつもそう言った。そして自分の経験から子どもたちに語って聞かせた。理由のわからない笑みほど高くつくものはない。コイン二、三枚ですめばいいが、思わぬ犠牲を強いられることだってあるんだぞ、と。

そういう〝やけに明るい〟微笑みがピルヨの顔に浮かんでいる。気に入らない。微笑んでいる理由がわからないからだ。

ワンダはさらにスクーターを加速させ、顔をぐっと上げた。風が髪をくすぐっていく。信仰にあつく、誇り高いジャマイカの女の常として、彼女もドレッドヘア（よりあわせてロープのような束状にした髪型）を丁寧にきつく編んでいた。つややかな髪はまるで芸術作品だった。アトゥに髪に触れてほしかった。今もロンドンで感じた彼の手を覚えている。そっと、官能的に頬を撫でてくれたあの手。あの気持ちをもう一度味わいたい。その瞬間が近づきつつあるんだわ。

「あそこ、塀のそばに標識があるでしょう？　そこで停めて」ピルヨがワンダの肩越しに人間の背の高さぐらいの砂岩でできた塀を指さした。そこが国道と荒野に入る道の分岐点だった。

ふたりはスクーターを降りた。ワンダより先に、ピルョがイグニッションキーに手を伸ばした。地面にまだ片足しかついていないのに、その動作はほとんど反射的と言ってもいいぐらい速かった。

「さっき滑り落ちたときに足をひねったみたい。残念だけど、あなたと一緒にここから先には行かれないわ」ピルョは平らな大地へ続く小道を指さした。「アルバレットではエンジン付き車両の乗り入れは禁止なの。でも、この道をしばらく歩いていけば、きっとアトゥが見つかる。このあたりは、いくつもの聖人伝のゆかりの地だから。アトゥはここで自然のエネルギーを集め、自然と一体化するのよ。本当に美しい場所で、色とりどりの植物も楽しめるわ。今の季節だとランはあまり咲いていないけど、特徴のある植物が見られるはず。こんな荒野に植物が育っているなんてびっくりでしょう？」

ピルョはスクーターの向きを変えた。何か思いついたようだ。

「コペンハーゲンに戻る電車に乗るなら、一時間半後にはここに戻ってこないと。アトゥがいつもいる場所まで十五分くらいで着くから、問題ないと思うけど」

この感じからすると、ピルョを信じてもよさそうだ。わたしの存在をだんだん受け入れる気になったのかもしれない。それならわたしも思いやりを示そう。この女の立場はよくわかる。わたしがアトゥと結ばれたらすべてうまくいく。彼女ともうまくやっていけるだろう。

ワンダは深呼吸した。あと十五分。そうしたら、わたしは彼の前に立っているのだ。

ワンダは人生のほとんどを、熱帯地方の雨の多い肥沃な土地でマングローブの森に囲まれて過ごしてきた。だから、こんな荒野を目にしたのは初めてだった。この一帯はどこも平らで、国道に面している場所にこそいくらか緑が見られるが、すぐに道の舗装はなくなり、草もなくなった。あとは塩かチョークでできたような白い大地が続いているだけだった。道の両側に広がる平地は、淡い緑、茶色、白と、さえない色に覆われ、空には鳥も虫も飛んでいない。あまりにも寂しいこの土地を見ているうちに、ワンダの頭にロンドンでの日々が浮かんできた。ビルの裏口に立ち、出入りする人間との立場の違いを嚙みしめなくてはならなかった毎日。あれと似たわびしさと味気なさがここにはあった。

ワンダは小さく笑った。それでもここは、あそことは違う。ロンドンの高級街、ストランド八十番地に立つビルの大理石製の裏扉なんて、ここにはない。わたしは今、大地と空に囲まれ、新鮮な空気を吸っている。

アトゥがここに安らぎを見出すのなら、わたしにだってできるはずだわ。でも、どこにいるの？　果てしなく平らなこの場所に、隠れる場所なんてあるかしら？

ワンダは何か目印になるようなものがないかと、あたりを見まわした。

数百メートル先に低木の茂みがあり、葦のようなものが風に揺れている。小道の片側には雨水が小さな池をつくっている。文字どおり石のように固い大地にも少しは草が育つのだ。目を凝らして地面を探せば、アトゥの歩いた跡がわかりそうだ。

そうは言っても、ワンダには自信がなかった。こういうことには慣れていないのだ。動物の足跡も人間の足跡もまるで見分けがつかない。前の日についた足跡と何カ月も前についたものの違いだってわからない。それでもワンダは、ある方向に向かって歩き出した。

「アトゥ、いるの？」何度も大声で呼んだが、答えはなかった。

そのとき、ワンダの胸に疑いが芽生えた。

あの人。あの抜け目のない女はわたしをここに放り出して、自分だけ帰ったのでは？

「だから、ベスパのキーをすぐに引き抜いたのね。わたしとしたことが、なんて馬鹿だったの！」

ワンダは頭を左右に振った。信じた自分が恨めしかった。回れ右をして、来た道を引き返そう。

二、三百メートル先で、遠くの雷が鳴るようなくぐもった音がした。ワンダは顔を上げた。たしかに空はどんよりしていたが、流れゆく雲には雷の気配も雨の気配も感じられない。国道から聞こえてきたのかしら？　まさか、あそこまではかなり距離がある。

もう一度アトゥの名を呼んだ。ピルヨの罠にはまったという思いがだんだん強くなってきた。カルマルのホテルまで長い道のりになりそうだ。

「明日はタクシーでセンターまで行くわ。そこで会いましょう、ピルヨ。あなたの次の手は何かしらね？」ワンダはつぶやいた。「あなたが何を企もうとかまわないけど、最後は自分に跳ね返ってくるわよ」

このゲームで一歩後退を強いられたのは確かだけど、それでもまだわたしに分(ぶ)があるはず。

ワンダは自分に強く言い聞かせた。そのとき、あのわけのわからない音が突然迫ってきた。ワンダはつま先で立つと、目を細めて遠くを見つめた。何もない。それでも、音の正体はわかった。ベスパのエンジンの音が近づいてくる。

ピルヨもさすがに気がとがめて、立ち入り禁止を無視して迎えにきたのかしら？　それともまたいい加減な話をしにきたのかも。たとえば、アトゥを見つけて話をしたけど、残念ながら彼はあなたに会える状態じゃない、とか。適当な理由をつけて面会を断る気なんじゃないかしら。きっとそうだわ。

でも、今度は面と向かって言おう。あなたのことは信じられないって。ワンダは決心し、唇をきゅっと結んだ。

その場に立ったまま、黄色い点が近づいてくるのを見つめる。ピルヨの姿がすでにはっきり見えてきた。何もないので、彼女の目にもこっちの姿がはっきり映っているに違いない。というのも、ピルヨがまっすぐ近づいてきたからだ。やっぱり慌てて迎えにきたのだろう。

ワンダはピルヨに合図を送った。しかし、ピルヨは何も返してこない。

かわいそうに。ワンダは一瞬、彼女に同情すら覚えた。わたしをどうやって追い払えばいいのかわからず、困ってるんだわ。

ふたりの距離が二十メートルほどに縮まると、ようやくピルヨの表情が確認できた。そして、ワンダは自分の思い違いを悟った。ピルヨは困ってなどいなかった。猛然と、決意に満ちた目で迫ってくる。

正気じゃない！　スクーターでわたしを轢く気だ！　ワンダの心臓が早鐘のように鳴った。

ワンダは駆けだした。

しかし、先へ行けば行くほど、大地はもろく、ぬかるんでいた。これならベスパも湿地にはまってしまうだろう。だが、そうはならなかった。それどころか、エンジン音がどんどん大きくなってくる。もう数メートル後ろまで迫っているようだ。

背後から脚にエンジンの熱を感じ、ワンダは脇へ勢いよくジャンプした。黄色いスクーターがものすごいスピードで横をかすめていく。ピルヨの顔が見えた。一瞬ひるんだようだったが、ぞっとするほど冷たい表情だった。もう何も彼女を止めることはできない。ピルヨは地面に足をつけて素早くベスパの向きを変えると一気に加速し、小石と土塊を撥ね上げながら迫ってきた。

あなたが狩ろうとしている人間は、最高に足が速いのよ。ピルヨ、あなたはそれを知らない。ワンダはさっと靴を脱ぐと、裸足(はだし)で走りだした。

だが、ここでは足の速さも使いものにならなかった。

ワンダの特技は国立競技場のトラックでこそ発揮される。四百メートルでも八百メートルでも、走っているときはトラックと一体になれた。しかし、ここはトラックのように平坦ではなく、どんな場所へ足を踏み入れるか予測もつかない。そのうえ、大小さまざまな石ころが次々と足の裏を刺した。

このまま長くは逃げられない。異常な速さの脈に合わせて、頭がズキズキしていた。ピルヨが突進してくると同時に、闘牛士のようにかわさなくては。

ローギアに切り替わったエンジンがすぐ後ろでうなっている。不思議なことに、ワンダは恐怖を感じなかった。

タイミングを見計らって脇へ大きくジャンプするのよ。スクーターが脇を抜ける瞬間に、ピルヨを突き落とすのはどうだろう？　でも、ここは足を踏ん張るには地面が柔らかすぎる。仕方ない。ワンダはそのまま先へ走り続けた。

数秒後、今にもスクーターに追いつかれそうになったとき、ワンダは素早く後ろを見た。今だ！　脇へ跳び退くと、すぐに向きを変え、あらん限りの力で、スクーターの上のピルヨを突き飛ばした。ピルヨのゆがんだ顔が見える。小型の鋤が自分に向けられ、振り上げられた。

そしてワンダは何も見えなくなった。

16

二〇一四年五月二日、金曜日

「アサド、シュコーブロー通りの問題の木のところまで行くぞ。国道沿いのどこかにあるはずだ」カールは地図のバツ印を指した。オーキアゲビューからそう遠くない。

「了解です。でも、彼女を轢いた人間が運転したのと同じ方向から行ったほうがいいのでは？」

「もちろんそうしてもいい。だが、そいつがどの道を行ったのかわかるか？」カールが指摘すると、アサドはもしゃもしゃの毛に覆われた指で地図をたどり、道順を説明しはじめた。

「オーキアゲビューでヴェスタブロー通りに入り、ラネ通りのほうへ向かいましょう。途中で右折し、ヴェスタマリーイ通りに入ります。ここから右折してケアゴー通りに入り、シュコーブローヴェイェンを目指した可能性もあります。でも、私はそうは思いません。きっとシュコーブロー通りに合流する道まで行き、そこを右折してから思い切りスピードを上げたんです。だから、あの老夫婦の家があるカーブ地点で車の音が聞こえたんですよ」

「なるほど。ただ、そいつが北から、つまりヴェスタマリーイ通り方面から来て左折してシュコーブロー通りに入ったということも考えられる。どっちから来たとしても、まあ、どうでもいいことだが」

「結局シュコーブロー通りに入ったのなら、同じことですからね」

カールはうなずいた。

右折し、細い道に入るとすぐカールはスピードを上げた。老夫婦の家がある最初のカーブまで約六百メートル。畑のそばの木立まではさらに一・五キロメートルある。あたりは殺風景で、スピードを上げろと誘っているようだ。

カーブを抜ける瞬間、タイヤがきしんだ。老夫婦が聞いたと言ったのは、この音に違いない。

「この区間は、パンケーキみたいに平べったいですね。もしアルバーテが道路の端に立っていたら、五、六百メートル手前から姿が見えたはずです」

「ああ。で、おまえはなんでアルバーテがそこに立っていたんだと思う？」

「わかりません。もしかしたらその車を待っていたのかもしれませんし、以前にその車を見たことがあったのかもしれません。でも、まさか車が自分に突っ込んでくるとは思わなかったでしょう」

カールの考えも同じだった。

「そろそろアクセルから足を離したほうがいいんじゃないですか？」アサドがタコメーターをちらっと見た。

カールはうなずきつつも、時速百キロまで加速させた。望む結果が手に入るなら、エンジンの回転数がどれだけ上がってもかまうものか。問題の木立の手前まで来たところで、道からはずれた。アサドがアラビア語で何やら叫ぶのが聞こえたが、カールは全力で集中しなくてはならなかった。ハンドルを切って路肩に入ると、車はゆさゆさ揺れながらそのまま道路を斜めに滑り、反対側の側道に勢いよく突っ込んだ。そこで初めて、カールは思い切りブレーキを踏んだ。三十メートルのブレーキ痕を路面に残し、車は停まった。

「舌を呑みこみそうになりましたよ、カール。二度としないでください」

カールは上唇を噛んだ。これで可能性は絞られた。

「事故のあと、ブレーキ痕は見つからなかったんだよな？」

「ええ、どこにも」

「じゃあその車は、カーブを曲がったとき、今の俺ほどはスピードを出してなかったってことだ」

「幸いにも」アサドが冷たく言う。

「だったら、殺人ということになるな」

「そうかもしれません」

「その車はカーブを曲がってから加速したんだ。それ以外にはない。アルバーテは木立の横に立っていたわけだから——でなきゃ、木立から離れた逆方向に撥ね飛ばされたはずだからな——彼女が目に入らなかったとは言いわけできないだろう。避ける時間は十分あったはずだ」

「運転者が軽率な人間だっただけかもしれませんよ。ちゃんと前を見ていなかったとか」

「だとしても、アルバーテは路肩に引っこめばすんだはずだ。そうしていたら事故は起きなかった。そうじゃない。彼女は自分に向かってくる車を不審だと思わなかった。彼女は何か理由があって、身の危険をまったく感じなかったんだ」

アサドがひげをこすってジョリジョリ言わせている。考え中のしるしだ。

「犯人はたいしてスピードを出していなかったということですか？」

「いや十分出していた。この道路にしては、だけどな。時速七十から八十キロ程度だろう」

カールとアサドはなんとなく木を見上げた。カールは突然、アルバーテがまだ木に吊るされていて、こっちに向かってこっくりうなずき、合図を送っているような気がして、思わず目をそらした。まったく、なんでこんな事件にかかわらなきゃならないんだ。

ふたりは車を降りた。彼女が行方不明になった当時、三本の木はすでに葉が落ちていたはずだ。それなのに、なぜ木の上の彼女をもっと早く見つけられなかったのか。理由はすぐにわかった。

「カール、木の上のほうにある緑色のものはなんですか？」

「寄生植物だと思う。キヅタとかそういうやつだろう」

アサドはきまり悪そうにうなずいた。なんでも知っているように見えるが、植物学は専門外のようだ。

「まだ五月なのに、木の葉がすでに生い茂っているように見えますね」

カールとアサドは上を見ながら、木立のまわりを一周した。どの根からも何本もの力強い幹が育ち、上に伸びる途中でいくつにも分かれ、その先がまた枝分かれしている。人間の身体が引っかかるには十分だった。

「彼女はそう高くはない場所、約四メートルの高さの木の股の間に引っかかっていた。高く空中に撥ね上げられ、一回転したんだろう。でなきゃ、頭を下にして宙吊りになるはずがないからな。どう思う？」

アサドは頭の中で飛跡を描いているようだった。そしてうなずいた。「ハーバーザートはメインストリート、アルミニンゲン通りからやってきたんだと思います。つまり、私たちとは逆方向からやってきたわけですね。当時からこの植物があそこにあったら、それに隠れてしまって彼女を見つけることはまずできなかったでしょう。でも、樹齢とキヅタの大きさからして、それは考えられません。キヅタに隠されず、彼女が発見できたのはよかったですね」

「よかった？　まあ、そう言えるかもしれないが。ハーバーザートはそうは思わなかっただろうな」

アサドがカールのほうを向いた。木々の奥には農道があり、数百メートル先に農家の敷地が広がっている。その反対側、メインストリートに向かう道の先には、また別の農家の母屋が見える。このあたりでは唯一、人の気配があるところだ。

「カール、自転車が発見されたのはそこの茂みの中です」

アサドが農道を指さしている。そこにはまた別の木立があった。下のほうに藪が生い茂っている。あんなに遠くまで自転車が飛ばされたとは驚きだ。

「今、俺とおまえは同じことを考えているよな、アサド？」

「さあ、どうでしょう。ともかく、女の子の身体をあんなふうに撥ね飛ばすなんて、普通の車じゃありません」

「自転車についてはどう思う？」

「自転車のスタンドは立ててあったと思います。そこに車が突っ込んだんです。彼女の身体、そして自転車という順番だと思います。自転車も同じように空中へ飛ばされましたが、もっと斜めの軌道を描いたのではないでしょうか」

「スタンドな、アサド。スタンドじゃない。そうだな、俺もそう考えている」

ふたりは黙って、その経過を想像した。農家から一・五キロメートル離れたところを疾走する車。アクセルは踏みっぱなしだ。そして、その先のカーブで減速。

「運転者とアルバーテはここのカーブで目が合ったんだと思う」カールが言った。「彼女は自転車を停め、前に出て道路に数歩足を踏み入れた。合図をしたのかもしれない。うれしそうに笑って。そしてその笑顔のまま死んでいった。恐怖は感じなかっただろう。期待でいっぱいだったのだから。車は最後の瞬間に加速し、彼女を撥ねた。身体は木の上のほうの高さまで宙を舞った。運転者は車の向きを戻し、少し先のほうにある自転車に突っ込んだ。それで自転車は道路のちょうど一ブロック分、アルバーテよりもかなり先のほうに着地した」

カールは車がやってきたはずの方向に目を向けた。「ブレーキを踏まずにかなり長い区間を走ったのだろう。彼女を撥ね、自転車を吹っ飛ばしてから初めてアクセルをゆるめ、ごく普通のスピードで左側の黄色い農家の建物の横を過ぎ、アルミニンゲン通りまで走らせた。そしてそのまま逃げた。どう思う、アサド？」

「クソ野郎ですね」アサドがつぶやく。カールも同意見だった。「でも、そんなにたいしたスピードじゃないのに、彼女の身体を撥ね上げることができるなんて、どんな車なんでしょう」アサドが首をかしげる。

「わからない。除雪車なら下からすくうように放り投げることができるかもしれないが、当時はまだ冬じゃない。それにだ。それほどの大型車両が走行してきたら、彼女だって身をかわしただろう。だが、おまえの言うことは正しい。彼女を撥ねた車両は、何か特別な器具を装着していたに違いない」

「どうして警察はそれを見つけられなかったんでしょう？　島中くまなく探したんでしょう？　事故後二日間のフェリー出港時の動画記録に目を通せば、そういう車両は目についたはずでは？」

「そのとおりだ。アルバーテを木まで放り投げた器具が着脱可能だったり容易に分解できたりするものでなければな」

「ということは、例のワーゲンバスが怪しいと？」

「当然だ」

「だとすると、あの特徴あるバンパーの前に何かが装着されていたはずですよね。あのバンパーだけではとてもそこまではできないはずですから」

「ああ、まず無理だな。よし、もう一度鑑識に確認してみよう」

カールは再び木を見上げ、宙吊りになって死んでいる少女のシルエットを思い描いた。物悲しい気持ちと同時に、どこかおごそかな気持ちになった。神聖な場所に立つ人が黙とうしたくなるような。俺がもしカトリックだったら十字を切っていたところだ。だが、俺はカトリックじゃないからな。追悼の気持ちを表す方法がないってのも悲しいものだな。カールは虚しくなった。

アサドを見ると、カールに背を向けている。「なあ、イスラム教徒はどんなふうに死者に哀悼の意を表すんだ？　祈りを捧げるとか、そういうことをするのか？」

アサドは静かに振り向いた。

「もうやりましたよ、カール。もうすみました」

畑と薄暗い林を抜けながら、カールはかわいらしいアルバーテが期待に胸を膨らませ、髪を風になびかせながら自転車を走らせている様子を想像した。死ぬ運命に向かって対向車線を走っている姿を。

「クリストファ・ダルビューの住まいは、この先のヴェスタ・タマリーイです。今来た道を戻りましょう。あと二、三ブロックほどです」アサドが携帯電話を耳から離した。「今、電話でヨーナス・ラウノー刑事に聞きました。ダルビューは現在、教師をしているんだそうです。

ラウノーはほかにも教えてくれたことがあります。いい情報と言えるかどうか」

「いい情報じゃないからなんだっていうんだ？　今だってたいして愉快な状況じゃないぞ」

「アルバーテの自転車が発見されたそうです」

「それの何が悪いんだ？」

「ラネ署は事故のあと、自転車を十年間保管しておいたんですが、ある日捨てたそうです。正確に言えば、二〇〇八年二月二十五日に」

「自転車を粗末に扱ったことがそんなに重要な情報か？　結局また見つけたんだろう？」

「ええ、偶然発見されたそうです。自転車が二〇〇八年に廃棄されたとき、ある人物ががくたの山の中から見つけて、アルバーテの自転車だと気づいたんだそうです。当時、新聞で写真を見たから覚えていたのだとか。それで、その人物が自転車を引き取りました」

「それで？　何が言いたいんだ？」

「その人物が自転車を引き取った理由は、あんな特別な事件に関係のある自転車だからということらしいです。そこで彼は自転車をくず鉄に溶接し、作品にしました。タイトルは……」メモを見る。「〝スケベネートピア（運命）〟だそうです」

「なんてこった！　その作品は今、どこにあるんだ？」

「ヴェローナの展覧会に出品されていたんですが、ラッキーなことにちょうど今、こっちに戻ってきたところだそうです」

「こっちって？」

すよ」
「リュンビューです。びっくりでしょ？　あなたが毎日、家に帰るときに通っている場所で
　クリストファ・ダルビューの住まいはヴェスタマリーイの北西のつましい家が集まってい
る一角にあった。その中でもいちばん狭い家に見える。それでも、庭には砂場や滑り台、ブ
ランコを置けるだけの場所があった。
「場所を間違えましたか？」アサドが尋ねる。
　カールはカーナビをじっと見つめ、首を横に振り、通りに立っている郵便受けを指した。
プレートに〈クリストファ＆インガ・ダルビュー〉とある。その下に小さなプレートが貼ら
れ、〈マティーアス＆カミラ〉と記されている。
　呼び鈴を鳴らした。階段の横にバケツが置かれ、中にタバコの吸い殻が入っている。少な
くとも五十本はあるだろう。なるほど、クリストファは女房に頭が上がらないんだな。ドア
の後ろで呼び鈴が延々と鳴っているのを聞きながら、カールは思った。
「この分だと、奥の手を使って侵入するしかないかもな、アサド」とカールが言おうとした
瞬間、擦り切れたスリッパを履いた男がドアを開けた。
　クリストファ・ダルビュー本人だった。腹回りにでっぷり脂肪がつき、もっさりしたひげ
に白いものが交じっているが、間違いない。もっとも今の姿では、アルバーテは見向きもし
ないだろうが。

用件を伝えると、クリストファのにこやかな表情がたちまち崩れた。カールの頭の中で警告ランプがいっせいに点灯する。アサドも同じようだった。

何かを隠している人間の典型的な反応だ。

「われわれが来ると予想していましたか？」カールが尋ねる。

「おっしゃってる意味がわかりませんが」

「この件であなたを訪ねてきたことに驚いているように見えますが。われわれが来るのを怖がっていたようにも見えるんです。この二十年近く、ずっと気になっていたことがあるんじゃないですか？」

クリストファ・ダルビューは頬をきゅっと締め、唇を結び、目を閉じた。顔が急に小さくなったように見える。なんてわかりやすい反応だ。

「中へどうぞ」クリストファがしぶしぶ言う。

道路や信号機、小さな家がプリントされたプレイマットの上に、木のおもちゃが積み上げられている。クリストファはその間に置かれていた椅子を滑らせて、ふたりに勧めた。部屋の中にはものがあふれ、色とりどりだった。窓台にはトランペットが立ててある。かつてクリストファが聴衆をうならせようとして吹いていたのがこれか。

トランペットは埃をかぶっている。

「お子さんが大勢いらっしゃるのですか？」アサドが尋ねた。

クリストファは笑おうとしたが、うまくいかなかった。「子どもはふたりだけで、もうこの家にはいません。でも、妻が家でベビーシッターをしているので」

「ああ、だからなんですね。時間を無駄にしたくないので、すぐ本題に入らせてください。いいですか？　あなたはなぜもう、ストゥスゴーと名乗っていないのですか？　名前を変えれば、われわれの追及の手から逃れることができると考えたのですか？　だったら、家を引っ越したほうがよかったんじゃないですか？　ここはホイスコーレにあまりにも近いでしょう？」

全然本題に入ってないじゃないか。

カールは部屋を見まわした。年代もののブラウン管テレビの上に写真立てがあり、十代のクリストファと妻の写真が飾られている。棚にはビデオテープがぎっしり詰まっている。こういうものを置いている家がいまだにあるとは。

「おっしゃってる意味がわかりません。名前を変えたのは、妻がストゥスゴーという苗字を嫌がったからですよ。それで、私が彼女の姓を名乗ることになりました」

「最初から始めましょう、クリストファ。あなたが昔、アルバーテと付き合っていたことは知っています。そこまではそのとおりですね？」カールが仕切り直す。

クリストファは気まずそうにうなずき、目を伏せた。「たしかに、私はアルバーテと付き合っていました。でも、正直な話、たいしたことはしていません。たかだか二週間ですし」

「でも、あなたは彼女に夢中だったんでしょう？」アサドが言う。

彼はうなずいた。「ええ。そりゃあもう。彼女は信じられないくらいかわいかったし、魅力的だったし、だから……」

「それで彼女を殺したんですね。彼女がほかの男を選んだから。そうでしょう？」アサドが踏みこんだ。

クリストファ・ダルビューはギョッとして、ふたりを見つめた。「ま、まさか。違いますよ。な、なんで、そんなことを……？」反論はつっかえつっかえだった。

「じゃあ、彼女があなたから離れていってもまったく傷つかなかったんですか？」アサドがたたみかけた。

「そんな。もちろん、傷つきましたよ。でも、話は少し複雑なんです」

「どう複雑なのか、話してもらいましょうか」カールが言う。

「あの、妻がもうすぐ帰ってくるんです。私たちは今、あまりうまくいっていなくて。だから、少し急いでもらえると助かるんですが」

「なぜ、そんなことをおっしゃるんですか？　奥さんにすべてを話していないんですか？　それとも、奥さんに知られたくないことがあるとか？　あるいは、奥さんにすべてを打ち明けているけれど、奥さんのことが怖いとか？」

「いいえ、そういうことでは。あの、私たちには子どもがふたりいて、ちょうど学校を卒業したところなんです。あまり言いたくないですが、子どもたちは問題児そのものでした。おわかりでしょう、そういう状況だと家庭の雰囲気が……」

「なるほど。ただ、先ほど奥さんとうまくいっていないと言いましたよね。それは、アルバーテの話とはまったく関係ないんですか？　なぜ、われわれとの話を奥さんに聞かせたくないんです？」

クリストファはため息をついた。「私とインガは一九九七年の春にはもう付き合っていたんです。私たちがホイスコーレに入って、アルバーテに出会ったときは、付き合ってすでに半年経っていました。蒸し返したくないんです。少なくとも今は」

「つまり、アルバーテがインガから恋人を奪ったということですね？」

クリストファ・ダルビューはほとんど見えないくらいに小さくうなずいた。「インガはあのとき、とんでもなく激怒して……。それから今日までずっとそうなんです。当時私は彼女を裏切りました。妻は今もそれを忘れていません」

「それでは、奥さんはあなただけでなく、アルバーテのことも恨んだのでは？」カールはそう言って、アサドを見た。「報告書にはどうある？　インガ・ダルビューはアルバーテ殺人事件で事情聴取を受けているか？」

「殺人？　なんで殺人なんですか？」クリストファ・ダルビューが身を乗りだした。「だってあれは事故じゃないですか。どの新聞にもそう書かれていましたよ！」

「そうかもしれません。ですが、別の説もあるんです。どうだ、アサド。事情聴取は行なわれたか？」

「事情聴取を受けた人の中に、インガ・ダルビューという名前はありません」

クリストファが首を横に振る。「そんな馬鹿な、彼女は……」そこで言葉を切り、短くうなずいた。「いや、それは当然です。当時、彼女はインガ・クーラと名乗っていたんですから。でも彼女は母親の苗字のほうが好きだったんです。この島にはクーラ、ストゥスゴー、ピール、コフォーズという名前があまりにも多いので。よくご存じでしょうけど。だから私たちは結婚したらめずらしい名前を使おうと決めたんです。それで、彼女の母親のほうの苗字をもらいました。だからリストにないのでは？」

アサドはコーヒーテーブルにアルバムを広げ、集合写真の下にある名前を追っていった。

「インガ・クーラ。ああ、これですね。アルバーテの真後ろにいますよ」

カールも写真を見た。黒い巻き毛の少し肉づきのいい少女が写っている。ごく平凡で、とくにかわいらしいというわけでもない。それに比べ、前列の少女は天使のように美しく、その場をまぶしく照らしていた。

アサドがページをめくった。「お気持ちはわかりますが、それでもわれわれは奥さんと話をしなくてはなりません」

クリストファはため息をつき、頬の内側を噛んだ。そして、自分たちはアルバーテの死とは断じて無関係だと訴えた。当時、男子学生はみんなアルバーテに惚れていたんです。だから、ほとんどの女子学生が、彼女を特別好きだったわけではありませんでした。でも、彼女は悪い子ではありませんでした。でも、彼女は和を乱したんです。恋愛経験では全員がどんぐりの背比べだったので、ほかの子には一体感のようなものがあったのに、彼女はそれを乱しました――それがクリストファの言い分だった。まるで暗記していたかのような口ぶりだった。

「アルバーテが離れていったとき、腹が立ちましたか？」カールが尋ねる。

「腹が立つ？　いいえ。彼女が同じ学校の生徒を選んだなら腹が立ったかもしれません。でも、そうではなかったので」

「インガとの仲はあっさり戻ったのですか？」アサドが訊いた。

クリストファはうなずき、ため息をついた。よりを戻してから今までを後悔しているのだろうか？

「アルバーテの新しい相手は、学外の人間だったんですね？　誰だか知っていますか？」

「正確には知りません。でもアルバーテがその男について、ウリーネのコミューンに住んでいると言ったことがあります。それ以上はわかりません。そもそも同じ学校の人ではありませんでしたし」

おそらく、ハーバーザートもクリストファから聞いてコミューンという手がかりにたどり着いたのだろう。

「その男はかなりのプレイボーイなんでしょうね」クリストファが言う。

「どうして、そう思われるのです？　その男が学校のほかの女子学生とも付き合っていたとか？」

「いいえ、そういうわけでは。女子学生と付き合ってたかどうかとか、そういうことも知りませんから」

「では、なぜ男がプレイボーイだと？」

「わかりません。ただそう感じたんです。その男がアルバーテを虜にしたわけですから」

「その男に会ったことは？」

首が横に振られた。

「本当ですか？　ちょっとこれを見てもらえませんか？」アサドがワーゲンバスから降りようとしている男の写真を彼の前に広げた。「こういう男を一度も見たことがありませんか？　学校の前でアルバーテを待っているところとか見たことないですか？」

クリストファは写真を手に取ると、胸ポケットから読書用眼鏡をのろのろと取りだした。アサドは肩をすくめた。このクリストファ・ダルビューという男の言葉は筋が通っているし、納得できる。遠慮がちな態度も不安げな表情も、刑事の突然の訪問にショックを受けたと考えれば当然だろう。

「この写真ではよくわかりませんが、この男の人を見たことはないと思います。ですが、学校のそばの国道にこういうワーゲンバスがよく停まっていたのは覚えています。これと同じ、水色でした。たしか、サイドウィンドウがないタイプです。でも、正面から見たことはありません」

これだけ時間が経っているのによく覚えているじゃないか。カールの心の中に再び疑いが芽生えた。

そのとき、玄関でガタンと音がした。クリストファの表情が一変する。

「誰か来てるの？」女性の声が響く。「表に知らないプジョーが停めてあるけど。オーヴェがまたポンコツを売りにでも来てるの？」

気づくと戸口にたくましい女性が立っていた。アルバムに載っていた少女の面影はどこにもない。

彼女は眉間にしわを寄せ、クリストファのうつむいた顔と、知らないふたりの男を見た。そして、コーヒーテーブルのファイルとホイスコーレのアルバムに目をやった。

「また、昔の話をほじくり返しているわけ？」夫をきっとにらみつける。「いったいまた、何が始まるの、クリストファ？　わたしたち、いつになったらこの女から解放されるの？」

カールは自分とアサドが何者であるかを説明し、先日起きた出来事に関係してアルバーテの件をもう一度捜査しているのだと説明した。

「まったくありがたいことだわね、クレスチャン・ハーバーザートときたら！　惨めに自殺したというのに、死人になってもまだひっかき回そうってわけ？　あの男が死んだから、これでやっとアルバーテがわたしたちの人生から消えてくれると思っていたのに」

「アルバーテのこと、そこまで嫌いでしたか？」

「あなたたちが思っている理由じゃないですけどね。ハーバーザートの考えていたこととも違う。彼のことを知っているならね。でも、アルバーテが学校に来てからすべてが変わってしまったのは本当よ。あの子の存在がわたしを幸せにしたわけじゃないのも確かだわ」

「奥様の側からのお話もぜひ聞きたいのですが。いいでしょうか？」

インガは目をそらす。ノーということだろう。

ところが予想を裏切り、彼女は話しだした。

17

ひと目見るなり、誰もがアルバーテを好きになったわ。彼女はもの怖じしないで、誰とでもハグするし、彼女のおかげで、女の子たちの間には明るく楽しい空気が広がったものよ。でも、その空気もだんだん変わっていった。仲間の女の子たちが恋している相手を彼女がどんどん奪っていったから。男好きだったの。そのせいでいろんなことが少しずつ壊れていった。アルバーテに悪意があったかって？ それは違うわね。あの子は何も考えていなかっただけ。人の気持ちとか、そういうものをね。

たとえばアルバーテが「ニルスって、めちゃめちゃステキじゃない？」って言うとする。そうすると、クラスのある女の子がため息をつく。そう、次は彼女のボーイフレンドが奪われる番だから。

アルバーテは相手の男の子といちゃついたときのことを、彼の息があんなに熱くてとか、あんな香りがしてとか、キラキラした目で話すわけ。自分が誰かのボーイフレンドを奪っているかもしれないなんて、まったく考えもしないのね。

そのうち、アルバーテは自分の欲しいものを絶対に手に入れる女なんだ、指をパチンと鳴らしさえすればいいんだ、と言われるようになった。でもそれは間違い。彼女は指を鳴らす必要すらなかった。だって、男の子たちのほうが彼女の足元にひれ伏したんだから。そうよ、わたしがアルバーテを嫌いな理由はそこ。わたしの彼を奪ったからじゃない。彼のほうからおめおめと彼女の餌食（えじき）になりにいったからよ。信じられる？ もう二十年近く経っているのに、そのことを思い出すと今でもむかむかするのよ！

カールはインガの夫を盗み見た。目を伏せ、背を丸めて縮こまり、ソファの上で震えている。死んでからこんなに長い時間が経っているのに、同級生の心をここまで揺さぶるとは、彼女はどれほどの魅力と色香を放っていたのだろう。

「アルバーテが死ぬ前に付き合っていた男性の名をご主人にも尋ねたのですが、あなたはご存じありませんか？」

「ハーバーザートから少なくとも十回は訊かれたわ。あの人、学校の周りをうろついて、誰かれかまわずしつこく訊いてたから。それより前にラネの刑事にも知っていることは全部話していたのよ。それなのに、ハーバーザートはまだ聞きたがった。当時も言ったけど、アルバーテは相手の男の名前を一度だけ口にしたことがある。エキゾチックだとかなんだとか言って。でも、わたしはその名前を当時ですら思い出せなかった。それなのに、今、覚えていると思います？」

「まったく思い出せませんか？」

「思い出せないわ。いくつも名前を足したような感じで、全部おかしな名前だと思ったことしか。最初の名前がいちばん短かった。聖書に出てくるような感じの」

「短い？　アダムとか？」

「違うわ。アルファベットで三文字くらい。でも、そんなこと、いちいち思い出す気にもなれないわ」

「ロト、セム、ノア、エリ、ガド、セト、アサ」アサドの口から次々に名前が飛び出してきた。おいおい、よりによってイスラム教徒のおまえから、なんで聖書に登場する人物がずら出てくるんだよ？

「どれも違うと思う。それにさっき言ったけど、そのことはもう考えたくもないの」

「最初の名前以外はどうです？」カールが食い下がる。

「わかんないわよ。とにかく変な名前。ジムサラビムサルツキみたいな」

彼女がニヤッとした。今の言葉に何か意味でもあるのだろうか？

「その男については、それ以上は何も知らないということですね？　確かですか？」

「知りません。ただ、コペンハーゲン近郊の出身だろうということだけはなんとなく覚えているわ。絶対にボーンホルムの出身じゃないし、ユダヤ系でもない。わたしの記憶が正しければね。それと、このワーゲンバスについても、もちろんわたしはクリストファと話をしているわ」

「これですか？」アサドが駐車場で撮られた写真を見せた。

インガが目をやる。「これじゃほとんどわからないわよ。でも、そうね、型も色も同じだった」

「もう少し詳しく覚えていませんか?」

「詳しくと言われても、遠目で後ろから見ただけだから」

「目立ったへこみとか、こすった跡とか、ナンバープレートの色とか。窓のカーテンはどうです? 何か特徴は?」

彼女は再び笑みを浮かべた。「後ろ側には窓がなくて、ナンバープレートの色はこの写真みたいな古くさい黒地で、数字は白。車体には黒い曲線が一本引かれていた。まるで屋根から垂れ下がっているような線。あとは、タイヤが白っぽかったことと、ホイールキャップの周りに幅の広いラインがあったことぐらいかしら。でも、本当にそうかどうかはわからないわよ。わたしが道で見たのは違う車だったかもしれないし」

「曲線と言いましたね?」

「ただの汚れだったのかも」夫のほうを見る。「あなた覚えてる、クリストファ?」

彼は首を横に振った。

よし、黒いナンバープレートだな。これでとりあえず、一九七六年以前に登録された車だということはわかった――どんな情報でもないよりはましだ。

「どうでしょう、カール。ダルビュー夫妻は無実だと思います?」

答える前に、カールはギアを高速に入れた。

「俺が気になってるのはむしろ、このアルバーテがいったいどんな子だったのかということだ。それがわかれば、今のおまえの質問の答えはすぐ出る。インガ・ダルビューはたしかに怒れるタフな女性だが、率直に話していたと思う。彼女に殺人の容疑をかけるのは難しい。それからクリストファだが、あれは相当のろくでなしだな。あいつはタバコを吸うために外に出ていかされてるんだろう？　妻のやり方にあえて反対する気もないんだろうな。あの男が激情にかられて犯罪を犯すほど思いつめていたなんて、まず思えん」

「こんなに時間が経っているのに、クリストファがワーゲンバスにサイドウィンドウがなかったことを覚えていたなんて、おかしいと思いませんか？　それに、インガにしても、白いタイヤとか、黒地のナンバープレートとか、車体の曲線とか。あなただったら覚えていられますか？」

カールは肩をすくめた。俺はそのつもりだが？

「ところで、この道、間違っているんじゃないですか？　ジュン・ハーバーザートの姉が入っている介護施設はラネと逆方向ですよ」

「そうだ。だが、まずはウリーネに行ったほうがいいと思って。ひょっとしたらそのヒッピーたちのことを覚えている人間がいるかもしれないからな」

「それに関しては、ハーバーザートができるかぎりの調査をしたと思いますけど」

「まあな。だが、問題は〝十分に〟やったのかどうかだ。ハーバーザートがこれだけ多くのヒントを残して、俺たちに拡大写真の男を捜すよう仕向けたからには、何か意味があるんだろう。俺はとにかく全体像を見てみたいんだ。俺たちが追っているのはどんな男なのか、それをつかみたい。正直なところ、まだそれができているとは思えないからな」

目的地は、予想していたより遠かった。日が沈むまであと一時間半もあるというのに、すでに影は長くなり、あたりは薄暗くなっている。

「どこもかしこも木ばかりですね、カール。どっちに行くのか、わかります？」

「ヨーナス・ラウノーに電話して、誘導してもらえ」

「もうすぐ六時ですよ。署にはいないでしょう」

「いいからかけてみろ。やつの番号を知っているのはおまえだ。スピーカーフォンにしろよ」

ボーンホルムの夕食時間は早いようだ。電話に出たラウノーは食事を中断されたため、少し不機嫌だった。その車、カーナビがついてるんでしょう？　まさか、使い方がわからないんですか？

ぶつぶつ言いながらも、ラウノーは道順を教えてくれた。いいですか、ウレ川に向かう小道を探してください。国立野生動物保護区の標識の正面で、ウリーネ通りから分岐している道です。目立つ標識ですから見逃すことはありません。鳥の絵が描いてあって、その上に愛想なく〝立ち入り禁止〟と書かれていますから。

くねくねしたウリーネ通りを延々と走ると、ようやく標識が出ている細い道が見えてきた。

袋小路になっており、納屋と牧草地を一区画備えた空き家らしきものが建っている。

「変な場所ですね。こんなところに来てどうしようと言うんですか、カール?」車を降りながらアサドが言う。

カールは頭を振った。よりによって、ヒッピーのコミューンがこんなところだとは。

「あそこにいる人に訊いたらわかるかもしれない」カールは小道をゆっくりと近づいてくる人影を指さした。

七十五歳くらいのショートパンツ姿の男性がふたりのところに歩いてくるまで、一分はかかった。いや、本人はあれでもジョギングをしているつもりなのだろうが。

呼び止めると、男性は止まりたくなさそうだった。一度止まったら二度と動けなくなるとわかっているのだろう。それでもようやく止まってくれた。両手を腰に当て、ハーハーとあえいでいる。呼吸が落ち着き、質問に応じるだけの力を取り戻すまで、しばらく時間がかかった。

「お元気ですね、素晴らしいです」この年齢でスポーツに励もうというんだからな、とカールは思った。

「まあね、六十歳になる前に体調管理をしておかないと」男性は、相変わらず荒い呼吸で答えた。

まだ六十にもなってない? 嘘だろ? だったらもっと頑張ってくれよ。なるべく早くジョギングを再開させてやるから。

「この近くにお住まいで?」カールが尋ねる。

「いや、ハンブルクに住んでます。走っているうちに家からだいぶ離れてしまってね。もっと早く右折しておけばよかったんだが」

アサドが笑った。こんなジョークをおもしろがるのはおまえとこの男くらいだよ。

「それでは、このへんの事情に詳しいですね?」

「何をお訊きになりたいんですか?」

カールは空き家のほうを指さし、ここまで来た理由を話した。

「ああ、そのことなら、スヴェニゲから来た警官がそりゃあしつこく訊いてきましたよ。あそこには半年かそのくらい、若い連中が数人で生活していたんです。所有者は金が入るならなんでもよかったんでしょうね」

「と、おっしゃいますと?」

「だってヒッピーの集団ですよ。連中はここにはまったくそぐわなかった。けばけばしい服装に長髪で。どう見てもおかしなことをしていたし」

「たとえば?」

「太陽に向かって両手を伸ばしてあちこち走り回るとか。夜はキャンプファイアーの周りで、たいてい裸になって跳びはねていたし、とにかく怪しくて」

「怪しかった?」

「身体に記号みたいなものをペイントして、何かをぶつぶつ唱えていたんです。カトリック教徒みたいにね。連中は北欧の神々を崇めるアサトルを信仰しているんじゃないか、という人もいました。でもここの住人は、ただのイカレた連中だと思っていました」

「興味深いお話です。それで、どんな記号でした？」

「さあ。へたくそな絵みたいな」男性の顔がぱっと明るくなった。何か思い出したようだ。

「アメリカ先住民のボディペイントみたいなやつだ」

「おもしろいですね」

「それから、家の玄関ドアに大きなプレートを出していました。〝天空〟と書かれていたと思います」

「でも、布教活動はしていなかったんですね？　この地域で何か問題を起こしたことはありますか？」

「いやいや、基本的に連中はとても愛想がよくて、フレンドリーでしたよ。ちょっとおかしいだけで」

カールはワーゲンバスの写真を男に見せるよう、アサドに身振りで伝えた。

「どうでしょう。何か思い出しました？」アサドが尋ねる。

「ああ、この写真なら例の警官が毎回持ち歩いていましたよ。彼にも、似たような車を見たけど、この男が誰かはわからないと伝えました。そもそも、ヒッピー集団をじろじろ見ていたわけではないのでね」

「当時はまだ、このへんをジョギングしていなかったんですね？」

「当然ですよ！　なぜ今、私がこうしていると思います？」

　カールとアサドはジョギング男から、さらにいくつか情報を得た。ええ、そうです、ナンバープレートは黒でした。そう、車の両サイド、上のほうに曲線が一本描かれていましたけど、ほかに目立つところはありませんでした。へこみも傷もありません。あそこには十人くらいの若者が住んでいました。男女四、五人ずつかな。そしてある日、いなくなってしまったんです。それ以来、ここの所有者は家をドイツ人にしか貸さなくなりました。まあ、そのほうが金になりますしね。

「彼らが撤収した日がいつかわかりませんか？　アルバーテ・ゴルスミトが事故に遭った日あたりでしょうか？」

「何も知らないんです。しょっちゅう旅行をしていまして、あのときもそうでしたから。私は生化学者で、酵素が専門なんです。当時も研究でフローニンゲンに滞在していました。ちなみに、ジャガイモのでんぷん粉の製造に関する研究です」

　アサドが目を輝かせた。「ジャガイモのでんぷん粉ですか？　それは実用的ですね。たとえば、ラクダが鞍ずれを起こしたときに……」

「そこまでだ、アサド。今重要なのはラクダの傷のことじゃない」カールは男性を見た。

「所有者はどうでしょう？　少なくとも家主は彼らがいつ出ていくのか知っておかなくてはならないでしょう？」

「あの男が？　いや、彼は何も知りませんよ。この島のまったく違う場所に住んでるんです。

家賃さえもらえばいいという人間だから、借り手の好きにさせていましたよ」

男性は家主の名前を告げると、ハーハー言いながらジョギングを再開した。

「ここらで一度、警察の捜査記録とハーバーザートの調査記録を精査したほうがよさそうだな。このへんを駆けずり回って誰かを引っつかまえて話を聞くより、ずっと役に立つだろう」

ジュン・ハーバーザートの姉が入所しているスノーレバゲンの介護施設は真新しい建物で、ぴかぴかのガラスと漆喰（しっくい）塗りの、しみひとつない灰色の壁に囲まれていた。外観は企業コンサルタントのオフィスか、セレブ御用達の整形外科病院のようで、どこからどう見ても、地方自治体の予算で建てられた人生の終着駅には見えない。

「カーリン・コフォーズさんは、病気が進行しているんです」ふたりを案内しながら、介護助手が言った。「アルツハイマー型認知症で。でも、ひとつの話題に絞ってお話しいただければ、受け答えができることもありますから」

ジュン・ハーバーザートの姉は、肘掛け椅子に力なく腰かけていた。顔にはこわばった笑みが張りつき、両腕は目に見えない交響楽団を指揮しているかのように、絶え間なく動いている。

「気が散るといけませんから、私は部屋を出ていますね」介護助手は微笑んで、退出した。

カールとアサドはカーリン・コフォーズの前にあった小さなソファに腰かけ、彼女の目が自然に開くのを待った。

「カーリン、クレスチャン・ハーバーザートの調査のことで、お話がしたいのですが」カールが言った。

彼女はうなずいた――だが、すぐにカールたちから関心がなくなった。大きく広げた自分の指をしばらくじっと見つめ、それから再びカールとアサドに目をやった。現実世界に戻ってきたようだ。

「理由は……ビャーゲね！」いきなり断言する。

カールとアサドは顔を見合わせた。骨の折れる作業になりそうだ。

「ビャーゲはもういないんです。それは間違いありません。でも、私たちはそのことで来たのではありません。クレスチャンのことでお話ししたいんです」

「ビャーゲはあたしの甥よ。サッカーをしているの」まったく聞いていない。「ううん、あの子はサッカーをしていない。なんて言うんだっけ？」

「ビャーゲと、妹さんのジュン、そしてあなたは一緒に住んでいましたね」アサドがソファから身を乗りだして、カーリンとの距離を詰める。「当時、ジュンとクレスチャンは離婚していて、ジュンは新しい男性と出会いましたよね。そのころ、あなたたちは一緒に住んでいたでしょう？　もうずいぶん前のことですが。覚えていますか？」

彼女の額に苦悩するようなしわが寄った。「うわあ、ジュン。あたしをすごく怒ってる」

「あなたのことをですか？　彼女が腹を立てていたのは、クレスチャンに対してではないんですか？」カールも身を乗りだして、彼女に顔を近づけた。

カーリンは再びふたりから目をそらした。窓から外を眺め、頭を上下に振りながら、自分と会話をしているように見えた。両手が軽く震えている。すると突然、額のしわが消えた。身体の動きが止まっている。

「ジュンはクレスチャンの捜査に文句を言ってませんでしたか？　覚えていませんか？」

この質問は間違いなく耳に届いた。彼女はカールを力をこめて見つめた。しかし、答えはない。

「ビャーゲは死んだ。あの子は死んだ」何度も繰り返し、両手がまた震えだす。

カールとアサドはまた顔を見合わせた。彼女からまともな答えを引き出すのは至難の業だ。この際、思い切った方法をとったほうがいいかもしれない。カールはアサドに合図し、アサドはワーゲンバスの写真を取り出した。

「クレスチャンかジュンがこの写真の男について話しているのを聞いたことがありませんか？」カールが爆弾を投げた。

「この、長髪の素敵な彼のことですよ」アサドが補足する。

彼女は動揺したようにふたりを見た。「ビャーゲは長髪だった。いつも長髪だった。この人みたいに」

「そう、この人です。この人について誰かが話すのを聞いたことがありませんか？」カールは彼女に話を続けさせようとした。

カールの指がさしているものに集中しようとしているのがわかる。しかし、何も起こらない。

「この人の名前、思い出せませんか、カーリン？ ノアという名前でした？」

すると彼女は思い切りのけぞり、口を開けて笑いだした。「ノア！ ノアはペットを飼ってたわ、覚えてる？」

カールはアサドを見た。「休憩したほうがよさそうだ。どうだ？」

アサドもあきらめたように頭を左右に振った。今こそ、ラクダ話をするにはうってつけだったのに。

「仕方ない、ジュン・ハーバーザートに電話して、すぐ写真の男の話を切りだそう。受話器を叩きつけられる前にだ」

アサドは憂鬱そうにうなずき、ダッシュボードに脚を上げた。

「彼女は絶対にすぐ電話を切りますよ。直接訪ねていって、写真を突きつけたほうがいいと思います。奇襲攻撃ですよ」

カールは眉根を寄せた。今からオーキアゲビューまで戻るのかよ？ そんなことごめんだね。カールはジュン・ハーバーザートの電話番号をプッシュした。とたんに、ガラスが割れそうなくらいの怒号が耳をつんざいた。

「邪魔をしてすみません。しつこくしたくはないんですが。われわれは今、カーリンにご挨拶をしに介護施設に来ているんです。彼女と少し昔話をしているところです。それで少し質問があるのですが。あなたのお知り合いのことです。当時、水色のワーゲンバスに乗っていた、若い長髪の男性です」

「その人がわたしの知り合いだって、誰が言ったのよ？」ジュンが嚙みついてきた。「カーリンが言ったの？　彼女は完全にボケているのよ、わからない？」

カールは目を閉じた。ジュン・ハーバーザートの直球にまずは慣れなければ。

「ええ、もちろんわかってます。私の言い方が曖昧でしたね。つまりこういうことです。私はあなたがその男と付き合っていたかどうかなんて、興味ありません。知りたいのは、男の名前を知っているかどうかです。聖書に出てきそうなとても短い名前です。彼はウリーネでヒッピーとコミューン生活を送っていました。コペンハーゲンから来たようです。どうです？」

「そんなことのために、カーリンを質問攻めにしたの？　そうなの？　わたしは息子を亡くしたのよ！　それなのに、いきなりこんな電話攻撃、やめてちょうだい！」

カールは目を開けた。喪に服している母親とはとうてい思えない。「お気持ちはわかります。でも、警察署で事情聴取を受けるより電話のほうがいいでしょう？　この男に関する情報が至急必要なんです。あなたは彼について何かを知っている可能性のある人のひとりなんです。手元に写真が……」

「あなたの言っている男のことなんてなんにも知らないわ。どうせクレスチャンの資料から掘り起こしたんでしょう?」そこで電話は切れた。

「それで?」アサドが尋ねる。

カールは息を吸いこんだ。「何も聞きだせなかった。向こうは俺たちを誤解している。じゃなけりゃ錯乱している。ものすごい拒絶だ」

アサドは疲れたようにカールに視線を向けた。「やっぱり直接行って、写真を突きつけますか?」

カールは首を横に振った。そんなことをしてなんになるんだ? ジュンは、協力する気持ちがこれっぽっちもないことを実に堂々と示してくれた。カーリンはまったく協力できる状態にない。当然ながら、ビャーゲにももう貢献してもらえない。クレスチャン・ハーバーザートの家族の悲しい残骸からは、どんな形であれ、助力を得られそうにない。

「これからどうします?」

「おまえはこれからリステズに行って、ローセを手伝うんだ」カールは笑った。「気が進まないが、今夜はラネに泊まって資料を読みあさらなきゃならない」そう言うと、アサドの書類用バッグをつかみ、自由な夜の時間ができたことにほくほくしながら、アサドに車のキーを押しつけた。「この日を祝って、俺をホテルの前で降ろしてくれていいぞ」

数秒も経たないうちに、カールは自分の選択を心の底から後悔する羽目になった。

こら、アサド。こんなに短い区間で、片っ端からびゅんびゅん追い越しをかけるんじゃない!

ビアゲデール警部から渡された資料を丹念に読んでみると、いくつかの空白に気づき、疑問も浮かんできた。情報は二〇〇二年以来更新されていない。捜査員の間では〝これが殺人だとしたら〟という仮説がまったく考えられなかったからだろう。警察内部に何か政治的な理由でもあったのか？　普通、殺人事件をそう簡単に棚上げなどできないはずだ。だが、棚上げされた理由として、もうひとつ考えられることがある。捜査員が事故の経過を一度も徹底的に分析していない場合だ。

あるいは、つまらないことが理由という可能性もある。ハーバーザートがやいのやいの言ってきたせいで、捜査がかえって進展しなかったとか。もしくは彼のしつこさに、捜査員が拒絶反応を起こしたか？

カールはよく考えた末にうなずいた。ボーンホルムのような島では、殺人事件など、めったに起こらない。機動部隊が投入されるような事態に直面したこともなかっただろう。実直といってもいいこの島の捜査員たちが故意に捜査を怠ったとは、とても思えない。だが、ハーバーザートはそう思っていたのか？　俺の勘では違うがな。

資料を読むかぎりでは、当時ラネ警察は轢き逃げ説を有力視していた。だが、事故を起こした車両を探しあてることはできず、運転者もわからないままだった。もうひとつの可能性を指摘したのは、ハーバーザートのあきれるほど時間をかけた執拗な調査だけだった。だが、彼が正しいと誰に言えただろう？

報告書を前に悩んでいるうちに、ローセとアサドがホテルに帰ってきた。自由な時間は終わりを告げたようだ。

アサドは精根尽き果てた様子で、部屋に入るなりベッドの自分の場所に倒れこんだ。二分もしないうちに、開いた口と見事な扁桃腺が、のこぎりのような音を立てはじめた。島の木を全部倒しかねない勢いだ。部屋の中では、固定されていないものがそろってカタカタと音を立てだした。

ローセもいつになく無口で、とにかく眠りたいようだった。すべてはハーバーザートの遺産がコペンハーゲンの警察本部に届いてからだ。

カールはアサドの横に大の字になると、その顔に枕を押しつけたい気持ちを必死でこらえた。

絶望的な気分で部屋を見まわす。ふと、ミニバーに目が留まった。

ビールを二本空け、ミニサイズの蒸留酒を十本飲み干したところで、ようやく鼓膜に音が響いてこなくなった。

18

二〇一三年十月

　落ち着くのよ、ピルヨは自分に言い聞かせた。〈安らぎの家〉と名づけられたピンク色の建物の前で、スラックスの汚れをはたき、ブーツと鋤とスクーターを水で洗った。センターのこの建物はかつて厩だったが、信者が落ちこんだり、陰のカルマに苦しんだりしたときのために、そのまま残してある。ポニーの柔らかな口元を撫で、馬糞のにおいを嗅ぎ、新しく広げた藁床の香りを吸いこむと、気分がおだやかになるからだ。普段は馬のブラッシングや馬房の掃除などで活気のある場所だが、今は全員がそれぞれの部屋にこもって瞑想をしている時間だ。ピルヨを邪魔する者はいない。

　ちょうど一時間前、ピルヨは人生で三度目の殺人を犯した。そう簡単に冷静にはなれなかった。前腕は火のように熱く、心臓がドクドクと音を立てている。落ち着いて、よく考えるのよ、ピルヨ。さっきのことは忘れなさい。あなたならできる。宇宙と自然との大きな関係から見れば、さっき起きたことにたいした意味なんかない。

だけど、どうしてワンダ・フィンはすべてを無視し、あんなに堂々とわたしの世界に押し入ろうとしたんだろう。どうしてあの女は、厚かましくも、このセンターのトップに立つわたしに挑もうなんて思ったんだろう。だけど、それももうすんだことだ。ワンダを止めるにはあれ以外に手はなかった。悔しいのは、またしても高い代償を払わなくてはならなくなったこと。わたしの心の平穏は失われ、魂は不安定なままだ。

アトゥはすぐにわたしの様子がおかしいと気づくだろう。

心の安らぎを取り戻さなくては。ピルヨは必死で祈りを唱えはじめた。

「ホルス、処女から生まれしホルスよ」そう唱えながら、〈安らぎの家〉の屋根裏部屋に続くはしごをよじ登った。「死の三日後によみがえり、十二使徒の導き手であるホルスよ、我を救いたまえ、乱れし心を和らげたまえ」

二度繰り返したが、いっこうに心が鎮まらない。ピルヨはぞっとした。過去二回、同じことをしたときには、こんなふうにはならなかった。精霊が守ってくれず、悪霊に支配されるようになったら、どうやって生きていけばいいのだろう？　わたしはいつだって正義のために行動してきた。だって、あのワンダはアトゥとわたしが築き上げたものを破壊するために来たんでしょう？　それなのになぜ、わたしの指は震えているの？

ピルヨは頭を下げて目を閉じると、手のひらを顔の前にもってきてからゆっくりと息を吐き、それから息を吸った。わたしは、ワンダのネガティブなエネルギーがこのセンターに入らないようにした。それが過ちのわけがない。

さらに何度も祈りを唱えると、ようやく気持ちが楽になった。脈がゆっくりになっていくのがわかる。

天窓からひと筋の光が差しこんできた。ピルヨはほっとしてお辞儀をすると、天に感謝を捧げた。すると、先ほどの出来事について振り返る力が湧いてきた。

この数時間はなんと大変だったのだろう。そういう状況ではミスを犯しがちだ。何かを忘れたり、見落としたりしていないだろうか。

ピルヨは目を閉じて、頭の中のフィルムを巻き戻した。

全裸の遺体は当分見つからないはずだ。それは自信がある。あそこはめったに人が立ち入らない。その点は大丈夫。

アルバレットの大きな水たまりの底は柔らかく、遺体を深く埋めるのは簡単だった。あれなら次に豪雨が来ても、墓穴はそう簡単に口を開けない。この点もぬかりはない。

道に迷った観光客や熱心な植物学者が万一あそこに入りこんだとしても、遺体の場所に通じるような痕跡はすべて消してある。大丈夫だ。

わたしを見た人はいない。現場にいたときも出るときも。

ピルヨが留守にしていたということや、帰ってきて何をしていたかを知っているのは、監視カメラだけ。わたしがアトゥに設置を勧めたカメラだ。

オフィスに戻るとすぐに録画内容を消去した。だからこれも心配ない。

ピルヨは満足げにうなずくと、床板の段ボール箱を脇へずらした。急がなくては。部屋にこもっている人たちが瞑想を終えたら、すぐに集会が始まる。今ならまだ裏庭に人はいない。

残るはワンダの所持品だった。ピルヨは遺体からはぎとった衣類を細かく点検した。コート、スカート、ブラウス、下着、ツートンカラーのベルト、スカーフ、ハイヒール、ストッキング。すべて、タイミングを見て焼却しなくてはならない。それまではこの段ボール箱に入れて屋根裏部屋に置いておこう。信者が清めの儀式と禁欲生活に入るときに脱いだ服と一緒に。

あとはハンドバッグとその中身――コンドーム一箱、化粧品類、携帯電話、鍵、その中には、駅のコインロッカーの鍵もある。数千クローネ、旅行書類、そしてパスポート――を一刻も早く処分しなくてはならない。

ほかに忘れてはならないことは？

ワンダ・フィンは問い合わせメールに、数年前にジャマイカからひとりでやってきたと書いていた。そしてすでに仕事も辞めたと。自分はロンドンの郊外でアパートメント住まいをしているが、今の生活を終わりにしたいと思っている。もうロンドンにいる理由はない。これまでの生活に別れを告げたい。インターネットのプロバイダーをはじめ、契約はすべて解約した。この世界で生きるのに便利だったもの、つまりパソコン、ラジオ、テレビ、家具、服などもすべて売り払った。センターで基礎コースを首尾よく修了できたら、出家信者として受け入れてほしい――彼女はそう書いていた。

点検しなければならないのはこれぐらいだろう。なんとかうまくいきそうだ。ワンダは人生最後の旅に関して、何も痕跡を残していないはずだ。万一何か残していたとしても、ワンダのことなどまったく知らないで通そう。ワンダの足跡を逆からたどるなんてできっこない。パソコンは売ってしまったと言っていたし、イギリスに親類はひとりもいないと言っていた。親しい知人や恋人もロンドンにはいなかったはずだ。彼女をロンドンに留まらせるものは何もなかったのだから。

昼前にはもう、ピルヨはワンダにつながりそうなメールをすべて削除していた。まだ何かあるかしら？　カルマルからアルバレットに行く途中、誰かに見られていないだろうか？　いいえ、誰にも会わなかったはずよ。知らない人に見られたとしても、ベスパにふたり乗りしている女性という平凡な光景など、きっとあっという間に記憶から消えてしまう。島の西側からあのあたりに出かけた人が目撃していたとしても、わたしたちの姿なんて記憶に残らない。

観光シーズンは終わっていたものの、芸術協会主催のプログラムのせいで、この日だけでも百人を下らない訪問客が西海岸に押し寄せていた。あんなに人がごった返していた中で、細かいことを覚えていられる人なんている？　いいえ、たぶんいないわ。この点も安心していい。いずれ、ワンダ・フィンが行方不明だと届けが出されるかもしれないが、まだ先のこと。たとえそんなことがあるとしても。

ピルヨは頭を振ると、大きな砂岩をふたつ、ワンダのハンドバッグに入れた。これはバルト海に沈めるしかないだろう。そろそろ行かないと、本殿での集会に遅れてしまう。

ありがたいことに、ピルヨがいないと集会はうまく回っていかない。彼女が指揮をとらないと始まらないのだ。

ピルヨは白いローブに身を包み、しずしずと本殿に入っていった。アトゥが来る前に、修行の段階ごとに信者を分け、座らせなくてはならない。十月のこの時間は、太陽の光が本殿の天窓からさんさんと降り注いでいる。ガラスのタイルが施された壇上にアトゥが登場する瞬間は、光に満ちてあたたかく、誰もがうっとりする。

アトゥが現れると、床に座った信者たちは期待に胸を膨らませながらも沈黙を守る。全員がこのセッションに神経を集中させようとしている。アトゥの言葉が聞ける瞬間は、その日の中でもいちばん重要なときなのだ。室内でも、浜辺で日の出を迎えるときでも、それは変わらない。アトゥ・アバンシャマシュ・ドゥムジを目の前にすると、あらゆる探究、あらゆる疑問の答えが自然と浮かんでくる。そして信者たちはアトゥと一体になる。

ピルヨは、こうしてひとつになる感覚を素晴らしいと感じていた。初めて体験したときからずっと。

袖口に刺繍が施されたサフラン色のローブ姿のアトゥが進み出ると、本殿は彼が発するオーラで満たされた。それはまるで、暗闇に灯されたひとすじの光のようだった。アトゥが両腕を広げると、信者はみんなアトゥの世界に引きこまれる。その瞬間だけは、誰もが生きることの真理を目にしたような気持ちになるのだ。

信者の中には、アトゥとの邂逅を巡礼の最終地点だととらえている者もいた。彼らは言う。師を通じて肉体と魂が完璧に浄化され、最後に新たな関係が見出されると。もちろん、自分の体験をそこまで明確に言葉にできず、〝魂の奇跡〟と呼び、その奇跡に浸りたいと言う人もいる。

自分の体験をどう呼ぶにせよ、信者は全員、この本殿の床にあぐらをかくために、かなりの金額を支払わされていた。誰をセンターに招待するか、誰をどこに座らせるかを決めるのはピルヨだ。ピルヨもまた他の信者と同じくアトゥを尊敬していたが、一般の信者のようにアトゥの外見やオーラに熱を上げているわけではなかった。

ピルヨにとってアトゥは、男であると同時に創造主でもあった。性を体現している男と、スピリチュアルな活動のリーダーたる創造主。何年も前に出会ったときからそう思っていた。長年一緒にいるせいで、最初に感じたような畏敬の念は薄れつつあるかもしれない。でもともかく、わたしの支えがあったからこそ、アトゥは預言者となり、人々の霊的指導者という地位に立つことができたのだ。ここまでどれほど長い道のりだったことか。

フィンランド第三の都市タンペレからそう遠くないところに、カンガサラという街がある。伝説に包まれ、文学作品で有名な、洗練された街だ。裕福な観光客がここで自然を楽しむ。その街の片隅でピルヨの両親は所帯を持ち、子どもを育てた。両親は将来に大きな希望を持ち、自分たちの成功を信じていた。だが、ピルヨの父にも母にもそんな才能はなかった。希望をかなえるための金も手にできなかった。

両親が手にしたのは結局、小商店(キオスク)一軒だけだ。辺鄙な場所でみすぼらしいキオスクを経営し、家族を養っていかなくてはならなかった。客がたまにやってくるぐらいのこのキオスクは、第一次大戦中にそのへんにある木材で建てられたもので、不恰好な物置小屋にしか見えなかった。しびれるほど寒い冬、むしむしする夏、周辺の湖で発生するしつこい蚊——ピルヨの両親が夢から生み出したものはそれだけだった。

そしてピルヨの退屈な生活に唯一楽しみを与えてくれたのは、雑誌だった。雑誌を読んでいる間だけは、広い世界を体験でき、未来への扉がいくつも開くような気がした。だが、そのためにはまずここを離れなければならない。しかしその夢も、あっという間に父親によって砕かれた。ある日、ピルヨは学校に迎えにきた父親にキオスクに連れてこられ、今日からここで働け、と言われたのだ。

一方、ピルヨの妹と弟は何ひとつ不自由なく育った。街に踊りにいくことも許され、音楽教室にも通わせてもらえた。ピルヨが苦労して働いた金のおかげで、きょうだいはいつもきちんとした服装をしていた。ピルヨだけが毎日みじめだった。こんなの不公平だ。自分には未来なんてない。ピルヨの不満は限界に達していた。嫉妬でおかしくなりそうだった。

ある日、末の妹が子猫を拾ってきた。両親が飼うことを許したとき、ピルヨは爆発した。

「わたしにはペットを飼うことなんか許してくれなかったじゃない！　パパもママも大嫌い！」

と。

ピルヨは強烈な平手打ちを食らい、妹は猫を飼うことになった。

翌週、十六歳の誕生日にも、ピルヨはひとつもプレゼントをもらえなかった。

あの日、ピルヨは悟ったのだ。人生で成功をおさめたいなら、自分の面倒は自分で見よう
と。

ピルヨはその晩、怒りにまかせて家を飛び出し、不良グループと夜遊びをした。

またあるときは、キオスクの裏で不良たちとマリファナを吸っているところを父親に見つかり、こっぴどく殴られ、痛みで何日も横になれなかったこともある。

そのときの身体の傷も心の傷もまだ癒えていなかったある日、ピルヨは母親が妹と弟に「お姉ちゃんのようになっては駄目よ」と言い聞かせているのを耳にした。「でもそんなことにはならないと思うわ。どのティーセットにも欠けた受け皿はひとつだけ、って言うでしょ？　お姉ちゃんは悪い子よ。でもあなたたちはそうじゃない。あなたたちはいい子よ」

「じゃあ、そのお皿を捨てちゃわない？」末の妹がそう言ってくすくす笑った。

ピルヨに涙が残っていたら泣いていただろう。でも、彼女はとっくの昔にわかっていた。泣いたってなんにもならないのだ。

ある晩、ピルヨは部屋から出ると、妹の子猫を殺し、キオスクのカウンターの真ん中に猫の死体をのせた。

それから、レジに手を突っ込むと、本来は自分の小遣いとしてもらえるはずだった分を持ち出した。残りはそのへんを通る人が持っていけばいい。バッグを肩にかけ、もう二度と帰

らないという固い決心とともに家を出た。ドアは開けっ放しにしておいた。

それからしばらくは、街の反対側で、イギリス人やヘルシンキから流れてきた変わり者たちとあばら家に住んでいた。仲間はみんなピルヨより年上で、はるかに自由に生きているように見えた。地元の住民ともうまくやっていた。彼らといることで、ピルヨも街で目立つ存在になっていった。

ピルヨは仲間たちから、オーロラを楽しんだり、静かな海を眺めたり、羽目をはずしたセックスで恍惚感を得たりすることを教わった。仲間たちとハッピーな時間を過ごしながらも、無邪気な子ども時代を思い出すたびに、ピルヨはときどき切なくなった。

ある日、我慢の限界に達した近隣の住民から、あの無軌道な若者たちをなんとかしてほしいという苦情の手紙が児童福祉局に届くようになった。

職員が来たとき、ピルヨはとっくに逃げだしていた。仲間で共同管理していた金庫の金を最後のコイン一枚まで自分の財布に入れて。

とはいえ、たいした額ではない。それなのにピルヨは、次の角を曲がればすぐ幸運が舞いこんでくるような気持ちだった。コペンハーゲンに行こう、とピルヨは思った。スカンジナビアでいちばん自由なところだからだ。

ナアアブローの青少年ホームで過ごした数カ月間、ピルヨは大いに羽を伸ばした。そこは、危険な人間もそうでない人間も出入りする場所だった。やがて、ピルヨは恍惚感に浸れるものならクスリだろうがアルコールだろうが、なんでも試すようになった。

やがてリーダー格の少女ふたりと男をめぐって激しくぶつかり、ピルヨはホームから放りだされて路上生活に落ち着いた。マリファナかアルコールを乞うだけの野宿生活を一カ月送ったころ、年上の男に出会った。やさしく人なつっこい笑顔のその男は、フランクと名乗った。彼にはちゃんと家があった。そしてピルヨに、生きるために重要なのはセックスでもアルコールでもない、魂を尊重し、あるステージから次のステージへ魂が旅をしていくことこそが生きる原動力になるのだと説いた。最初はうさんくさい話だと思っていたのだが、これまでぼろぞうきんのように扱われる人生を送ってきたためか、ピルヨはフランクの話にだんだんと耳を傾けるようになった。

フランクの言っていることはシンプルだった。つまり、人間は世俗的欲望から肉体を解き放つことができる、そのためには努力すべし、ということだった。自分を解放して幸せになるには瞑想が鍵になるという。

ピルヨは考えた。だまされたと思って試してみてもいいかもしれない。別に殴られるわけじゃない。毎朝、目が覚めた瞬間から自己嫌悪にとりつかれ、頭の周りを虫が這いまわっているような生活よりずっとましだ。

ピルヨはフランクの教えを実践してみた。すると、気分がどんどんよくなっていった。魂とエネルギーを追い求めるという試みは、やればやるほど複雑になっていく。フランクとピルヨは日中は市庁舎広場のバーガーキングで働いた。子どもじみたユニフォームを着て小さな紙のキャップをかぶり、揚げ物油のにおいにまみれ、そのへんにあるものをお腹に詰めこむといった毎日だった。生きるにはそうするしかなかったのだ。残った時間に、精神的な力を得るためのトレーニングをいろいろと試してみた。未来予知の方法、天体の位置を知る方法、タロットカードで占う方法など、神秘的な要素のあるものなら、正統派だろうが亜流だろうが、なんでも試した。

ピルヨは本当はフランクと寝たかった。だが、魂に邪気が入らない状態を保ち、エネルギーを最大限に使えるようにするため、ふたりはセックスをしないまま何年も過ごした。あるとき、宇宙と魂と未来がぴたりと調和したとフランクが言いだした。新たな方向が見えてきた。自分はその感触を得た。この道を進むことを決心した、と。

「僕には自分の肉体を他人の肉体の中で感じる準備が整った」フランクはそう言った。しかし、この変化（トランスフォーメーション）は彼だけにもたらされたものだという。ピルヨにはまだそれが訪れていないと。そう言われたら受け入れるしかなかった。それに、自分はフランクだけを求めているのだから、ほかの男と寝たいとも思わなかった。

こうして、意識の改革を達成したフランクは、もうひとつの自己、アトゥ・アバンシャマシュ・ドゥムジをつくりだした。ピルヨは彼に仕える者としての任務を与えられ、ウェスタの処女、ピルヨ・アバンシャマシュ・ドゥムジとなった。この地位自体は魅力的だったが、フランクとの間に越えたくても越えられない一線が残ったままとなった。

ピルヨはそれが腹立たしく思えて仕方がなかった。

19

二〇一四年五月三日、土曜日
五月四日、日曜日
五月五日、月曜日

カールが目を覚ますと、ひと晩中、横でのこぎりをひいていた男はもういなかったが、頭が割れるように痛かった。ちくしょう！　ミニバーの酒を飲むときはほどほどに、とわかっていたはずなのに。

急いでコーヒーを流しこみ、ふたりと一緒にフェリーに乗った。ローセが依頼した引越し業者がすでに車両用デッキで待機していた。規定違反にならないよう、荷物が隙間なくびっちり積み上げられている。業者に礼を言ったものの、カールは内心それどころではなかった。そんなことより問題は、あの忌々しいがらくたの山をどうやって地下室に押しこむかだ。分類もしなくてはならない。何をどうすればいいか、考えただけで頭が痛い。

ローセは、自分たちの分だけでなく、引越し業者の席もカフェテリアに予約していたようだ。タンスみたいな身体つきの男がふたり、軽食をがつがつ詰めこんでいる。カールはふたりに会釈した。頭蓋骨(ずがいこつ)をガンガン叩くような音が早くやんでくれるのを願いながら。

「風が強くなってきたな」ドライバーが言った。カールは長話をする気にはなれなかったから、なんとか笑みをつくった。

「彼はふつつか酔いなんですよ」アサドがドライバーに説明する。

カールはアサドの間違いを訂正する気にさえならなかった。

「ふつつか酔い！」男たちがどっと笑う。「それを言うなら二日酔いだろ？」そう言ってひとりがアサドの背中を叩いた。岩塊をも砕けそうな一撃だ。

アサドは波を見つめている。アサドの肌はどこで焼いてきたのかとうらやましくなるような褐色だが、その顔色が変わっている。

「船に酔いやすいのか？」もうひとりが訊いた。「奇跡の治療薬を持ってるぜ」

そう言うと男はポケットから小瓶を取り出し、小さなグラスに中身を注いだ。

「一気に飲むんだ、相棒。じゃないと、効かないからな。胃の中でいろんなものが働いて、気分がよくなるからよ」

アサドはうなずいた。トイレまでのつらい道のりを行かずにすむなら、なんだっていいやという感じだ。

「せーの！」ふたりのタンス男が大声を出し、アサドが上を向いて液体を流しこむ。

気の毒なアサドが喉を押さえてもがくまで一秒とかからなかった。目をむき、顔色がどす黒い赤に変わっている。

「何を飲ませたのよ？」新聞を広げていたローセがさほど同情的ではない声で言う。「ニトログリセリンとか？」

業者たちは太腿を叩いて大笑いしている。

「違うよ、アルコール度八十パーセントのスリボヴィッツだよ」男が瓶を片手に言う。笑いすぎて苦しそうだ。

「今なんて言った？　おまえら気は確かか？」カールが驚いてキレた声を出しても、男たちは笑い続けている。このくそったれが！「アサドはイスラム教徒なんだぞ！　酒は駄目なんだ。禁じられているんだ」

すると男のひとりがアサドの腕に手を置いた。「そうだったのか、悪かったな、相棒。知らなかったんだ、悪かった」

アサドが手を上げた。とっくに許しているようだ。

「落ち着いてください」ようやく声が出せるようになったアサドがカールをなだめた。風が強くなり、テーブルの上の食器がカタカタ揺れだしたが、アサドは驚くほど元気だった。

「なんだかわからずに飲んだんですから、心配しないでください」

カールはぶすっとしたまま波を見ていたが、そのうち、食べたものが胃の中でジャンプしだしたのを感じた。しばらくはシーソーのような揺れの中で、今度はカールが胃にふたをしておかなくてはならなかった。

ローセが新聞から目を上げた。「カール、顔色を見ると、あなたのほうがよっぽど心配よ」あまり同情しているようには聞こえない。

アサドは焦点の定まらない目で、カールの手をぽんと叩いた。「私はもう大丈夫です。船酔いについてまた学びましたよ。あなたも、あのスリボなんとかを飲んでみたら？」

カールは唾を飲みこんだ。考えただけでぞっとする。

「新鮮な空気を吸ってくる」カールが立ち上がると、アサドも後ろから続いた。

カールは何度かえずきながら、後甲板にたどり着いた。そのとき、水門が一気に開いた。

「さっきはありがとうございました」アサドはそっと言った。それから、どうすれば自分が被害に遭わずにすむか、距離と場所を見積もったようだ。「あの、風に逆らわずにゲロを吐ける人の話、しましょうか？」

あっという間に週末が過ぎたが、カールはいまだにクネッケと水以外食べる気になれなかった。モーデンは毎日、一階の居間にいるハーディを訪ねてきてくれる。モーデンが来なくなったらひどい喪失感に襲われるだろうな、とカールは思った。二年前、モーデンとミカは引っ越していった。それ以来、家の中は不気味なぐらい静かだ。カールは時折、義理の息子イェスパにさえ会いたくなることがあった。もっとも、幸いにもそんな感傷はすぐ消えるが。

そして、日曜の夜中。カールは自分を持てあましながら眠りに就いた。深く眠れば心の傷も癒え、身体も休まる。家には邪魔する者もいなければ、胃袋ももう謀反（むほん）を起こしていない。

あるのは心の安らぎと休養だけ……のはずだった。

ぐっすり眠っていたカールは火災報知器の音で飛び起きた。家中のサイレンがけたたましく鳴っている。ちくしょう、なんなんだ。いや違う、これは電話だ。時計を見ると朝の五時。くそっ、訃報か、非常事態宣言でもないかぎり、俺の安眠を誰にも邪魔する権利はないはずだ！

「**もしもし！**」受話器に向かってカールは怒鳴りつけた。

「どうした、そんな声出して。ついに頭がおかしくなったのか？」

聞き覚えのある声だった。絶対に聞きたくない声でもあった。

「サミーか、なんだよ、今何時かわかってんのか？」

「今何時なの、ハニー？」いとこの後ろで、誰かが英語で話している。「十一時だよ」サミーがぼそっと告げる。

この野郎、おまえの脳細胞は死滅してるんじゃないのか。

「こっちは朝の五時なんだ！」

「うるせえなあ。カール、あんたに……」そこまで言うとサミーがげっぷをした。こいつ、パーティでお楽しみだったんだろう。

「いいか、ロニーは遺言状をあんたに送ってたんだよ。俺がそれを知らないとでも思ったか？」

何かがきしむ音が聞こえてくる。「ノー、ハニー。今は駄目だ。ノー、手を離してくれ。

「電話中なんだ」

カールは十まで数えた。「俺がそんな遺言状を持ってるなら、おまえの口に突っ込んでやったところだ。これを最後に馬鹿な話を聞かずにすむようにな。おやすみ、サミー！」

カールは受話器を置いた。サミーのくそったれ、ロニーのくそったれ、遺言状のくそったれ。

どいつもこいつも、考えただけで気分が悪くなってきた。

するとまた電話が鳴った。

「俺と話してるときに受話器を叩きつけるんじゃねえよ、ポリ公！　さあ吐けよ。ロニーは遺言状になんて書いてたんだ？　あいつの遺産をひとり占めするつもりか？」

「今、『ポリ公』って聞こえた気がするが？　だとしたら、執行猶予なしの禁錮五日だな、サミー。初犯じゃないだろ？」

受話器の向こうから、深いため息と若い女の笑い声が聞こえてきた。「オーケー、ダイヤモンド、でもちょっと待って、オーケー？　ああ悪い、カール。彼女が……。いや、俺はあんたがいいやつだと言いたかったんだ。遺言状については、一緒に解決しよう、な？　オー・マイゴッド、ダイヤモンド……」そのまま電話が切れた。考えなくちゃならないことがまた起きたようだ。

もう寝てはいられない。

警察本部に十一時ごろ出勤したものの、カールは書類を読む気にも地下室のてんやわんやを眺める気にもなれなかった。

廊下には大きな掲示板の両側にハーバーザートの書棚が、まるで東アジアの高層ビル群のようにそびえ立ち、壁がまったく見えない。アサドとローセはすでに、書棚に資料をぎっしり詰めこんでいた。

「消防局の人間が見たら、腰を抜かすだろうな」それがカールの第一声だった。

「それなら大丈夫です。さっきまで消防局の人たちがここにいたんです。だからしばらくは来ませんよ」引越し用段ボール箱の底のほうから声が聞こえてきた。ローセが箱の中に上半身を突っ込んでいる。

カールはよろよろしながら自分の部屋へ入ると、両脚をデスクにのせた。

「資料を読んでるぞ！」念のため大声で宣言しておいた。荷解きを手伝わせようなんて思いつくなよ。さて、一服するのとひと眠りするのと、どっちがいいだろう？

「これはこっちへ」カールの部屋に膨大な書類の山がぬっと入ってきたと思ったら、その後ろからローセの声が聞こえてきた。気づいたときにはもう、カールの脚の横に書類が置かれていた。

「それ全部、コピーです。整理ずみです！　上から始めてください。どうぞ楽しんでくださ い」

ローセに同調するつもりはなかったが、カールは気づかないうちに彼女が荷物から引っこ抜いてきた資料を手にしていた。なかなかおもしろそうじゃないか。いや、かなりおもしろそうだ。

とはいえ、こんなに資料に囲まれていたら窒息しそうだ。壁にはこのがらくたをピン留めできるようなスペースはもはや残っていない。見通しを立てようにも、脳のワーキングメモリもこれ以上は増やせない。

カールはオフィスを見まわした。それにしても、ひどい。まるでブタ小屋だな！　今までどれだけのがらくたをここに集めてきたんだ？　ローセはわずかに機嫌がいいとき、このカオスを評して「これでこそ仕事している感じが出るわ」と言ったことがある。もっとそっけなく「にぎやかでいいんじゃないですか」と表現したこともあった。カールはそれを思い出した。

「ゴードン！　おい、のっぽ、こっちに来てくれ」とカールは大声を出した。あいつならこのがらくたを整理できるかもしれない。

「ゴードンは今、落ちこんでる最中です」廊下からアサドが言った。

落ちこんでる？　なんでだ？　だいたい、こんな職場で気が滅入らないやつなんているか。あいつのデスクを放りだして段ボール箱の間に置いてやったら、少しは気分がよくなるのではは？

カールは立ち上がり、廊下から空の段ボール箱をひとつ持ってくると、すぐには必要のないものをまとめて詰めこんだ。解決ずみ事件の書類、汚れた食器、とんでもなく古いメモ用紙、厚紙のファイル、クリアファイル、折れた鉛筆、インクの出ないボールペン。分別なんかくそくらえだ。ローセが見たら卒倒するだろう。

ひと通り片づけが終わると、カールは一歩下がって満足げにうなずいた。デスクの一角が顔を出している。低い書類棚の上のほうには、再び壁も見えている。

カールは、顔を見せた壁のいちばん上に、書類のコピーを貼りつけはじめた。そのとき、ローセが入ってきた。最重要書類と書かれたファイルを手にしている。今だったら机にも書類棚にもスペースはあるぞ。

カールは、一定の法則に従って書類を壁に貼っていった。一時間もしないうちに壁はいっぱいになった。ローセはもちろん、関連書類を分類してくれていた。フォルクスワーゲンの男の写真、現場検証の報告書、検視報告書、そして寄宿制市民大学（フォルケホイスコーレ）一九九七年秋コースの集合写真。

しかし、これが本当に関連資料なのかと首をかしげたくなる書類もあった。スーパーマーケットのレシートやスピリチュアルムーブメントと代替療法に関する多数の小冊子。さらに、ハーバーザートの聞き取り調査書。彼は島の人間に見境なく話を聞き、片っ端から記録していたらしい。

その中に、比較的大きめのアルバーテの写真のコピーがあった。天使のように無垢（むく）な笑顔。頬にはほのかに赤みが差していて、まるで「この世でただひとり、あなただけが賢者の石を持っているのよ」とでも言いたげにカールを見つめている。

これを壁に貼ったら、部屋のどこにいても、彼女のとびきり美しい翡翠色の目が自分に注がれることになる。

間違いない。ローセめ、あえてこの写真を選んだんだな。

「ローセ、アサド！　こっちに来てちょっと見てくれ！」カールの声は誇らしげだった。

「この埃のことですか？」腰に両手を当てたままローセは部屋の中を見まわした。「あら、この棚、何カ月もどこに隠れていたのかしらね？」そうあてつけがましく言うと棚を指でぬぐい、その指を高く上げた。おい、それだけか⁉　片づいたこの部屋を見て、それしか感想がないのか。

それでも、アサドは多少は共感する気持ちがあるようだ。「よくやりましたね、カール」と言うと、壁を見ながらうなずいた。

「いますぐ来てください」ローセが自分からカールの袖を引っ張り、数日前にアサドが色を塗ったばかりの場所へ引っ張っていく。

廊下に並んだ棚に手を滑らせながら歩いていくと、「見てください。廊下のここに重要資料をまとめておけるだけの場所をつくりました。ハーバーザートの分類は大雑把でしたが、一応彼のやり方に沿って、ここに資料を収納しています」彼女はそう言って、塗料が強烈におう空間にカールを連れていった。

「そして、この後ろのほう、意外とスペースがあるんですよ。アサドいわく〝作戦会議〟に使えるぐらいのスペースです。ここは本来ゴードンのオフィスになるはずだったんですけど、アサドがゴードンを自分のところに連れてきてもいいって言ってくれました。というわけで、どうぞ、カール！」芝居がかった身振りでローセが両手を広げた。目が痛くなるような黄色の壁は、カールに渡されたコピー資料の原本だけでなく、あきれるほど大量の補足資料で覆われている。

アサドが入ってきた。カールは頭を左右に振りながら助手たちの仕事を眺めた。こいつら、なんでここにすべてが置かれてるって言わなかったんだ？　知ってたら、俺がオフィスで重労働なんかしなくてもよかったのに。

「わたしたち、つまりアサドとわたし、あとゴードンも少し手伝ってくれましたけど、週末ずっとこれをやってたんです。ここにはハーバーザートの資料から抜粋した最重要と思われる資料とヒントがあります。カール、気に入りまして？　これなら始められるかしら？」

カールはゆっくりとうなずいた。だが、できることなら家に帰りたい。

「事務用の椅子をあと二、三脚入れようと思ってます。そうすれば、みんながここに座って、ちょっと向きを変えるだけでぐるっと見渡せますから」とアサドが言った。

「そうよね。それに廊下に出れば棚の中に細かい資料がストックされているし。ハーバーザートの行動を追い、彼のそれぞれの調査の目的を突き止め、どんな結論が導かれたのかを解明できたらいいですよね」ローセがあとを引き継いだ。

「ありがとう」とカールは言った。「実に見事だ。ところで、ゴードンはどこだ？　落ちこんでるとかいう話だったが」

今度はアサドがカールを引っ張っていく番だった。

アサドのオフィスから、何やら物音が聞こえてくる。のっぽ男がそこで右往左往しているようだ。

「おはようございます、カール」ゴードンが弱々しい声で挨拶した。たしかに気が滅入っているようだ。アサドのデスクの反対側は、ほとんどスペースが残されていない。ここに机や椅子を置こうとすること自体、無謀な話だ。椅子を十分に引けないので机の天板からゴードンの膝が突き出ている。その下では脚の残りの部分がもつれて、もはや結び目ができているに違いない。

アサドの親戚の写真がずらりと並んだキャビネットとゴードンとの間はあまりにも狭く、立ち上がろうとするとテーブルの縁が彼の脚に食いこむだろう。

閉所恐怖症にはたまらない場所だな。それどころか、国連の人権委員会に訴えられるかもしれん。まあ、とりあえずは、ゴードンには身体をねじ留めした体勢に慣れてもらうしかないか。

「いい場所を見つけたな」カールはつくり笑いを浮かべて言った。「しかも、こんなにいいやつと相部屋だしな。どうだ？」

「ゴードンは司書のような役割をするということに決まったんです」ローセもやってきて、説明した。「彼の仕事は、全資料に目を通して、百科事典のようになってもらい、わたしたちが何かを調べようとしたとき、ゴードンに訊けばどこに何があるかを答えてもらうということです。そうすればわたしたち三人は、ほどけた糸を見つけだし、糸玉を追うことに集中できます。ゴードンには、それが結びつくかどうか、あるいはどう結びつくのか、検証作業でアイデアを出してもらいます」

「素晴らしい。ひとつ質問してもいいかな。で、このプロジェクトにおける俺の役割は？」

カールはアサドとローセを交互に見ながら尋ねた。

「何言ってんですか、いつだってあなたがボスですよ、カール」アサドがにたっと笑った。

ボスだと！　その単語、最近は違う意味で使われてるんじゃないだろうな？

新たにできた〝戦略室〟で話し合った結果、ハーバーザートの見境なく集めた収集物や、スピリチュアル系パンフレットの一部を排除してから、さっそく仕事に取りかかることになった。

「なんでこういうくだらないパンフレットがこんなに場所をとってるんだ。こんなものが事件と関係あるのか？」カールが訊く。

「ハーバーザートは何かを求めていたのかもしれませんね」とアサドがコメントする。「人間って、うまくいかないと変なことをするでしょう？」

ローセがむっとした。「スピリチュアル系のヒーラーとか、代替療法に頼るのって、そんなに変なことじゃないと思うわ。たとえばあなたは、預言者と交信できる？　できないでしょ。でも、あなたは預言者の言葉を信じているわよね」

「たしかにそうだけど、でも……」

「でしょう？　だから、インド神秘主義だろうと、信仰治療みたいなものを無下に否定するのもあまりよくないんじゃないかしら」

「そう思うよ、でも……」

「でも、なに？」

「でも、この記号やシンボルはあまりに軽々しくて安っぽいよ。そう思わない？　あんまりもっともらしくないっていうか？」

カールは壁にピン留めされているものを眺めた。たしかに、なんでもありっていう感じだ。〝大天使とともにDNAを活性化〟〝ヴェーダのサウンドセラピー〟〝トランスフォーメーション・レクチャー〟〝サイコマップ〟などなど。この類いのものならなんでもある。そして、どれもこれも書かれている内容が最高にいかがわしい。こりゃ、アサドが正しいってもんだろう。

「俺の意見では、ハーバーザートはどちらかと言うと地に足をつけた現実的な人間のように思える。彼がこういうものにハマるとは考えにくい。むしろこれは調査の一環として集めたものじゃないか」

カールは椅子を回してワーゲンバスと男の写真を見つめた。

「俺たちも知っているとおり、この男はヒッピーのコミューンみたいなところで暮らしていた。そこでは特別な儀式が行なわれていたって話だ。裸でのダンスセッションとか太陽崇拝とか。それと、あの年とったジョギング男が言っていた入口の門にかかっていたっていう表示。アサド、なんだっけ？」

アサドはメモ帳を少なくとも二十ページはめくらなくてはならなかった。

「〝天空〟です」

「ローセ、この資料は重要なものだと思う。なぜ集めたかはわからない。だからおまえさんにはこの件を頼みたい。ボーンホルムにあるスピリチュアル系の団体にしらみつぶしに電話し、一九九七年に、ウリーネにいたヒッピー集団の誰かと接触した人間がいるかどうか片っ端から聞いてくれ。その間にアサド、おまえはここにある資料をざっと見て、アルバーテの自転車を切り刻んだ芸術家にアポをとってくれ」

アサドは親指を立てた。「ところで、ここに小さなテーブルを持ってきませんか。誰でも自分のお茶を淹れられるように」

やめてくれ。あの反吐が出るようなにおいのお茶から逃れる道はないのか？

「俺は上にひとっ走りして、レズオウアの鑑識にもう一度細かく検分してもらうにはどうすればいいかをラウアスンに訊いてみる」

「だったらこれも持っていってください！」ローセが壁からメモをはずして渡した。

「なんだ？」

メモ用紙には、長さ二センチぐらいの薄い木片がセロハンテープで留められていた。下に短い説明書きがある。〝木片。自転車が発見された藪と、すべての推定的事実から自転車が乗用車に轢かれたと思われる場所とを結ぶ直線上で発見〟間違いなく、ハーバーザートの筆跡だった。

そのメモと同じ壁から、木片が貼りつけられていたものと似たメモ用紙をローセが手に取った。「これに関するハーバーザートの記録です」とカールに渡す。

日付はアルバーテの失踪から四日後、ハーバーザートがその死体を発見してから三日後だった。カールはメモを読み上げた。

覚書

一九九七年十一月二十四日、月曜日、十時三十二分

鑑識が事故現場から引き上げたあと、加工された木材の破片が落ちているのを記録者が発見。アルバーテ・ゴルスミトの自転車発見場所より六メートル北。記録者の判断では、木片の発見場所は自転車と事故現場を結ぶ直線上にある。

木片はその後、現地警察の鑑識が調査。素材はシラカバと思われる。膠(にかわ)のあとがあることから、合板から剝(は)がれたものと推定される。

現場周辺にその他の破片はなし。鑑識はこの木片は事故とは無関係としているが、記録者である私は関係があると見ている。

担当捜査官であるヨーナス・ラウノー刑事に報告すると同時に、コペンハーゲンの鑑識

課に詳細な分析を依頼。

その後、全島の車両を調査したが、木片と関連するような手がかりはどの車両からも見つからず、依頼は却下される。

地元テレビ局のインタビューで、記録者は、合板の破損から生じた想定外の発見物に言及。地元住民から二十件の情報提供あり。すべて建築物から剝がれたもので、トウヒ材。

それ以降、手がかりなし。

リステズにて　　　　　　クレスチャン・ハーバーザート

カールはうなずいた。これが捜査官の宿命だ。地味な仕事が八十パーセント、捜査が行き詰まること二百五十パーセント。

「これを見てほしいんです、カール」ローセが次のメモをよこす。

ハーバーザートのさらなる大作だった。

二〇〇〇年八月二日、水曜日
木の板を発見。ケミールホーザネ近郊、ハマクヌーデンそばの岩礁に挟まっていた。十歳の少年、ピーダ・スヴェンスンがその付近で遊んでいて発見し、引っ張りだした。板は重く、少年は引っ張りだしたもののそのまま岸に置いていった。

彼の父親で海岸監視員のゴーム・スヴェンスンと記録者は、かつて帆走船転覆事故で水死体があがった際に一緒に作業したことがある。ゴーム・スヴェンスンは私がテレビインタビューで木片の出どころと思われる合板について情報を求めたことを覚えていたために、私に連絡してくれた。

岩礁に挟まっていた破片は、さらに大きな（推定長さ二メートル、幅一メートルの）合板でできたボードの一部分と見なされる。傷みが激しいが、もとは耐水性があったようだ。層と層の接着部分のいくつかは劣化がまるで見られなかった。

工具を使って開けたような穴がふたつ認められ、片面はうっすらと黒ずんでいる。なんらかの力が加わったと思われる。

記録者は木材の種類について詳細な分析を求め、粘り強い交渉の末、鑑識から了承を得た。

木材は先に発見された木片と同じシラカバだったが、木片がこの合板から出たものと断定はできないとのこと。

合板は通常薄い板を何枚も膠で接着して製造されるが、長く水中にあったので板の層が剝がれたのではないか。木片は外側の層にあったのではないかと記録者は考える。

破損する前の合板はもともと厚さ二十から二十四ミリ。真ん中の十八ミリの部分は劣化していないという点で、記録者と鑑識の見解は一致している。

木片の接着剤と合板の接着剤は比較分析されていない。記録者は分析を要求したが、却下される。

記録者の最終的な推察は、この合板は事故となんらかの関係があるのではないかということである。しかし、島にはさまざまな漂流物が流れ着くので、木片とこの合板の木材の種類が一致したのは単なる偶然である可能性も完全には排除できない。

クレスチャン・ハーバーザート

その下に、赤いボールペンで補足があった。

二〇〇〇年八月二日に発見された合板は姿を消した。破壊されたようだ。


「その岩礁はなんていうんでしたっけ？」アサドが尋ねた。

「ラクダ頭（ケミールホーザネ）だ」

アサドは感激した様子でうなずいた。新しいジョークでも練ってるんだろう。

カールはローセのほうを向いた。「ローセ、俺にはここからさらに捜査が進むとは思えない。これほど徹底的にこの木片を分析したわけだし、合板も消えたんだろ？　だったら鑑識にいったい何を調べろって言うんだ。なんか意見あるか？」

「この木片がその合板から剝がれたものだとわかる何かを見つければいいんです、カール」

「せめて合板のまともな写真があればいいんだが」

「探してみます」アサドはすでに廊下に消えていた。

「それで、あなたが必要としている木片との関連を鑑識官が万一見つけられなかったら、どうするつもりですか？」

カールは黙って木片に目を落とした。「ハーバーザートは疑っていた」ようやく答える。「つまり、合板がなんらかの形で事故と関係があるんじゃないかと。そう、そこからスタートだ。あの少女がどんな軌道を描いて木立まで飛ばされたのか、紙の上で再現した資料はあるか？　自転車の軌道についてはどうだ？　そういう資料はあったか？」

ローセは肩をすくめた。「廊下の資料全部に目を通すにはもう二、三分かかるわ、カール。そのイラストが見つかることを願うけど。ところで、今何を考えてます？」

「おまえさんとハーバーザートと同じことを考えている。この合板はワーゲンバスのフロント部分に取りつけられていたんじゃないかってね。だから合板の写真が必要なんだ。特に必要なのが、板に開けられた穴の配置と片面にあるという圧迫痕だ。あの奇妙なバンパーにこの合板を固定することが可能だったのかどうか、それをたどるためにね」

廊下で延々と棚の捜索に励んでいるアサドのそばを、カールはうなずいて通り過ぎた。問題の写真がこの混沌（こんとん）の中に埋まっているなら、アサドこそ任務遂行にうってつけだ。

五階の食堂でカールが見たものは、生気（せいき）がまるでない痩せこけたトマス・ラウアスンだった。ほんの数週間前までは巨体だった男の変わり果てた姿だ。

「どうしたんだ、病気でもしたか?」カールは心配になって尋ねた。

かつてはこのあたりで最高の鑑識官、今は警察本部の食堂でチーフを務めているラウアスンは首を横に振った。「妻が五対二療法をやっていて、それに付き合わされているんです」

「五対二療法? なんだそりゃ?」

「五日間節食し、二日間断食するんです。でも、僕には逆効果なようで。サンタクロースみたいなウエストの人間がこれに付き合うのはかなりきついんですよ」

「でもここでなら」カールはガラスのショーケースに並んだおいしそうなランチプレートを指した。「ここでなら自分の好きなものをつくって食べられるだろ?」

「何言ってるんですか。家に帰ったらすぐ、体重計にのれって言われるんですよ」

カールは友達の肩を同情をこめて叩いた。

哀れな運命だ。

「ところで、レズオウアにいるきみの古い仲間に、引き出しから分析結果を取り出して、もう一度見てもらえないか、頼めないかな? 二〇〇〇年の八月にボーンホルム島のハマクヌーデンで岩礁に挟まっているのが発見された合板なんだ。写真があればなお助かる。きみが取り次いでくれれば、あっという間だと思うんだが」

ラウアスンはうなずいた。彼の中には今も鑑識官が生きているのだ。

「で、もし写真がまだあるようなら、ボードの片側についていた圧迫痕はなんだと考えられるか、その見解を教えてくれるようなんとか話をつけてもらえんか。それと、そのボードが水に浸かっていた時間が推定可能なのかどうかも。ぜひ知りたいんだが」

ラウアスンは怪訝な顔でカールを見た。「そういうことについて調査結果がまだ出てないなんてありえますか？　デンマークでは殺人事件に時効なんてないのに」

「そのとおり。でもなトマス、問題はそこなんだよ。この一件はこれまで殺人事件として扱われてこなかったんだ」

20

「アサド、合板の写真はあったか？」駐車場に向かいながら、カールが尋ねた。

「いいえ。棚の数も書類の数もあまりにも多くて、まだ見つかっていません」

「それで、がらくたアーティストに会う約束は取りつけたのか？」

「はい。一時間半後には工房にいるそうです」アサドは時計を見た。「その前にちょっとアルバーテの両親を訪ねる必要があります。デュッセバゲンのヘレルプに住んでいます」

「そうか。再捜査が始まったと聞いてどんな様子だった？」

「母親は泣いていました」

そうだろう、とカールは思った。これから自分たちの身に何かが起ころうとしているということだからな。

五分後、ふたりは派手な色の家が建ち並ぶ通りを曲がった。アサドが赤いモルタル塗りのよく手入れされた平屋を指さした。イボタノキの生垣に囲まれ、庭木戸があり、前庭にはシダレカンバが一本と石畳の小道がある。旗竿にはデンマーク国旗が揚げられている。

今でも一九四五年の解放の日を祝う人がいるんだな、とカールは思った。今朝はアレレズにいたが、国旗を揚げている家はそんなになかった。もし俺が旗竿を持っていたとしても、五月五日がドイツ軍からデンマークが解放された日だと思い出して国旗掲揚するだろうか？

母親がドアを開けた。目が沈んでいる。「どうぞお入りください。夫はあなた方にあまり会いたがってはいません。わたししかお答えできないかもしれませんが、我慢なさってください」

父親は巨体だった。カールとアサドは手短に挨拶したが、父親はズボンをウエストまで引っ張り上げただけだった。この両親からどうやったらアルバーテのような子が生まれるのだろう？　父親は椅子にずしんと腰かけ、顔をそむけた。そのとき、キッパ（敬虔なユダヤ教徒の男性がかぶる小さな丸い帽子のようなもの）が頭から滑り落ちた。こういう帽子はヘアピンで固定されているのではないのか？

カールは家の中を見渡した。父親の頭上のキッパとキッチンカウンターの上の七枝の燭台がなければ、ここが正統派ユダヤ教徒の家庭だとは誰も思わないだろう。といっても、正統派ユダヤ教徒の家が本来どういうものなのか、知っているわけではないのだが。

「こんなに時間が経っているのに、何か新しいことがわかったとでも言うんですか？」ゴルスミト夫人の声には力がなかった。

カールとアサドはふたりに、ハーバーザートの自殺と、特捜部Qが新たに捜査に着手したことを説明した。

「クレスチャン・ハーバーザートは私たちを助けるどころか、苦しみをばらまいていきましたよ」椅子に座った夫がとどろくような声で言った。「あれと同じことをまたやろうって言うんですか？」

「とんでもない」とカールは答えた。「われわれはお嬢さんの全体像をもっと知りたいだけです。ご両親にとって、お嬢さんのことを話すのがどれだけつらいことか、よくわかってるつもりです」

「アルバーテのことをもっと知りたいとおっしゃるのですか？」母親が耐えられないというように首を横に振った。「ハーバーザートもいつもそう言っていました。最初はボーンホルム警察から事情聴取を受け、そのあとハーバーザートからいろいろ訊かれたんです」

「あいつは、うちのかわいい娘を売春婦呼ばわりしたんだ」夫が怒りをこめて口をはさんだ。警察とはもう二度と話をしたくないといった口ぶりだ。

「あの人はそんなこと言ってないでしょう、イーリ、そこは公平でいましょうよ。あの人はもう生きていない。しかも、あの子のせいで自殺したかもしれないのよ」そこで妻は言葉を切った。落ち着こうとしているようだったが、つらそうだった。首のスカーフが急にきつく締まったように見えた。

夫はうなずいた。「そうだな。あいつはそういう言葉は使わなかった。でも、うちの娘が誰かと関係をもっていて、それが……とんでもない、冗談じゃない」

当時、カールがアサドに目くばせした。アルバーテに暴行された跡はなかった。しかし、彼女は当時、まだ誰とも寝たことがなかったのだろうか？　カールはアサドの手からメモパッドを奪うと、〝処女？〟と急いで書いて戻した。

アサドは目立たないよう首を横に振った。

「ですが、誰かといい仲になっていたということも考えられるのではないでしょうか？」カールが切りだす。「十九歳の少女ならそういうことがあってもおかしくないですよ。当時でも。ともかく、お嬢さんが誰かと交際していたことはわかっています。でも、それはおふたりもご存じだったのではないでしょうか？」

「もちろん、娘にはファンがいましたよ。本当にかわいい子でしたから。私がそんなことを知らないとでも……」声が小さくなる。

「わたしたちはごく普通のユダヤ人一家です」妻が口を開いた。「そしてアルバーテはわたしたちの信仰を守る娘でした。あの子に悪いところなど何も思いつきません。悪いことなんてできっこないし、そんなことをしたと思いたくもありません。でも、あのハーバーザートという人は、しつこく質問をしてきました。あの子はすでに処女ではなかったと言って譲りませんでした。そんなことわからないでしょうと、何度も彼に言いました。あの子は本当に運動をよくしていたから、それで、あの、そういうことが……」

彼女ははっきりと口にすることは避けた。「それで、わたしたちはいつからかハーバーザートとは話をしたくないと思うようになったんです。あの人はしょっちゅう不愉快な言葉を使うので……」彼女は続けた。「警察ですから、そんなふうに見るのも仕方ないとわかってはいました。でも、ときどき本当にぶしつけで。わたしたちに隠れて、親戚や友人にアルバーテのことを聞いて回っていたんです。だからといって捜査はまったく進展しませんでした」

「それでは、当時のお嬢さんの行動や寮生活について、おふたりの目には心配になるようなことは何もなかったと」

　夫婦は互いに視線を合わせた。そう年はとっていないはずだ。六十代の初めくらいだろう。だが、老(ふ)けこんで見えた。自分たちの習慣も考え方も、とうの昔に錆(さび)に覆われてしまい、その錆を誰にも剝ぎ落としてもらえなかったのだ。「どうせ何も変わらない」、彼らの目はそう言っているようだった。それは正統派ユダヤ教徒として厳しい戒律の中で生きているからではなく、自分たちの人生はもう取り返しがつかないと思っている人間の苦しみのようだった。

「この話がどれだけつらいか、よくわかります。ですがわれわれとしては、お嬢さんの死に責任のある人間を法廷に引っ張りだしたいのです。そのためには、どんな仮説もはねつけるわけにはいきません。お嬢さんの生活に対するおふたりの考えに偏(かたよ)ることも、ハーバーザートの見解に偏ることも、どちらも許されないのです。どうかご理解ください」

　妻だけがうなずいた。

「アルバーテがいちばん上のお子さんですか？」

「うちにはアルバーテ、デーヴィズ、サーラがいました。今はもう、サーラしかいません。かわいい子です」ゴルスミト夫人はなんとか笑顔をつくろうとしている。「彼女はローシュ・ハッシャナーに、素晴らしい孫を産んでくれました。最高です」

「ローシュ・ハ……？」

「ユダヤ暦の新年祭ですよ、カール」アサドが小声で教えた。

家の主人がうなずく。「ひょっとして、あなた、ユダヤ人？」興味を抱いたらしい。

アサドがにこりとした。「いいえ。ただ知識はあります」

夫婦の顔が明るくなった。

「先ほど、デーヴィズというお子さんの話が出ましたが、ご長男ですか？」カールが尋ねる。

「デーヴィズとアルバーテは双子なんです。デーヴィズのほうが上です。たった七分違いですけど」ゴルスミト夫人はまた笑顔をつくろうとしたが、うまくいかなかった。

「彼はもうこちらにはいらっしゃらない？」

「おりません。あの子はアルバーテのことがつらすぎて、どんどんやつれていって」イーリ
「馬鹿なことを言うんじゃない、ラーケル。デーヴィズはエイズで死んだんだ」イーリ・ゴ・ゴルスミトの硬い声がした。「失礼しました。でも私たちにとってデーヴィズのことを受け止めるのは、今でも難しいのです」

「よくわかります。デーヴィズはアルバーテと仲がよかったんですか？」

ゴルスミト夫人は指を二本立てると交差させた。「こんなふうでしたよ。だからあの子は完全にまいってしまって。イーリ、それはあなたも否定できないでしょう」

「ゴルスミトさん、まったく違うことをお尋ねしてもよろしいでしょうか？」アサドが割って入った。

話題が変わってほっとしたように、ふたりはうなずいた。ユダヤ教を理解している人間の頼みを無下に断ることなどできない。

「お嬢さんはボーンホルムから何か書いてよこしましたか？　手紙とか葉書とか。四週間以上も家から離れるなんて、おそらく初めてだったのではないでしょうか？」

そこで初めてゴルスミト夫人が自然な笑顔を見せた。「ええ、絵葉書が何枚かあります。島の観光名所の絵葉書です。保管してあります。ごらんになります？」彼女は同意を求めるように夫の顔を見た。しかし夫の反応はなかった。

「あまり多くのことは書いてこなかったんです。学校のことと、そこでしていることくらいで。歌が好きで、スケッチも上手でした。あの子が以前描いたものをお見せしましょうか？」

夫はやめろと言いたかったようだが、何も言わずに考えこんで床を見つめた。不愛想な対応のイーリ・ゴルスミトのほうが、実は妻よりもはるかにこたえているのではないだろうか。カールはそう思わずにいられなかった。

ゴルスミト夫人はカールとアサドを狭い廊下へ案内した。壁にはドアが三つあった。

「アルバーテの部屋はまだそのままにしておられるのですか？」カールは静かに尋ねた。

「いいえ。サーラとベント、あともちろん赤ちゃんがうちに来たときに使うようにしています。スナボーにいるものですから。来たときに泊まれるように。アルバーテの持ちものはこちらに保管してあります」

母親は掃除用ロッカーのドアを開けた。段ボール箱の山が崩れ落ちそうに積み上げられている。

「ほとんど服なんです。でもいちばん上の箱にそれ以外のものが全部入れてあります。スケッチとか絵葉書とか」

そう言いながら、母親はいちばん上の箱を下ろして、その前に膝をついた。カールとアサドもそれに倣(なら)った。

「これは壁に貼っていたものです。ごらんのとおり、あの子はほかの子と違うところがありまして」そう言って当時のポップアイドルのポスターを広げてみせた。

いやいや、王道も王道。同年代の子だったら誰でも自分の部屋に貼っていたようなポスターじゃないか。

「そしてこれが、あの子のスケッチです」

彼女は床の上にスケッチの山を置くと、ゆっくりと広げていった。描写のテクニックという点では文句のつけようがない。しなやかな鉛筆のタッチだが、輪郭(りんかく)はくっきりとしている。ただ、モチーフはとても幼かった。星とハートがちりばめられた妖精の衣装を着た脚の長い少女がふわふわと飛んでいる。夢見る少女時代の作品なのだろう。

「日付がありませんね。ボーンホルムで描いたのでしょうか?」

「いいえ、向こうで描いたものはこちらには送られてきていません。展覧会に出されたのだと思います」夫人が誇らしげに言った。「これが葉書です」そう言うと、スケッチを脇に置いて、クリアファイルから出した三枚の絵葉書を大切そうに渡した。

アサドはカールの肩越しに読んでいる。

絵葉書はそれぞれ、ラネの中央広場、ハマスフースの要塞、そしてスノーオベクの夏の風景である燻製工場、空を飛ぶカモメ、海の眺望だった。何度も何度も手に取り、読まれたに違いない。

アルバーテは島でのハイキングについて、ボールペンで、目の前に情景が浮かぶほど細かく、大文字で綴(つづ)っていた。しかしほかに書いてあることはなく、三枚とも〝元気です。キスを送ります〟で締めくくられていた。

ゴルスミト夫人は深いため息をついた。「最後のは亡くなる三日前に書かれたものです。そう思うだけでつらくて」

カールとアサドは立ち上がり、膝をさすりながら夫人に礼を言った。

「ゴルスミトさん、あとふたつのドアの向こうには何があるのかうかがってもいいですか？」とアサドが質問した。

こらこら、そんな立ち入ったことを訊くんじゃない！

「わたしたちの寝室とデーヴィズの部屋です」

カールは面喰(めんく)らった。「デーヴィズの部屋はお孫さんのために使わないのですか？」

「デーヴィズは十八歳で家を出ました。ヴェスタブローの、あまり裕福でない人たちのための地区に住んでいました。二〇〇四年に亡くなったんですが、そのとき部屋はひどいありさまだったようで。デーヴィズの彼氏が、ありったけの荷物を全部こちらに送ってきたのです。仕方なく、あの子の部屋に詰めこみました」

「その荷物には目は通していらっしゃらない？」

「ええ、まったく。あれ以来、あの子がここに残していったものも見ていないのです」

カールはアサドを見た。アサドはうなずいた。

「場違いなお願いかもしれませんが、その荷物を少し見せていただいてもいいでしょうか？」

「どうお答えしたらいいのか……。そんなことをしてなんの役に立つのですか？」

「デーヴィズとアルバーテはとても仲がよかったとあなたはおっしゃいました。もしかしたら、お嬢さんはボーンホルム滞在中も息子さんと連絡を取っていたかもしれません。何か書いて送っていたかもしれません」

つらい記憶をこれ以上掘り返してほしくない。そんな表情が母親の顔に浮かんだ。しかし彼女はぐっとこらえたようだった。それにしても、この夫婦は双子がやりとりしていた可能性を本当に考えたことがないのだろうか？

「夫に訊かないと」と彼女は言って、カールの視線から逃れた。

デーヴィズの部屋の中は、床の上だけではなくベッドの上にも段ボール箱が積み上げられていた。そしてここだけには、ユダヤ教にまつわるものが大量にあった。壁には、ダビデの星と、恐怖に顔をこわばらせたワルシャワのゲットーの子どものポスターが細いピンで留めてある。それから、茶色のビャクダン材の額に入ったデーヴィズの成人式（バルミツバー）の写真、そのとき彼が肩にかけたと思われる布。

勉強机の上部にあるチーク材の小ぶりな棚にもユダヤ人作家の本が並んでいる。フィリップ・ロス、ソール・ベロー、アイザック・B・シンガー、ジャニーナ・カッツ、ピア・タフドロープ。およそ男の子が集めるタイプの本ではない。しかし、この部屋でもっと強烈に感じるのは、この街での暮らしと厳格な家庭に対する痛々しいまでの反発心だった。

窓台にはウォーハンマー・ファンタジー・バトルのミニチュアが並び、壁にはロスキレフェスティバルや、ジョージ・マイケル、フレディ・マーキュリーのポスターが飾られている。小さなステレオセットの上には、ジューダス・プリーストからKissまで、AC／DCからシェールやブラーまで、ありとあらゆるCDがあった。錆びたサバイバルナイフとよくできたサムライ刀（がたな）のコピー品が刀身を交差させて飾られている。肘掛け椅子に身を沈めたでっぷりした父親とデーヴィズとの間には、大きな溝があったに違いない。

カールとアサドは段ボール箱を開けにかかった。最初の箱を開けただけで、センスがよくて金に不自由していない男性像が浮かんだ。高価なスーツ、色をコーディネートしたシャツと身体の線を強調したコート。すべてクリーニングされ、アイロンをかけられ、新品同様だった。さらに、「優」ばかりが並んだ商科大学の成績証明書、一流企業との雇用契約書。どこをどう見ても誇りに思える息子だ。

三箱目が当たりだった。

シガーボックスに入った葉書の大部分はベントークレスチャンという名の男がバングラデシュ、ハワイ、タイ、ベルリンから書いてよこしたものだった。どれも〝最愛のダヴィドヴィッチ〟で始まっていたが、ところどころに愛おしげな言葉があるほかは、当たりさわりのない内容だった。アルバーテから届いた葉書もあった。その日一日のことが綴られ、彼女が両親に宛てた素っ気ない数行の文面と似ていた。ただ、デーヴィズに対しては、彼がいなくてどれだけ寂しいかが繰り返し書かれていた。

「これ以上はもうなさそうですね」アサドがそう言ったとき、カールはちょうどウスターラーの円形教会の絵葉書を引っ張りだしたところだった。塔に立つ十字架の上空に赤いハートマークが描かれている。

絵葉書を裏返して、さっと目を通した。

「ちょっと待て、アサド。そう急ぐな。書いてあることを読むぞ」

ハロー、お兄ちゃん！　今日は遠足でウスターラーの円形教会に来てるの。秘密に包まれた城砦教会よ。もしかしてテンプル騎士団の宝が眠ってるかも。そんなことより、ものすごくやさしい人に出会ったの。その人、受付の人よりこの教会に詳しいのよ。とにかくもうステキなの！！　明日、彼と学校の前で会うことになったわ。あとでもっと書くわね。
大きなキスを送ります、アルバーテより

「えっ、カール、それって！　いつの日付ですか？」

絵葉書を表にして、もう一度裏返してみたが、日付はなかった。

「消印からわかりませんか？」

〝十一〟と記されているらしきところ以外はどうやってもわからない。

「わからないな。遠足がいつだったのか、当時の校長かその奥さんにでも訊いてみないと」

「カール、遠足で写真を撮っていた生徒が絶対に何人かいるはずです」

そうかな、とカールは思った。初めて立った赤ん坊が最初の十歩も行かないうちに自撮りを覚えてしまうような現代と比べれば、一九九七年なんてデジタルの石器時代だ。

「希望を持とう。たしかに、誰かがその〝ステキな人〟の写真を撮ってるかもしれないからな」

ふたりはさらに三十分、段ボール箱の中身を調べたが、役に立ちそうなものは見つからなかった。男の名前もなし、その後の進展を伝えるような葉書もなし。

「それで、何か見つかりましたか？」カールとアサドが部屋から出てくると、この家の主人が尋ねた。

「おふたりが誇りに思える息子さんをお持ちだったということ。われわれが探し当てたのはそのことでした」とカールが答えた。

　スティーファン・フォン・クリストフのアトリエには約束より三十分遅れて着いた。幸運にも、それぐらいのことで怒りだすような男ではなかった。

「光あれ！」そう言って男が巨大なレバーを押し下げると、機関室に明かりがついた。かつてはここで、少なくとも五十人の男たちが旋盤の前に立って鉄を切削していたはずだ。

「すごいな」カールの感想はそれだけだったが、本心だった。

「それにかっこいい名前ですね」とアサドが続け、ちらちら揺らめく蛍光管の下にある金属製のプレートを指した。〈スティーファン・フォン・クリストフ――ユニバーシトピア〉とある。

「そうさ、俺だってラース・フォン・トリアーみたいにかっこつけた名前にしたっていいだろ？　俺の名前はもともとステフェン・クリストファスンっていうんだ。〝フォン〟は偉そうな感じがするから使ってるだけ」

「アトリエの名前をかっこいいって言ったんですけど」

「ああ、そっちね。俺の世界ではすべてが〝――トピア〟で終わるんだ。俺の記憶が正しければ、おたくらは〝スケベネ（運命）トピア〟を見たいんじゃないかな」

　男はふたりを部屋のいちばん奥へ連れていった。ふたつのプロジェクターが壁と床を照らしだし、まるで昼間のような明るさだ。

「彼女はここにいるよ」ステファン・クリストファスンは大人の背丈ほどの作品のカバーを剝ぎとった。

カールは息を吞んだ。こんな悪趣味な彫像は見たことがない。何も知らない人が見ればどうということはないかもしれない。だが、アルバーテと彼女の最期を知っている人間にとってはとても耐えられなかった。アルバーテの両親が見たら、こいつは法廷に引きずりだされるだろう。

「最高だろ?」と間抜け野郎が言う。

「どこからこれだけの材料を集めてきたんですか? これだけの情報をどうやって集めました?」

「あのとき、俺はボーンホルムにいたんだ。グズィェムにサマーハウスと工房があるからね。想像はつくと思うけど、当時はあの事件の話でもちきりだった。島の車という車が調べられたよ。俺の車もね。誰もが巻きこまれて、無視を決めこむなんてできなかった。あの狭いグズィェムですら、自警団の男たちが全員、一週間も捜査に走りまわっていた。何を探さなきゃいけないのかよくわからないままにね。みんなそうだったんだよ」

カールはおぞましい代物を見つめた。中心に据えられているのはハンドルが歪曲した女性用自転車で、その車輪が目を引いた。まるで光が放たれているかのように、鉄筋が放射状にフレームの上に溶接されている。それぞれの鉄筋の先端にはこの事故や類似の事故に対する証人のコメントを記した紙がぶら下がっている。

作品をつくる腕は悪くないようだ。それにしても、この趣味の悪さはまったく理解できない。自転車の周りにはクリストファスンがいろいろな車両事故をエッチングで描いた鉄と真鍮が取り付けられている。ほかにも、七宝焼きでカラフルに複製した変速機、地元紙から拝借したと思われるアルバーテの銅版画の粗い画像、グミ状に成形した骨のかけら、そして木の枝と葉が配置されていた。とりわけ悪趣味なのは、抵抗するようなポーズの両手だ。そして、いちばんむかつくのはアルバーテの笑顔のエッチングの下に置かれた血の溜まった桶だった。

「人間の血を抜くことはできないからな、まったく」とクリストファスンが説明しながら笑う。「これは解剖したブタの血だ。ちょっと甘ったるいにおいがするかもしれないが、ときどき取り換えてはいる」

この野郎、俺が公務員として勤務中じゃなきゃ、おまえのにやけ面をこの汚らしい液体の中に突っ込んでやるところだ。

アサドがこの悪魔の産物をあらゆる角度から撮影している間、カールは自転車に近づいて丹念に眺めた。中国製なのだろう。大きな車輪にやたら大きなスタンドがついていて、ハンドル部分が高い。色は大部分が黄色だったが、錆で覆いつくされ、荷台は脇に垂れ下がっていた。

「この自転車にはどんなふうに手を加えたんですか？　手に入れた当初からこうでした？」

「そう。俺はただこれを立てただけ。それ以外は見つけたときと全部同じさ」

「見つけた？　ラネの警察署の敷地内から盗んだというほうが近いのでは？」

「やめてくれよ。ラネ署前の道にあったコンテナの中に、いろんながらくたに紛れて入ってたんだよ。俺はわざわざ警察署に入って、持っていってもいいかって訊いたんだぜ。そしたらそこにいた警官が、自由に持っていっていいが、怪我をしても自己責任だぞと言ったんだ」

人生最後のその朝、アルバーテはこのサドルにまたがり、幸せな一日に胸を躍らせていたことだろう。カールとアサドは事故の経過を心の目で追っていくほかなかった。

人間、目覚めたときは一日がどうなるかなんてわからないな、とカールは考えた。目の前の光景は、とても言葉で表すことができないものだった。同時に、今世界中で展示ツアーを行なっているプラスティネーション処理（生物の水分や脂質を合成樹脂に置き換えて固めること）された死体のように常軌を逸していた。

「おふたりとも、このインスタレーションの購入にご興味があるようにお見受けいたしますが」クリストファスンが言った。だがそのジョークは、受け手のないまま宙に浮いた。「お友達価格でお売りしますよ。七万五千クローネでいかがです？」

カールは冷たく笑い返した。「そりゃどうも。これを今すぐ押収したほうがいいのかどうか、考えていたところです」

それを聞いた芸術家の笑みが凍りついた。

21

二〇一三年十月

「私はみなさんを感じます」アトゥのおごそかな詠誦が本殿に集まった人たちを包んだ。「私はみなさんをすべて感じ、マレーナは私を感じます。私たちはみな、今日は彼女と心をともにしましょう。彼女の痛みを感じ、その痛みを取り除くために私たちの思考、感情、そして力を集めましょう」

ピルヨはイライラしながらマレーナを目で探した。いない。

「彼女の痛みを感じる」ですって？　アトゥはいったい何が言いたいの？　あの娼婦がこの瞬間、自分の部屋に横になって快楽に震えながらアトゥを待っているということを、こんな方法でわたしに伝えたいの？　わたしは今までアトゥがほかの女と寝るのを黙認してきたわ。でもマレーナとは、どの女よりも固く結ばれているとでも言いたいの？　だったら、ロンドンから来た女を締め出しても、意味がなかったということ？

ピルヨは目を固くつむり、一生懸命考えた。

そして、人目につかないように首を横に振る。いいえ、ああするしかなかった。

「私の手を見てください」アトゥがそう言うと、全員が目を開けた。

「瞑想中もみなさんの心がまだざわわしているなら、腕を前に伸ばして浄化しましょう」

参加者のうち十人ほどが腕を前に出した。アトゥは上半身を前後にやさしく揺らしながら、腕をそっと前に出した。

「みなさん、準備ができたら、みなさんの恐れや怒りを私の手に移してください。心配しないで落ち着いて。あたたかさと静けさが戻ってくるのを感じたら、自分を解放し、リラックスするのです。リラックスしてください」

腕を前に出した人たちが深呼吸をしながら身体を前後に揺すった。「アバンシャマシュ、アバンシャマシュ、アバンシャマシュ、アバンシャマシュ……」口から流れでるマントラが異世界の響きを放つ。ひとり、またひとりとゆっくり崩れ落ちていく。

奇跡が再び彼らの前に姿を現した。

アトゥは腕を下ろし、参加者全員にあたたかく微笑みかけた。手のひらを上にし、降り注ぐ光の束に向ける。太陽の位置はこのセッションがじきに終わることを示していた。

集会は数分で終わることもあれば、いつ終わるかわからないほど長く続くこともあった。始まるまではわからない。

「みなさんの部屋にお戻りください。エネルギーを集め、マレーナに送ってください。彼女は今日それを必要としています」アトゥの声が静まり返った本殿に響いた。

「そして心の深い平安に続く道をさらに歩んでください。求める魂の安らぎを見出しましょう。身体と魂が経験することと自然からの贈り物を融合させるため、謙虚に、かつ、誇り高く探究するのです。自然の粒子を身体に取りこんでください。すべてを取りこむのです。みなさんは私たち全体の一部であり、私たち全体はみなさん自身の一部なのですから。自分がどこから来て、どんな使命があるのか受け止めましょう。厭世的な考えや陰なるものをすべて光に吸いとらせなさい。マイナスの思考はすべて闇に引き渡しなさい。闇がそれらを包みこんで、みなさんが解放されるために。太陽を身体に受け入れ、そのエネルギーに身をゆだねましょう」

アトゥは人々を祝福するように腕を広げると頭を垂れ、参加者が唱える別れの挨拶を受け止めた。「私たちは準備ができています、アバンシャマシュ、私たちは目にします、アバンシャマシュ、私たちは目にし、そして感じます。アバンシャマシュ、アバンシャマシュ、アバンシャマシュ」

参加者の興奮がおさまり、ピルヨに目が向けられる。彼女はうなずいた。男も女も、実にたくさんの新しい信者が集っていた。誰もが、一体となるこの瞬間を求めている。古株のピルヨですら、いまもなお情熱を失うことなく、アトゥと信者たちと一体となれるこの瞬間に入りこむことができた。アトゥはピルヨを女として求めようとしない。だがピルヨは、こうしたセッションの最中はとくに、新たに入信した男たちが自分に興味を抱いていると感じていた。ピルヨは非の打ちどころがない身体をもっていると自覚していたし、激しい性欲をかきたてるには美と力が最高のカクテルなのだということも昔からわかっていた。だが、彼女の心を動かすのは……。彼女が欲しいのは、自分には性欲を抱かないその男だけだった。

「あなた、今日はすごく繊細で特別清らかに見えるわ」女性の声がピルョに向けて、ひときわ大きく響いた。バレンティーナだ。

ピルョはその顔に目をやった。バレンティーナはこのセンターの〝カメレオン〟であり、ITの天才でもあった。ひどく憂鬱そうにしていることもあれば、多幸感に恍惚となっていることもあり、髪を長くしたかと思うと短く切ってしまう。どうでもいいような恰好をしていると思えば、身なりを整え、集会所のつややかな床を滑るように歩く魅惑的な女性となることもできる。今日の彼女は愉快な気分らしい。今ちょうど到着したグループにいた男性がバレンティーナの後ろに立っていて、彼女の肩にずっと手をかけている。彼女はこのグループの中に、ぜひとも波長を合わせたいエロティックなバイブレーションをいくつか感じているのだろう。新しく来た人たちは、それぞれの持つオーラが作用し合い、それが太陽の安らぎの中でひとつになるまでは、性交渉を持つことを許されていなかった。だが、新入りではないバレンティーナには、そのような制限はなかった。

「ねえ、ほんとよ、しっとりと落ち着いていて、どんな穢れも寄せつけないような雰囲気よ」バレンティーナがもう一度言った。彼女はこんなふうになれたらうれしいことがある。ただ、それも彼女の過去を考えれば仕方のないことだった。

ピルョは微笑んで背筋を伸ばした。「何もかもが平和に向かっていますよ」ピルョはいつもこう言った。「それでは、炊事グループは〈火の家〉から食堂へ行き、準備をお願いします」

まるで獲物に忍び寄るネコのように、アトゥは突然ピルョの後ろに立ち、肩のところから顔を出して彼女を見つめた。

ピルョは身をすくませた。

彼が来るのが十秒早かったら、〈安らぎの家〉と車寄せの監視カメラから記録を消しているところが見つかっていたはずだ。そうしたら、理由を説明しなくてはならなかっただろう。だが、彼女はとっさに気を落ち着けると、事務机に座ったままゆっくりと振り向き、彼をとがめるように見た。

「もう、そんなふうにこっそり部屋に入ってこられると心臓発作を起こしちゃうわ」

彼は両手を広げた。悪かったね――そういう意味なのだろう。こんなふうにとがめられることは慣れっこだった。

「今日の午後はきみがいなくて寂しかったよ、ピルョ。どこにいたんだい？　みんなできみを探したんだよ」

なんと恐ろしい。彼の問いそのものではない。彼がどこにいたのかと尋ねてきたことが恐ろしかった。わたしがどこかおかしいことに気づいているのだ。彼は開いたまま放置されている本を読むように、わたしを読んでしまう。嘘はつけない。嘘をつくなら、彼がやり過ごせるほどの些細な嘘しかない。でも、この質問にぴったりな答えを用意しておいたところで、最初から読まれているならなんの役に立つだろう？　彼がいろいろと突っつきだす前に話をそらさないと。この際、わたしの望みを彼にぶつけたらどうだろう？

「少し距離が欲しかったのよ」と彼女は話した。「どうして、どこにいたのかなんて訊いてくるの？　あなたは自分の用事で手いっぱいなんじゃなかったの？」

彼はため息をついた。「今日はひどい日だったんだ。でもまったく知らないんだよね？　マレーナが数時間前に流産した。僕がきみを必要としたとき、きみはそこにいなかった。彼女に付き添って救急車で病院に行ってほしかったのに」

「流産？」ピルヨは彼から目をそらした。マレーナはアトゥの子を妊娠していたの？　あの女が？　マレーナが？　頭の中がぐるぐるしてくる。

とりあえずそれは脇においておかなくてはならない。でも、でも、そんなことが起こるなんて！　こんなこと二度と許せない！　わたしが妊娠できる可能性はどんどん小さくなっている。タイムリミットは刻々と近づいている。なのに、アトゥをこれからもほかの女と共有するなんて！　アトゥはこのわたしと子どもをつくらなきゃいけないのよ。わたしの子どもが彼の後継者になる。わたしの子が新たな救世主になるのよ。

「彼女は子どもを失ったんだ。しかも、出血がひどすぎて」アトゥがそう言うのが聞こえた。

ピルヨは全神経を集中し、動揺が顔に表れそうになるのをこらえた。

「まあ、本当に？」

「ああ。かなり深刻だった。きみが必要だったんだ、ピルヨ。どこにいたんだ？」

彼女は数回まばたきしてから、彼の顔を直視した。ここで降参してどこにいたか答えるわけにはいかない。それも、マレーナのせいで。できることといえば、せいぜい最高に悲しそうな表情をつくることくらいだ。

「きみのエネルギーを感じるよ。具合がよくないんだね」と彼が言う。

「そうなの。気分がよくなくて。だから今日は島の北端に行っていたの。落ちこんだとき、よくそうするのよ」

「落ちこんだとき？」落ちこむ理由なんてないじゃないか、と言わんばかりの口ぶりだ。

「そうよ、落ちこんでたの。でもそのことを話す気はないわ、アトゥ。あんなことをあなたから聞かされたあとで」

「どういうこと？」

「わかってるでしょう？」

「互いに隠しごとはないはずだろう？」

ええ、そうよ。それなのにあなたは今、よりによってわたしの隠しごとを訊いてきたわ。

「いつからなの？」

「どういう意味、ダーリン？」

「信者の中からひとり選んで子どもの母親にすると決めたのなら、どうしてわたしに言ってくれなかったの？　重要な影響を及ぼす決断を下すときには、最初にわたしがそれを聞くという約束じゃなかった？」

「こういう取り決めもあったはずだよ、ピルヨ。きみの心の中で何かがひどく煮えたぎっているときは僕のところにすぐ来るって。そうだろ？」

彼女は一瞬ためらってから言った。「なぜわたしが今日北端に行っていたと思う？　あなたにはわからないの？」

彼は自分のオフィスに続くドアのノブに手をかけた。「きみは僕のウェスタの処女なんだよ、ピルヨ。僕はそれを守るし、これからもそうであるべきなんだ。僕が望んでいるんだから。明日、カルマルの病院に行って、マレーナの様子を見てきてほしい。それで僕たちの意見は一致しているね？」そう言うと彼は後ろに下がり、彼女を軽く抱きしめると、自分の部屋へ消えた。

ピルヨはゆっくりとうなずいた。どっちみち、街に出てコインロッカーからワンダのスーツケースを出さなくてはならないのだ。それからようやくあのフランス女とふたりきりになるチャンスが来る。

彼女は次の手に思いを馳せた。貯えの一部を使わなくてはならないことは確かだ。でも、それで絶えず自分を脅かしてきた女を人生から追い出せるのなら安いものだ。

突然、笑いがこみ上げてきた。

幸運の女神がいよいよわたしに微笑むことにしたってこと？　ふたりの最悪のライバルから、一気にわたしを解放してくれようとしてるってこと？

22

二〇一四年五月六日、火曜日

「みなさん、お集まりいただきましてありがとうございます。こちらをどうぞ！」アサドが得体の知れない液体をティーカップに注いだ。コーヒーでも紅茶でもないにおいがする。いちばん近いのはヤギの皮のにおいだ。

ゴードンが顔をしかめ、カールも同じ表情を返した。アサドだけは笑みを浮かべている。

ゴードンが恐る恐るカップに口をつける。すかさずアサドは「私のアイデアではなく、ローセが教えてくれたレシピですよ」と宣言した。

ひと口飲んだゴードンがそんなにつらそうな顔をしていないので、カールも少しだけすすってみた。とたんに、メーデーのたびにヴィガと出かけたヒッピーカフェのことを思い出した。

ローセが、インド映画に出てくるような小ぶりなアサドのテーブルに自分のメモ帳を置いた。ここにエコサンダルがあれば、ヒッピー風ミーティングとして完璧だ。

カールはすました顔でカップを自分の前から遠ざけた。「こうしてわれわれの戦略室もできたことだし、これからはときどき集まって情報のアップデートとすり合わせをしていこう。さっそく始めようか」

といっても、どこから始めるべきだろうか？

「クレスチャン・ハーバーザートが自殺して、明日で一週間になる」とりあえず、ここからだ。「彼の捜査を手がかりに先に進んではいるが、まだわずかにすぎない。当分は彼の資料が頼りだ」

カールはローセの強烈なお茶に目を白黒させているアサドにうなずいてみせた。まあこれで、お茶を出すと嫌がらせになることもあると、こいつも身をもって学んだだろう。

「とりあえずわかっているのは、アルバーテがあのワーゲンバスの男――彼女が会っていたのがこの男だとすればだが――と初めて会ったのがいつかということだ。俺はこれから、当時ホイスコーレの校長だった夫妻に電話し、ウスターラーへの遠足がいつだったのか訊いてみる。アルバーテが双子の兄に送った絵葉書の消印はよく見えないが、十一月十一日と読めなくもない。

それから、アルバーテのスケッチがどうなったのかも訊いてみよう。こっちは捜査のためじゃない。どうやら、学校で描いたスケッチが両親のところには一枚も送られていないらしいんだ。ここで彼らのためにひと肌脱いでも、ばちは当たらないだろう？」おい、俺がめずらしく親切心を発揮しようというのに、どいつもこいつも無視するとはなにごとだ。「まあいい。とりあえずそんなところだ。俺はもう一度ラース・ビャアンのところに行ってくる」

「ビャアンとの連絡係は僕がやったほうがいいと思いませんか？　でないと、またいろいろとコンフューズしてしまいませんか」ゴードンがおずおずと反論する。

カールは強く否定した。だいたい、何かというと英語を使いたがるこいつをビャアンに押しつけられただけだって十分迷惑なんだ。それなのに、今度はこいつが殺人捜査課課長お抱えのタレこみ屋になるって？　冗談じゃない！　断固阻止してやる。

「まあ、あなたが反対するなら」ゴードンは抵抗をあきらめた。「じゃあ、そのヴィンテージカー・フェスティバルを主催した自動車クラブには、僕が電話しますよ」

「いや、それも俺がやる。ゴードン、おまえにはそれよりはるかに重要な任務を与える。ホイスコーレの一九九七年秋コースを受講した人間全員の現住所と電話番号を調べてくれ」

ゴードンは口をパクパクさせた。気合いを入れるためか、やけくそな感じでティーカップに手を伸ばす。だが、秒速でカップを置いた。

「受講生は五十人もいたんですよ！」

「だから？」

ゴードンがいつにも増して生意気な顔つきになった。「エストニアから四人、ラトヴィアからふたり、リトアニアから四人、ロシアからふたりの受講生がいるんですよ」

「そうだ。さすがよく調べてあるじゃないか。おまえこそこの任務に最適だよ」

「言うまでもなく、結婚し、苗字が変わっている受講生も多いはずです。オーマイガッ、なんてことだ！」のっぽ男は泣きだしそうだった。

「いい加減にしてよ、ゴードン」ローセがいらついた声を上げた。そりゃそうだ、こいつもローセのお茶を拒否したわけだからな。

「ちなみに、俺たちはすでに受講生ふたりと話をしている」とカールが言った。「インガとクリストファのダルビュー夫妻だ。彼らははずしていい。当然だが、アルバーテも数に入れなくていい。残るは四十七人だけだろ？」

安堵のため息のようなものが聞こえた。それで安心するとは、こいつ、どれだけおめでたいんだ？

「鑑識のほうはどうですか？」アサドが尋ねる。

「ラウアスンはもう動いてくれている。俺より先に進んでるよ。だがアサド、おまえは棚をもっとあさって、例の岩礁で少年が見つけたとかいう合板の写真を探し出してくれ」

「あさる？」

「くまなく探す、徹底的に調べる、目を通す。全部同じ意味だ、アサド」

アサドが親指を立てた。カールはローセに顔を向けた。

「もう、ボーンホルムにあるスピリチュアル系団体に電話しはじめてるんだろう？」

ローセがうなずく。

「この手のグループで活動する連中も、生活するためには働かなきゃならん。だからたいてい日中は仕事をしていて夜じゃないと連絡がつかないかもしれないが、できるだけ数日以内に連絡をとってくれ、ローセ。ウリーネのヒッピーコミューンを覚えていて、ワーゲンバスの運転者について情報を提供してくれる人間がいるかどうかを知りたい」

　意外なことに、ローセはカールの指示に対して素直に反応した。それなのに、全員にお茶をもう一杯注いだ。


「こんにちは、カール・マークさん。ええ、そうです、これは理事長の電話番号ですが、理事長は今旅行中なので、かわりに私がお話をお聞きします」電話口の男はハンス・アガと名乗り、ボーンホルムのヴィンテージカー・クラブBMVの副理事だと話した。「私のほうがお電話の相手としてふさわしいかもしれません。というのも、アーカイブの管理をしているのは私なんです。それも、ここの理事になってからずっとです」

　カールは礼を言った。「私から理事長にメールで送った写真はごらんになりましたか？」

「ええ。理事長の奥様が転送してくださったので。ご同僚のクレスチャン・ハーバーザートさんも数年前に同じことを尋ねにいらっしゃいました。残念ながら写真の人物は存じ上げません。ですから、当時ハーバーザートさんに申し上げたのと同じことをお話しすることになります。この男性は、ヴィンテージカー・レースの参加者用のスペースに駐車しています。ですが、七〇年代のワーゲンバスはとてもヴィンテージカーとは言えませんからねえ」そこで相手が高らかに笑ったので、カールは受話器を耳から離した。

「つまり？」

「この男性は別の場所に駐車するよう言われたのです。でもそれができなかったんですよ、車にエンジンがかからなかったので」「なるほど、そのことは覚えていらっしゃるのですね。それでは、この人自身についても何か覚えてませんか？」

カールは机の端をぐっと握った。

電話口の男は再び笑い声を上げた。「あまり覚えてませんね。でも、ひとつだけ。ストゥーレがその男性を助けてあげました。ディストリビューターのキャップを換えてやっただけですがね」

「ストゥーレ？」

「ええ、ストゥーレ・クーラです。変な名前でしょう？　いわゆるなんでも屋でした。オールスカ出身の天才機械工とも言われてましたよ。残念ながら、それからすぐに亡くなりましたがね。だから私はそのことをよく覚えているのでしょうね」

天にまします神よ、そういう人をなぜ生かしておいてくれないのですか？　カールはため息をついた。「それでは、ハーバーザートはストゥーレ・クーラには会っていないんですね」

「それはわかりません」

受話器を置いたとき、カールは悔しくて仕方なかった。不機嫌なまま、今度はホイスコーレの元校長に電話した。

「はい、私も妻もウスターラーへの遠足はよく覚えています。あなた方が訪ねてこられてから、一九九七年秋のカリーナの日記をあたってみたんです。遠足は一九九七年十一月七日で、かなりの数の円形教会を回っています。でも、カリーナはそれ以上のことはとくに書いていませんでした。ボーンホルムの名所を回るこの手の遠足はどのクラスでもやっているので、年々彼女の興味も薄れていったんでしょう。ご想像がつくと思いますが」

カールは頭の中ですべてを整理し直した。ということは、アルバーテが男に会ったのは十一月七日であって十一日ではない。だから、切手に押されていたふたつの〝一〟は月を表している。言い換えれば、彼女は男に出会ってからたった二週間で死んだということだ。いったい彼女はその男に何をしたんだ？　男が――ハーバーザートの想像が的はずれでないとすれば――彼女との関係をこんな残酷な方法で終わらせようと思うほどの、どんなことを？　そもそも、誰もが惹きつけられるほど魅力的だったアルバーテとは、どんな少女だったのだろう？　うっとりするような歌声を持ち、スケッチの才能まであったこの少女は、どんな人物だったのか？

カールは手のひらで額を叩いた。そうだ、スケッチだ！　完全に忘れていた。

二度目に校長のところへ電話したときには、さっきよりは成果があった。

「ええ、もちろん、彼女のスケッチは今も学校のどこかにあるはずです。確か、コース参加者の作品の展覧会は、アルバーテが行方不明になる前日に行なわれる予定だったんです。ですが、思いがけず〈リトミック単科大学〉から視察団が来ることになり、そちらの準備に追われたため、展覧会は延期になったのです。

そして、アルバーテの失踪後はもう開催どころではなくなりました――。スケッチは今も学校の地下室にあるはずです。事務員にお尋ねください」

「アサド、そろそろビャアンのところに行ってくる」五分後、カールはアサドに呼びかけた。「おまえにもうひとつ宿題だ。ホイスコーレの赤毛の事務員にメロメロだったよな。彼女に電話して、一九九七年十一月十九日の展覧会に出す予定だったスケッチを探すよう頼んでくれ。アルバーテの作品をぜひ見たいからと言ってな。もちろん郵送料はこちらで払うし、見終わったら返却する。いいか？」

「やっておきます。でも『メロメロ』ってどういう意味ですか？」

上階の殺人捜査課は、古きよきマークス・ヤコプスン時代とはまったく違う雰囲気だった。ラース・ビャアンはある程度くつろげる空間をつくりだそうと、水玉模様のコーヒーカップを置いたり、明るい絵をかけたりと、必死の努力をしていた。しかし、新任の課長は、家族以外の誰にも愛情をもってもらえない救いようのない間抜けだった。

「ちょっと、あれ誰だ？」カールは受付カウンターの後ろの初めて見る顔を訝しげに見ながら、お気に入りの秘書、リスに小声で尋ねた。

「ビャアンの姪ですって。サーアンスンさんがいない間の代役なの」

「あのヘビ女がいないって？」全然気づかなかったな。「なんでまた？」

「更年期でね。ずっとのぼせが治まらなくて、最近ちょっとヒステリックになっていたのよ。

だからインフルエンザでお休みってことにしましょうという話になって」

カールはめまいを覚えた。更年期だと？ サーアンスン女史はもっと年だと思っていた！

リスがビャアンの部屋のドアを指さし、打ち合わせがちょうど終わったところだと暗に示した。中から数人が出てきたが、カールが見たことのない顔ばかりだった。

彼らはカールの横を通り過ぎるとき、すっと声を落とした。フン、なんて感じ悪い連中なんだ。

カールは、ノックもせずにビャアンのオフィスのドアを開け、ワーゲンバスの運転者の写真をデスクに叩きつけた。するとビャアンが言った。

「きみと約束してたか？ 思い出せないんだが」

カールはビャアンの問いも声のトーンも無視した。

「ここに男の写真がある。おそらくボーンホルムで若い女性を殺した男だ。この写真をTV2で公開できるよう、あんたの許可が欲しい」

殺人捜査課の課長は、癇にさわるほど白い歯を見せて笑った。「ありがとう、カール。だが、それ以上捜査の手を広げる必要はない。一九九七年にボーンホルム警察が却下した件だろう？ 殺人とはみなされず、まして容疑者がいたわけでもない。以上だ。カール、来てくれてありがとう。よい一日を。捜査会議で会おう」

さては、ゴードンが先回りしたな。

「メッセージが届いてたんだろう、ビャアン。ゴードンがここに来て、仕事がきついと泣きついたか？　あいつならいつでも喜んでお返しするよ」

「ゴードンは何もしていないぞ、マーク。だが、私が殺人捜査課の課長として、定期的にボーンホルムの仲間と話をしていることはきみも知っておいたほうがいい。忘れてるといけないから言っておくが、彼らはうちの課と連携しているんだよ」

「貴重な情報をどうも。あんたがそんなにすべてを知りたいなら、もうひとつ教えてやるよ。俺たちはこの事件の手がかりに突き当たった。ボーンホルムのあんたのお友達が間抜けにも当時は見過ごしていた手がかりにな。俺たちは、罪深い人間を捕まえるまで追いかける。あんたがなんと言おうとね」

「なるほど、これでまたいつものきみってわけだな。これだけは言っておくが、こんなぼやけた写真の男の正体を当てっこするために、デンマーク中に捜査の要請などしないでくれよ。テレビで公開捜査などしたら、役にも立たない膨大な量の〝手がかり〟のために、ひとり当たり何百時間も無駄にすることになる。失礼ながらマーク、上の階にいるわれわれには、もっと重要で真面目な仕事があるんだ」

「そりゃよかった。もう特捜部の中でそれぞれ役目は割り振ったから安心してくれ。だから、この件の電話はすべて地下室の不真面目な特捜部Qまで遠慮せず回してくれていい。あんたたちの安穏とした日々を邪魔する気なんて毛頭ないから」

「それじゃあ、カール」ビャアンが目でドアを示した。「もう一度言うが、テレビでの公開捜査なんか絶対できないからな！　世間で今騒がれてる事件を知らないわけじゃないだろ？

マスコミがある男を殺人者だと報道した直後に誤報だったとした一件だ。人権侵害だと言われている。きみも知ってるだろ？」

カールが派手な音を立ててドアを閉めたので、秘書室にいる全員の目がカールに向けられた。

「とっとと失せろ、マーク」ドアの内側から課長がののしる声が聞こえてきた。

「仕方ないわね、カール、あなたたちときたらいつまで経っても仲よくなれないのね」リスの声が部屋中に響き渡った。全員が聞き耳を立てている。「ところで別の話よ。あなたとモーナ・イプスン、よりを戻したの？」

カールは眉をしかめた。いったい、何をどうしたら、今、そんな話になるんだ？

「彼女があなたのことを訊いてきたから言っただけよ。五分前、法廷のエリートたちに会う前にここに来たのよ」

「へえ、モーナが戻ってきたんだ？」

「そうよ。彼女は西海岸で休暇を過ごして戻ってきたところよ」

「いつ俺がここまで上がってくるかわからないからな。警戒のために訊いてきただけだろ」

実際、なんで俺のことを訊いてくるんだ？　おかしいじゃないか。おかしいといえば、カールの腹が突然引きつるような気がしたのも奇妙だった。

「合板の写真は見つかりませんでした、カール。棚の大部分は調べましたが」

垂れてきている。

アサドは疲れきっているようだった。げじげじ眉毛の片方が重力に負け、目のすぐ上まで垂れてきている。「続けろと言われればもう少し続けますが、見つかりそうにありません」

「大丈夫か、アサド？　徹夜でもしたみたいに見えるぞ」

「よく眠れないんです。おじが電話してきて。いろいろ問題があって」

「シリアでか？」

アサドは例のうつろなまなざしになった。「おじは今、レバノンです。でも……」

「俺に何かできることはあるか、アサド」

「いいえ、何もありません。少なくともあなたには」

カールはうなずいた。「二、三日休みを取りたいなら、なんとかするぞ」

「いいえ、休みを取ろうなんて思ってません。戦略室に行ったほうがいいと思いますけど。ローセが新しい情報を手に入れたと言ってました」

アサドはいつもこうだ。一日中、冷静にきびきびと行動していたはずのアサドが、一瞬にして放心状態になる。アサドの中でいったい何が起きているのか？　シリアの話になると決まって話をかわす。現地の深刻な情勢についてまるで関心がなさそうに見えるのだ。アサドはとにかく、シリアや近東で起きていることについて話そうとしない。そしてときには、他人の不用意な言葉が彼の傷をこじ開ける。またときには、何を言っても彼の心には届かないように見える。

カールはアサドの肩を叩いた。「わかってると思うが、いつでも俺のオフィスに来ていいんだぞ、アサド？　話したいことがあるなら、なんでも聞くから」

カールとアサドが戦略室に入ると、ローセがホワイトボードの横で待っていた。そしてゴードンがちょうど腰かけようとしていた。

「落ち着いてよ」期待に満ちた目をしているゴードンをローセが制す。

どうやらゴードンは、ローセが集合をかけたのは突破口となる情報を何か披露するためで、それによって、うんざりするような電話での問い合わせ作業から解放されると思っているようだ。

「ローマは二時間にして成らず、って言うでしょ？」

ローセはスピリチュアル系団体の小冊子――ハートマーク、水晶、光線を放つ太陽が描かれたカラフルなもの――をいくつか壁からはずした。

「今のところ、この三人のヒーラーと連絡がついただけです。三人それぞれ療法は違いますが、十九年、二十五年、三十二年のキャリアです。ただ、〈感覚のこころ〉を主宰しているビエーデ・ヴィスムト、この人は身体と自然の関係に注目しているヒーラーですが、彼女だけがワーゲンバスの若い男を覚えていました。といっても、クレスチャン・ハーバーザートが彼女から絞りだしたことに付け加えることはないとも言ってましたけどね」ローセがにこっとした。「ところが、このわたしは彼女から新たな事実を聞きだしたのです」

「男の名前か？　人相か？　経歴か？」

「いいえ、カール、彼女は名前を覚えていませんでした。おそらく、その男は一度も名乗らなかったのでは。それ以外のことも全然話題にのぼらなかったようです。そもそもビエーデ・ヴィスムトはクライアントの過去も個人情報も一切聞かないらしくて。彼女は生まれつき目が見えないから、目が見える人とはまったく違うレベルで癒しを行なうんですって」

「俺たちの証人は目が見えないんだって?!」それじゃ何もわからないじゃないか！

「そう。彼女の表現によると、彼女はクライアントを〝感じる〟だけ。にもかかわらず、彼女はその男が何をやりたがっていたのかのヒントをくれました」

「何をやりたがっていたか？」

「そう。ビエーデは生徒に――彼女はクライアントを生徒と呼んでいるんだけど――人と自然を隔てるものをすべて取り払いなさいと言うそうです。極端な要求ですよね。たとえば、彼女の家には暖房がないそうです。冬と夏の境界がぼやけるのが嫌なんですって。建材にもこだわっていて、藁を圧縮したブロックで家を建ててもらったとか。そういう工法の家が流行するずっと前のことです」

「でも電話はあるんだろ？」

「ええ。ほかにも、目の見えない彼女の暮らしを助け、自立できるようにする道具を持っています。でも、今はその話じゃなくて」

ローセの顔は自己満足で輝いていた。「ビエーデは、その男と多くの点で意見が一致したって言ってました。彼は自然を神として、そして、ヒーラーのようなものととらえていた。ただ、彼女は『人間はどこまで禁欲的であるべきか』について議論したのが印象に残っているとも言いました。たとえば、男はワーゲンバスがない生活は考えられないと言ったらしいんです。というのも……」そこでローセは笑みを浮かべ、長い間をとった。「彼にとっては自由にどこにでも、つまり、人間が大昔から太陽や自然の力や超自然現象を崇拝してきたような場所に行けるということが、この上なく重要だったから。それは車がないとできないことだから」

「なるほど。つまり、男はそのワーゲンバスで……」

「そういうわけで」ローセがカールをさえぎる。「男は最後の数年間、自分の信奉者数人と、ヨーロッパ中を回っていたそうです。アイルランド、ゴットランド、ボーンホルムも。ボーンホルムでは、聖地という聖地すべてに行っていたらしいです。あそこにはそういうのがたくさんありますしね。ほかに彼が興味を持っていたのが、青銅器時代の壁画や、トロレスコウにある船形に並んだストーンサークル、ヨーデバゲンの石の墓碑、それからリスペビュアとクナホイにある儀式の場……」

クナホイだって？　その名前、どこかで聞いた気がする。

「それから、特にウスターラーにある教会の歴史とテンプル騎士団の宝とか言われているものとか。みなさんのご意見は？」

「素晴らしい。これでアルバーテとワーゲンバスの運転者とのつながりが見えましたね」とアサドが言った。

「ああ、よくやった、ローセ」カールも同意した。「だが、そこからどうする？　男の身元は相変わらず不明だ。どこから来たのか、どこへ行ったのかもわからない。しょっちゅう旅に出ていた男、それ以上のことは何もわかっていない。こうしている間にもやつは――まだ生きていればの話だが――どこかにいるんだ。マルタとか、イェルサレムとか。あそこにもテンプル騎士団はうようよいたからな。それか、ストーンヘンジとか、ネパールとか、インカ帝国のマチュピチュなんかで、マントラを唱えながらぼんやり座っているかもしれない。もしかしたら、こんなイカサマからさっぱり足を洗って、参事官として内務省にいたりしてな。高給を手にして、年金受給資格もこみで」

「ビエーデ・ヴィスムトは、彼こそ〝本物の水晶〟だと言ってました。ですから、内務省のことは忘れてくれて大丈夫です」

「〝本物の水晶〟って、どういうことだ?」

「彼が真（しん）の光を目にし、その中に自分の姿を見出し、それ以降はその光なしでは生きていけなくなったということだそうです」

「くそっ。どんどん話が横道にそれていく気がする。で、教えてくれ。何から手をつければいい?」

「彼女は、その男が今でも精力的に活動しているのを感じると言ってました」

23

二〇一三年十月
十一月
十二月

シャーリーは傷ついていた。できもしない約束をし、彼女の料理にありつき、彼女と寝るために同じ家に帰り、結婚指輪をポケットから出して見せ、その一週間後に、「ありがとう」のひと言で姿を消したセクシーなスペイン男、パコ・ロペスのせいで傷ついていた。社員食堂で働きだしてまだ三カ月といった新人をクビにするのではなく、あろうことか、ベテランの自分をクビにした雇用主のせいで傷ついていた。十キロの減量を謳(うた)っておきながら、正反対といってもいいくらいの結果をもたらしたダイエットプログラムのせいで傷ついていた。いいことばかり言っていたくせに、ただの一度もメールをよこさないワンダ・フィンのことでも傷ついていた。

シャーリーはずっとこの不実な友人を心配していたが、一カ月もすると、ほかのことと同じようにあきらめることにした。

ワンダも結局はみんなと同じ、口先だけの人間だったのね。シャーリーはそう思うことにして、失望感を頭の隅に押しやり、わずかな失業手当とたった千六百五十ポンドの貯金でどのくらい食いつなげるか、見積もることにした。

将来の見通しはバラ色とはほど遠い。しかも生活レベルはとっくに、パコがいつも言っていた一文無し（ナダ）クラスに下がっている。

バーミンガムの両親に金を無心することも真剣に考えてみた。四十をとうに過ぎ、たいした学歴もなく、小太りで美人でもない独身女にとって、親に金をせびるのは屈辱だった。しかしもう、それ以外に策はない。

いつしか彼女は重い腰を上げ、受話器を取っていた。ためらいながら番号をなぞる。会いたくなったと訪ねていったら、親はなんて言うだろう。

いえ、駄目よ。会いたいから来たわけではないと、すぐに見抜かれる。両親は娘がクリスマスも新年も実家で過ごす気がないことくらいお見通しだ。

通りではショーウィンドウにクリスマスの飾りがきらめき、子どもたちはみな、クリスマスを待ち焦がれてうれしそうだ。しかし、ロンドンのさびれた地区で、安普請（やすぶしん）のみすぼらしいアパートメントの部屋に座っているシャーリーには、何ひとつ楽しみなどなかった。

わたしもワンダみたいにすればよかった。シャーリーは悔やんだ。連絡が一切来ないってことは、向こうでうまくやってるんだわ。そのことを考えれば考えるほど、アトゥが支配するミステリアスな島でのワンダの暮らしが夢の世界に思えてきた。ワンダはここを出ていくとき、わたしよりお金を持っていたっけ？　そんなはずはない。だったら、なんでわたしが同じことをしちゃいけないの？　いいえ、違う。毎日、その考えが頭から離れなくなった。そのうち、この絶望的な状況にだんだん光が見えてくるような気がしてきた。シャーリーは、大事なことを考えるときにいつもすることがあった。ろう引き布のクロスがかかったキッチンテーブルに着き、すり切れたトランプでソリティアをするのだ。クリアできると、そこに重大な意味があるように思えてくる。

今やっているのがクリアできたら、向こうに行くことを真剣に考えてみよう。実際にカードがすべて移動できると、さらに具体的な問題について考え、また新たにソリティアを始めた。そして週末が半分過ぎたころ、シャーリーは、行かなくてはならない、これは決められたことなのだと悟った。残るは〝いつ実行するか〟。それだけ。時期が到来するのを待つのか、すぐに出発すべきか。

三分もしないうちに、すべてのカードが順番どおりに重なっていた。

それが答えだった。これまでの生活に別れを告げなくてはならない。それも今すぐに。

旅の間、シャーリーは〈人と自然の超越的統合センター〉で自分はどんなふうに受け入れられるのだろうと考えていた。ロンドンで会った感じのいい人たちは、心から歓迎してくれるだろう。そこに一ミリの疑いもなかった。でも、ワンダはなんて言うだろう？　便りがないこと自体がその答えなのでは？　わたしたちの友情は幻想だったのでは？

あきれた顔つきのワンダが目に見えるようだった。「この人、ロンドンからやってきて、安物の服を着て、昔話をぺちゃくちゃしゃべりながらわたしにつきまとうつもり？」という顔が。再会の甘い夢など見ないほうがいいのかもしれない。それでも、シャーリーの決心は揺るがなかった。ワンダが一歩踏みだせたのだから、自分にもできるはずだ。なんといっても、ワンダをアトゥ・アバンシャマシュ・ドゥムジに引き合わせたのはこのわたしなのよ。

シャーリーはカルマル駅でバスに乗り、島に向かった。終点のバス停で降り、そこから先は歩くことにした。

遠く離れた場所から見ただけでも、シャーリーの目にセンターは魅力的に映った。新しい白い家がいくつも海に面して建っている。ピクチャーウィンドウの窓が取り付けられ、ピラミッド型の屋根をさまざまな色のガラスが飾っている。何もかも、シャーリーが思っていたよりずっと大きかった。屋根の上ではソーラーパネルが日を浴びて輝いている。通りから入ってきたとたん、ここに住めるなら何もいらないという気持ちになった。センターの上空にエネルギーが漂っているかのように、空気までもが光って見える。機械に頼らず、いかにも人の手で建てたと思われる設備と、めずらしい草木、そして謎めいたシンボルとがうっとりするほど完璧に調和している。こんな風景は今まで一度も見たことがなかった。

七宝づくりの大きなプレートに〈人と自然の超越的統合センター――エバッバル〉と記さ

れていた。

そこからあたたかみのあるアースカラーのタイル張りの道が、小さめの家々と海に面して建てられた二棟続きの建物に向かっている。いくつかの言語で書かれた優美な文字が、そこが〝センターの中心部〟であることを示していた。

事務所は落ち着いた空気に満ちており、白い服に身を包んだ人たちがおだやかに作業していた。シャーリーに気づくと親しげに微笑みかけてくる。

シャーリーは自分の花柄のワンピースをつまんで引っ張り、上着のしわを伸ばした。優雅で清浄なこの場所では、きちんとした印象を与えたかったのだ。

ここでならわたしは幸せになれるかもしれない。そんな思いが湧きあがってきた。シャーリーは〈ご到着&受付　ピルヨ・アバンシャマシュ・ドゥムジ〉と書かれたドアに向かって歩いた。

†

マレーナの顔は、カルマル病院婦人科病棟の看護師が着ているくすんだ白衣と同じ色をしていた。

ピルヨはマレーナのベッドの裾に立ち、満足感に浸った。あなたはアトゥの見舞いを待っていたんでしょうけど、まだまだ彼を知らないようね。

「具合はどう?」

マレーナは顔を壁に向けた。「よくなったわ。昨晩、止血がうまくいったから。今日中に退院するの」

「光の神に感謝ね」

ピルヨが手を取ると、マレーナの身体中にぎこちなさが走った。ピクリとして、手を引っこめようとする。しかし、ピルヨは離さない。

「あなた、何がしたいの？」マレーナがようやく口を開く。「わたしを笑いにきたわけ？望みどおりになってご満足？」

ピルヨは眉間にしわを寄せてみせた。今大事なのは、やりすぎないこと。大げさな表情になっては駄目。

「何を言ってるの？どうしてそんなふうに思うの、マレーナ？本当に大変だったわね。心からお見舞いを言うわ」ピルヨはうつむき、唇を結び、彼女から目をそらした。心配でたまらず、心を落ち着かせようとしているみたいに。効果はあったようだ。マレーナは少し驚いた様子を見せた。

そこでピルヨは手を離し、何度か深呼吸した。それから患者をもう一度見つめた。

「マレーナ、退院したらセンターを出なさい。一刻も早く、できるだけエーランド島から離れて。マレーナ、あなたの安全のためよ！」

ピルヨはバッグから財布を出すと、札束を取りだした。「これで数カ月はもつでしょう。あなたの持ち物はもう詰めてある。スーツケースを廊下に置いてあるわ。わたしに任せて」

マレーナの顔に嫌悪と不信の表情が浮かんだ。

「あなた、本気でわたしを追い出そうとしてるの？　さすがにそこまでは思いつかなかったわ。そんなに簡単にいくと思う？」彼女は札束を押しもどした。「アトゥはわたしのものよ。わからない？　彼はあなたなんかに興味がないの。あなたはね、彼がほかの女に種を植えつけるたびにそわそわしては卑屈になる。あなたは彼の仕事上の下僕でしかないのよ。彼がわたしにそう言ったんだから。ねえ、その馬鹿馬鹿しいお金を引っこめてよ、ピルョ。数時間後にセンターでまた会いましょ。わたしのものになったあの場所で。送ってくれなくていいわ。道はわかってるから」

人生には、大げさに顔をゆがめるとか、不用意に笑うとか、意思表示を一瞬誤っただけで思わぬ結果を招くことがある。だからピルョは、マレーナの無遠慮な態度を無視して心配そうな表情を崩さなかった。アトゥが自分をどう思っているのか、どう思ってきたのかなら、よくわかっている。もうたくさんだ。でも、今、大事なのはそこじゃない。うまくやればマレーナはわたしを信じる。彼女のいる世界はあっという間に崩壊するはずだ。

「ねえ聞いて、マレーナ。アトゥがどれだけあなたのことを大切に思っているか、わたしがいちばんよく知ってる。あなたたちのことをわたしはとても喜んでいたのよ。それは信じてほしい。もちろんあなたは、わたしがアトゥをとても好きだということに気づいていたでしょうけど、彼に対するわたしの感情は、時とともに変化したの。とっくの昔に自分の気持ちに片をつけたわ。わたしが長年アトゥといて、誰よりも彼のことをよく見てきたことはあなたもわかると思う。でも、あなたの想像もつかないこと、わたしが今、あなたに強く警告しなくてはならないことがあるの。それは誰も知らない彼の一面。彼には、あなたがショックを受けるような闇の顔があるのよ」

マレーナは笑った。その弾(はじ)けるような笑顔が彼女の武器だった。柔らかそうな唇、白すぎる歯、高い位置にある頬骨。「いったいどんな顔だっていうの？」口調に不信感が表れている。

「わたしもアトゥのことをとても好きだから、この話をするのは本当につらいんだけど、それでも話さなきゃいけないわよね。アトゥの子を身ごもって流産したのは、マレーナ、あなたが三人目。当然だけど、彼は相手に流産されるとぼろぼろになる。でも、腹を立てもするのよ。彼には子どもがいない。だけど、彼は後継者を欲しがっている。なんとしてもね。あなた、不思議に思ったことない？　女性のほうは彼のための準備がいつも整っている――あるいは整っていた――のに、それをわかっているはずの彼になぜ子どもがいないのかって。もしかしたら子どもが好きじゃないんじゃないかって。そうよ、彼は〝後継者〟が欲しいだけで、みずから欲して〝わが子〟をつくろうとしているわけじゃないの。義務でそうしているの。本当よ。そして今、彼は自分が裏切られ、見捨てられたと感じている。あえてそう言わせてもらうわ。裏切られ、見捨てられたと感じていると」

ピルヨは手を組んだ。「アトゥはあなたが流産したことを、ネガティブなエネルギーが渦巻く奈落の底に口が開いたように感じていて、気が動転しているの。ひどくうろたえている。

この状態を彼がそのままにしておくはずがない。経験上、わたしにはわかるの」

「それは彼が自分の口からわたしに言うことでしょ」マレーナの声にいらだちが混じる。

ピルヨの目つきが険しくなった。「わたしの言いたいことがわかってないのね。だったらもっとはっきり言うしかない。あなたがセンターに戻ったら、アトゥはあなたを生贄にするわ」

マレーナは肘をついてあきれたように笑った。「わたしを生贄にするですって？ ピルヨ、もう少しましなことを思いつけないの？」

「彼はあなたを海に捧げるのよ、マレーナ。彼の子どもを失ったほかのふたりと同じように。エーランド島に戻ったら、いずれどこかの海岸に膨張したあなたの遺体が打ち上げられることになるわ」

マレーナはピルヨを馬鹿にしたように息を吐いた。その一方で、自分が今聞いたことを考えてもいるようだった。この機を逃してはならない。すでに種は蒔いた。あとはその芽を出させるだけでいい。

「あの子、クラウディアって子、彼女はポーランドの浜辺で発見されたのよね……」ピルヨは言葉を切り、話を続けるために考えをまとめているふりをした。「彼の子どもを妊娠したもうひとりの女性は、今も見つかっていないわ」

マレーナは首を横に振った。これ以上聞きたくないようだ。でも何も言わなかった。

「アトゥは自分は何も間違っていないと思ってる。それは確かよ。彼にとって、肉体的な使命を果たせなかった女性たちを自然のサイクルの中に返すのは当然のことなの。最初にそうしたとき、冷静にわたしにそう説明したわ。ふたり目の女性、ロニーのとき、わたしは彼女に気をつけるよう言ったんだけど、彼女は……彼女はまったく耳を貸さなかった。もう二度と同じことが起きてほしくないの。マレーナ、わたしの言うことを聞いて。お願い」

マレーナの眉間にしわが寄った。彼女はしわを元に戻そうとした。しかし、もう十分深く刻まれてしまっていた。

やるべきことを終え、ピルヨはセンターに戻ると、アトゥにマレーナは快方に向かっていると伝えた。明日か明後日には退院できそうだと。しかしマレーナは戻ってこなかった。アトゥはひどくショックを受けているようだった。

彼女は退院後、どこに行ったのか？ なぜ誰も知らないのか？ アトゥはそれから一週間、手を尽くしてマレーナを探しだそうとしたが、彼女は忽然と消えてしまった。

ピルヨはアトゥに、女性は流産のせいで深い鬱状態になることがあると話して聞かせた。そのために、筋の通らない決断をすることもあると。彼は打ちひしがれてそれを聞いていたが、自分の立場と使命を考え、なんとか現状を受け入れることにしたようだった。

ある朝、いつものようにアトゥは外に出て海に向かって祈りを唱えていた。ピルヨも祈りに加わった。熱い茶と濡れタオルを運んできて、彼の身体を清め、やさしくほぐした。何も言わずに彼のゆったりしたタイパンツを脱がせ、彼の上にまたがった。ついに、その機会が訪れたのだ。ことは簡単に運んだ。

不意打ちだったからなのか、性欲が目覚めたからなのか、ピルヨの香りのせいなのか、あるいは、彼女に対する罪の意識があったからなのか――いずれにせよ、アトゥは我を忘れてピルヨをむさぼった。

アトゥはピルヨの目を見つめ、そして達した。ピルヨの身体が震える。それは単なるオーガズムではなかった。それをはるかに超えたものだった。彼女はアトゥの目を見つめ返した。飢えに耐えた長い年月、その末に、彼女は彼の目の中に救いを見出したのだ。

ピルヨの月経周期は毎月寸分の狂いもなく、排卵時期のずれもない。だからいちばん妊娠しやすい日がいつのなのかはすぐにわかる。毎月、思いを遂げられないまま月の日を迎えるたびに、地獄に突き落とされた気持ちだった。でもついに、天にも昇る心地を味わうときがやってきた。

クリスマスの少し前になってやっと、彼女は勇気を出して生理が止まった原因を調べることにした。妊娠検査薬が陽性反応を示すと、喜びで気を失いそうだった。ただ、妊娠したい気持ちが強すぎると身体がそのように反応することもあると何かで読んだことがある。そこで医師の診断を受けることにした。これからどんなことに気をつけるべきか知りたいという気持ちも当然あった。なんといっても自分は三十九歳なのだ。

この上ない幸福を嚙みしめながら、彼女はカルマル病院の婦人科を出た。二カ月前、マレーナを訪ねた場所だ。

アトゥは驚くだろうけど、きっと喜ぶ。ピルヨには確信があった。わたしが彼の子を産むにふさわしいのはずっと前からわかっていたことだ。

センターの敷地に入ったとき、彼女ははたと立ち止まり、感情に流されないようにしなくては、と思った。アトゥの前に立って、感激で打ち震えるようなことはしたくない。静かな微笑みとともにアトゥに打ち明けたい。それが彼の知っているわたしであり、これからもそうあるべきなのだから。妊娠していようといまいと、わたしはわたしなのだ。

とはいえ、彼に電話しようと自分のオフィスに向かう途中も、待合室にいる信者のそばを通り過ぎるときも、あまりの幸せに顔が上気しているのを感じずにはいられなかった。

驚いたことに、アトゥはすでに彼女のオフィスにいた。そこで待っていたのだ。彼の向かいに化粧の濃い女性が座っている。ヒールのない靴を履き、派手なワンピースを着ているが、年齢はごまかせない。でっぷりした身体に、そのワンピースはサイズが小さすぎるようだ。

「やあ、帰ってきてくれたね、ピルヨ。よかった」彼が笑顔になり、女性に向かってうなずく。「シャーリーが突然ロンドンからやってきてね。夏にあそこでやったセッションに参加していて、ぜひともここの一員になりたいそうだ。彼女の場所を用意できるよね？」

ピルヨはうなずいた。こんな訪問客があるとは思わなかった。それならこの素晴らしいニュースはあとにとっておこう。それぐらいでこの喜びにケチがつくわけじゃない。

「シャーリー、さっきの話をもう一度ピルヨに話してくれないか」

シャーリーは微笑んで、間延びした発音でピルヨに挨拶の言葉を述べた。「ええ、ですから、わたしたちはロンドンでこちらのコースに参加していたんです。友人とわたしとで。それで、わたしたちふたりとも教えに感銘を受けて。友人は本当に夢中になって、それで二、三カ月前にこちらに向かったんです。少なくともわたしはそう思っていました……。でも、彼女からまったく連絡がないし、アトゥ・アバンシャマシュ・ドゥムジ……」そこでいったん言葉が止まった。彼の名前を口にするだけで彼女は赤くなっていた。「アトゥ・アバンシャマシュ・ドゥムジとわたしは、ここにいる信者さんから、ワンダのような女性は来ていないと聞いたんです。とても驚きました。というか、正直なところ、かなり心配になって」

アトゥが深刻な顔でうなずく。「そうだね、おかしな話だ。でも、さっきも話したとおり、彼女はここには来ていない。彼女のことはよく覚えているよ。とても美しい女性だった。出身はどこだったかな？」

シャーリーがうなずいた。ピルヨは鳥肌が立った。

「ジャマイカです。でも先祖が全員ジャマイカ人というわけじゃないと言っていました」

アトゥは顔を上げた。「心当たりはあるかい、ピルヨ？　彼女はこちらに手紙を送っていたそうだ。彼女の名前はなんと言ったっけ、シャーリー？」

ピルヨはもう話を聞いていなかった。名前なら知っている。これからどうしようか、そればかりが頭の中をぐるぐる回っていた。

24

二〇一四年五月七日、水曜日

「カール、ホイスコーレの元在校生の件で、問題発生です。これは本当にディフィカルトですよ」ゴードンが言った。

このタコ野郎、おまえは何かにつけ、そのお粗末な学校英語を披露せずにいられないのか？

「苦労してたどり着いたってのに、相手は何も覚えていないか、何もかもごちゃごちゃになってるんです。ある女性なんか、ボーンホルムのあと、なんと五カ所ものホイスコーレに行っていて、どれがどれだか区別がつかなくなってるし。リトアニア人は、妙なことにこの人だけまだ両親と住んでいるんですが、英語がまったく話せないんですよ。どうやってボーンホルムで五カ月もやっていたのか本当に謎です。それに住所！　このリトアニアのやつ以外は、誰ひとりとして同じ住所にいないんですから。受講者たちの両親も同じです。とことんホープレスです、カール」ゴードンはため息をついた。「それから、それにもめげずに僕がなんとか連絡をつけた人たちは、口々にハーバーザートがとにかくしつこかったからこの事件を覚えているだけだと言うんです。アルバーテの名前と彼女が死体で発見されたということ以外はなんにも知りやしません。こう言っちゃなんですが、彼女が死んだことなんて誰の記憶にもたいして残っちゃいないんです」

カールはゆっくりと目を開けた。ゴードンのやつがまくし立てているときは、思考の旅に逃避するに限る。我ながらたいしたもんだな、この才能は。

「ゴードン！」いきなりカールが大声を出したので、ゴードンはビクッとした。「記憶が確かで情報提供ができるやつをたったひとり探しだせばそれでいいんだ。見つけたら相手をすぐに内線でローセにつなげ。ローセは古い証言記録をすべて持っている。目を通しておくように言っておいた。いいな？ ほらシャキッとしろよ。そのうち誰かに当たるから！」

カールは机をぐいぐい押してゴードンを追い払った。アサドが励ますようにゴードンの肩を叩いた。特捜部Qの一員としてしっかりやっていきたかったら、早く立ち直り、すぐ仕事に取りかかることだ。

ローセのオフィスは一変していた。メモの山、ゴミ箱からあふれそうになっているくしゃくしゃの紙、額によった大量のしわ。ローセは一心不乱に仕事をしている。

「スピリチュアル業界から新情報は得られたか？」邪魔だとわかっていながら、カールは声をかけた。

ローセは首を横に振った。「毎晩あちこちに電話しなくちゃいけないんです、カール。あなたが正しかった。ほとんどが日中はごく普通の仕事に就いていて。ただ、受講生への取材記録を見たところ、おもしろい証言を見つけました。ゴードンにその女性に電話させて会ってきてもらったらどうでしょう。読んでみてください。これがそのコピーです」

「読んで聞かせてくれないか？」

「何言ってるんですか、カール。自分で読めるでしょ。オフィスに戻って、タバコでも吸いながらどうぞ。でもドアを閉めるのを忘れないで。ハーバーザートの書類だけでもう十分タバコくさいので」

廊下に出て書類棚の脇を通りながら、カールはあたりをくんくんと嗅いでみた。鼻だけでなく目まで刺激するローセの香水のほかは何もにおわない。

デスクの上に書類を置くと、カールはタバコを取りだして、ハーバーザートのコピーを読んだ。

十二／十九　一九九七。シュンネ・ヴェラン（四十六歳）の供述
秋学期の受講者でビズオウア市の国民学校教師、休職中
個人登録番号　161151‐4012
十二／十　一九九七の概要からコピー

カールの頭にひらめくものがあった。ゴードンのやつ、あの役立たずめ。

カールはゴードンがどんな手順で作業しているのか想像してみた。くそっ、そうか、あいつのやりそうなことだ。

カールは内線用のインターホンを押した。

「ここで鳴ってますよ」アサドの声が廊下の反対側から響き渡った。これじゃ内線を使っている意味がない。

「アサド、おまえと話したいんじゃない。聞こえてるか、ゴードン？ そこにいるか？」

ぎしぎしと何かが鳴っている。椅子か？

「おまえ、受講者全員の個人登録番号が載ったリストを手に入れてるんだろうな？」そう言いながら、カールにはうすうす答えがわかっていた。そう、やつがそんな手際のいいことをしているはずがない。

「いいえ」やっぱり。「学校側から渡すわけにはいかないと言われました」

カールはタバコに火をつけ、肺の奥深くまで吸いこんだ。この、大ボケ野郎！

「おまえというやつは、いったい、どこまで間抜けなんだ？」カールの怒号が響く。「最初にやらなきゃいけないのはそこだろうが。まったくもう。アサド、こいつに教えてやってくれ。おまえは個人登録番号を直接見ることができるんだって。校内の情報を得られる立場の人間は警察に情報を提供する義務があるんだ。じゃなかったら、ハーバーザートの聞き取りに個人登録番号が全部書かれているはずないだろ？ アサド、こいつに伝えろ。いい加減、まともに仕事しろ、今すぐにだ、さっさとやれ、そう言ってくれ！」

「今の言葉全部聞こえてますが、私がもう一度言わなければいけませんか、ボス？」スピーカーがビリビリ言っている。

カールは深く息を吸い、二、三度咳払いをした。「それでアサド、おまえのほうは何をやってるんだ？」

「今見つけたものと一緒にここに座っています。あとでそれを持ってそちらに行きますね」

カールはインターホンのボタンから指を離した。ここのぼんくらどもは、自分の頭でものを考えられないのか？

頭を振りながらカールはハーバーザートの書類を読み進めた。

個人登録番号　161151-4012

十二／十一　一九九七の概要からコピー

シュンネ・ヴェランのアルバーテに対する証言は以下のとおり：

「わたしたち年配者は、若い子たちとしょっちゅういたわけじゃないので、彼女のことはあまりよく知りません。今年の受講者の平均年齢は二十六・五歳くらいなので、四十代のグループがいて助かりましたよ。若い人たちのそばにいると、自分が枯れてるように思えてしまいますからね。アルバーテは最年少のグループのひとりでした。ご存じでしょうけど。彼女はわたしの娘よりも年下でしたし、わたしの教え子の娘さんたちとあまり変わらない年齢でした。もちろん彼女のことは気になっていました。みんなそうだったと思います。本当にかわいらしかったし、生き生きしていましたから。男の子たちがいつも彼女をちらちら見ているので、一部の女の子は嫉妬していましたね。大人の男性もそうでしたけど。でも別に真剣ではなかったと思います。あの年齢ではごく普通のことですから。

あの日、彼女がいなくなる少し前に、〈リトミック単科大学〉から来客があったことも覚えています。あんなに音楽に興味があるのに――ちなみに、彼女は飛びぬけて素晴らしい声をしていたんです――なぜ、いないんだろう、夜のパーティにもなんで参加しないんだろう、と思っていたんです。

彼女にくっついてた男の子のひとり、クリストファという名前ですけど、彼が言っていたんです。アルバーテは学校の外に彼氏がいるって。たしかにいなくなる前のアルバーテは心ここにあらずという感じでした。恋する少女っていう感じで。あなたも覚えがあるでしょう（ここで彼女は笑った）。それで、心だけじゃなくて本当にここにいなかったんです。わたしたちはふたりとも『ガラス工芸』を選択していたんですけど、最後の一週間はほどんど姿を見せませんでした」

（質問：相手の男または青年を見たことはありますか？）

「いいえ。でもいつだったか、アルバーテが最高にミステリアスで刺激的な人に出会ったと言っていたことがあります。恋をしているとははっきり言ってませんでしたが、どう考えてもその人に夢中でしたよ。もちろんわたしたちはその人について興味がありましたけど、彼女はクスクス笑うだけでした。唯一彼女から聞けたのは、その彼が授業のあと、学校の前で彼女を待っていることがあるということでした」

（質問：それでは、彼女が彼と会ってただ道端で話しているだけなのか、それとも何かでどこかに移動しているのか、そこまでは尋ねなかったんですね）

「残念ながら」（シュンネ・ヴェランは悲しそうだ。いらだちすら感じているようだ）

（質問：このことについてもっと知っていそうな人が思い浮かびますか？）

「あとから、わたしたちはしょっちゅうこの話をしましたけど、もしかしたらクリストファが何か知っているかもしれません。それ以外は思い当たりません」

（質問：アルバーテにとっては、その人とのことは遊びに近かったのではないでしょうか？　秘めごとがおもしろいというだけで）

「そうですね、その可能性はあると思います」


カールは続きを読んだ。しかし、この記録によって真新しい事実が得られることはまずなさそうだ。

再びインターホンのボタンを押す。「ローセ、やっぱりちょっと来てくれないか」

「あなたが来てくれません？」廊下の向こう側から声が聞こえた。

カールはドアから首を出した。ローセは床に座っていた。コピーの山を、大きく広げた脚の間に挟んで。

「俺の部屋のほうがよくないか？」と言ってみても返事がない。「この会話記録の何が特別なのか、おまえさんの意見が聞きたいんだが。もちろん、これのおかげでゴードンの間抜けさ加減だけははっきりわかったが。それはともかく、ここには初めて知るような事実は何も書かれてないぞ。この女性に話を聞くことがそんなに重要か？　正直、そんなことをしても何もわからないと思うが。彼女だってもう六十歳を超えてるだろうし、これだけ時間が経ってるのに、何を覚えてるって言うんだ？」

「まったく男ってみんな、そういうこと言いますよね。まあ仕方ないわ。男ってたいてい何も見えちゃいませんからね。わかりません？　ハーバーザートの質問はどれもシンプルでしょう？　あなただったら、同じ質問をしていましたか？」

「まあ、そりゃ、やつは刑事じゃなかったからな」

「で、細部についてはどう思います、カール」

「どうって……？」

「つまり、これがあなたの担当だったとしたら、事故の直後は山ほど疑問があったと思うんです。細かいところまで。でも、これだけ時間が経ったらもう思い出せないでしょう？　でも、彼女は女性だから、たとえ十七年経っていても細かいところまでパッと頭に浮かぶと思うんです」

「細かいところ？　アルバーテの人柄とかそういうことか？」カールはため息をついて、資料がぎっしり詰まった棚に目を泳がせた。これだけ資料があるのにまだ足りないのかよ。

「つまり、靴とか服装とか髪型とか？」

「そうです。もっといろいろなことです。みんなが真似したがる新しいメイクとか。若い女性の心境についてヒントをくれるものならなんでも」

カールはうなずいた。一理ある。そういえば、女性たちが、ある女性の眉毛についてあれは抜いて整えたものだと実によく覚えていた事件があったっけ。だが、その眉毛をどこでいつ見たのかはまるで覚えちゃいなかったがな。

「で、今俺たちはシュンネ・ヴェランを探しだして、十七年も経つのに、そういうことを尋ねなきゃならんのかね？」

「当然です！　シュンネ・ヴェランには芸術の才能があるんですよ。ホイスコーレではクリエイティブな講座をとってます。音楽のコースとガラス工芸のコースを選択していました。だからそういうことが彼女の目を引いたはずなんです」

「それで？　アルバーテがただの遊びだったのか真剣に付き合っていたのかをもう一度訊いたところでどうなる？　その話のどこが捜査の役に立つんだ？　無駄だね。ほとんど手がかりにならないと思う」

「そうかもしれません。でもその話はあとにしましょう」

「まあいいさ。おまえさんは、せいぜいクリエイティブなその彼女に電話して、その方面から事件を追えばいい。俺の頭にはまったく別のことが浮かんでるけどな。クナホイという場所だ。おまえさんが昨日、目の不自由な女性と話をしたあとに言っただろう。この名前、どこかで出てきたはずなんだ。さて、どの出土品との関連で出てきたかな……」

「ええと、あなたが言っているのは……」

そのとき、腕に大量の資料を抱えたよれよれのアサドが戸口に現れた。片手に湯気の立つティーカップを持っている。

「ここで見つけたんですけど」カールのオフィスに入り、腰かけてから言った。「捜査に関係があるかと思って」

アサドは数字が記されている、そり返ったメモ用紙をデスクに広げた。そして脇にティーカップを置いた。

「何か力を与えてくれるものが必要ですよ、カール」

うわっ、そのティーカップは俺の分だったのか。

「なんのお茶だ？」いつもとはまったく違う香りがする。いい香りだ。

「チャイです。素晴らしいレシピでしょう。生姜（しょうが）入りのインドのお茶です。なんにでも効きますよ」進歩したでしょう、と言わんばかりの不敵な笑みを浮かべている。

アサドはカールに目くばせすると、肘で脇腹をつついた。「モーナがあなたのことを訊いてきたって、もっぱらの噂ですよ」

こんちくしょう、どいつもこいつもぺらぺらぺらぺらと。だから今は、俺の欲望をインド茶でなだめておけっていうのか？

「そんな噂は忘れろ、アサド。モーナとはもう終わった話だ」

「それなら、あのクリノリンとはどうなってます？　モーナのあとに付き合ってたでしょう？」

「クリスティーネだろ。彼女とどうなってるかって？　元旦那のところに戻ったよ。おまえのお茶にすごい効果があるとは思えないが」

アサドは肩をすくめた。「見てください。かなり正確で、ハーバーザートの資料の中に、例の木、道路、藪の中の自転車の図がありました。ハーバーザートが自分で描いたとは思えません。警察の鑑識が作成したんだと思います」

カールはその図を回転させ、細部までじっくり見た。そうそう、俺が見たかったのはこういうやつだ。

アサドがそれよりも大きな図版を横に広げた。「それからこれです。ハーバーザートは自分でもスケッチしていました。事故現場の側面図です」

描かれたそれぞれの要素を指さしながら、アサドが順に説明していく。「ここでアルバーテは自分を枝の上まで撥ね上げるような何かに衝突したんです」指がハーバーザートの描いた軌道をなぞる。カールの想像よりもっときつい弧を描いたのかもしれない。ありうることだった。

「そして、これが三枚目のスケッチですが、ハーバーザートはここに、アルバーテを空中に撥ね上げたと想定しているものを描き加えています。この障害物みたいなやつですが、その角度を見てください。かしいでいて、アスファルトとの距離はわずかに七センチから八センチといったところです」

カールはうなずいた。「そう、アルバーテを木の上まで撥ね上げたのが除雪用のブレードみたいなものだとしたら、そのくらいの角度のはずだ。その点ではハーバーザートと俺の意見は同じだ。だが、なぜそんなもので彼女は死んだんだ？　こんなものに殺傷能力なんてないぞ」

「ショック死も考えられるのではないでしょうか、カール。心臓をひと突きすると、ショックで即死します。それと似たものなのでは？」

カールは考えをめぐらせながら否定した。「いや、その線は怪しいな。もしハーバーザートのスケッチが信頼できるなら、そう思うのも無理ないが、だとしたら、アルバーテは下からすくわれるようにして木のてっぺんまで飛ばされたということになる。かすり傷くらいは負っただろうが、それが死につながるほどの重傷になったとは思えん。いいか、そんなことで人間が死ぬか？」

「少し時間をください」アサドがオフィスを出ていき、カールはティーカップを見つめた。欲望やらモーナやら、そういう言葉が出てきたとたん急に喉の渇きを覚えた。ほんのひと口なら害にならんだろう。

カップに鼻を近づけて異世界の香りをかぐと、ごくんと飲んだ。なんだ、意外とうまいじゃ……その瞬間、カールは椅子から転げ落ちそうになった。頸動脈が怒張し、食道が焼け、喉が腫れ、声帯がぼろぼろになる感じがする。とっさに片手で喉を押さえ、もう片方の手でデスクの縁をつかもうとした。ちくしょう、なんなんだ、これは？　胃酸テロか？

悪態をつきたかったが、唾が口の端から流れ、目から涙があふれ、言葉にならなかった。

頭の中には、冷たい水をがぶ飲みしたい、リベンジしてやる、という思いしかなかった。

「どうしたんです、カール？」記録を持って戻ってきたアサドが言う。「生姜を入れすぎましたか？」


ビアゲデール警部の口述記録によると、検視の結果、アルバーテの遺体には骨折と内出血が認められたが、致命傷と言えるほどの怪我はなかったという。

「検視による証拠から、アルバーテは木の上でまだ息があり、それもかなりの間生きていたと結論づけられる。左右の脛骨と腓骨に骨折が見られ、ほかの部位にも骨折が認められる。しかし、そうした怪我もすべて致命傷ではなかったとここに記録しておく」ビアゲデールはそこでひと呼吸置き、「少なくとも、直接的な死因ではなかった」と加えた。短い沈黙があり、先を続ける。「被害者はその間ずっと頭部を下にした状態で木から吊り下がっており、かなりの量の出血をしていた。リットル単位ではないが、相当な量である」

カールは記録をデスクに置いた。そんなふうにじわじわと死を迎えるとは、なんて恐ろしいのだろう。

「それでカール、どう思いますか？」

「ハーバーザートのスケッチが完璧だと裏づけられているだけじゃないか。あとは、負傷個所の大多数も致命傷ではなかったということ。即死ではなかったということだ」

「むごいわ」ローセが戸口に立っていた。「もっと早く発見されていたら、助かったかもしれないってことでしょ？」そう言うとローセは、何か思いついたように考えこみながらそのまま立っていた。

「どうした？」

「じゃあ、あれは事故だと裏づけるような何かがあるということなのかしら？」

「なんでそんなことを？」

「だって故意に撥ねたのなら、犯人は彼女が本当に死んだのか、証言なんてできない状態になっているか、それを確かめますよね？　事故に見せかけることができたかどうかを」

「私ならそうします」弾丸のような速さでアサドが反応した。

カールは額にしわを寄せた。

「もちろんまったくの仮説にすぎませんが……。私もローセと同じことを考えてました、カール」

「わかったよ、どうもな、アサド。だがなローセ、現場を通った車両は、まるで減速しなかったとは言えない。それを忘れるな。ただ、運転者が道路脇に車を停め、彼女が枝に引っかかって息絶えているのを確かめに戻ったということも当然考えられる。バックミラーで確認したかもしれない。あるいは、まともにものを考えられるような状態じゃなかったのかもしれない。知ってると思うが、殺人を犯した人間が理性的にものを考えることはめったにない。ローセ、想像から結論を導きだしてはいけないんだ」

カールはスケッチ画を折り畳んだ。「アサド、これをスキャンして、レズオウアの鑑識に送ってくれ。そのときに、ラウアスンが明日そっちに電話して詳しく説明するからと伝えるんだ。で、ラウアスンのほうには、鑑識を少しせかすよう言ってくれ。連中を急がせられるのはラウアスンしかいないからな。この前、俺から彼に話した疑問点については、例の木の板に関する記録に至るまで、レズオウアの人間に調べさせてほしい。ブレードに関するハーバーザートの仮説が正しいとして、衝突の際に完全に破損しないようにするには、その板がどのくらいの厚さでなくてはならないのか。そもそも、そういう木の板を写真に写っていたワーゲンバスのバンパーに固定することなどできるのか。しかも、車体を傷めずに取りつけることが可能なのか。ハーバーザートのスケッチと車両の推定速度から、アルバーテの身体が宙に浮いたときにフロントガラスを損傷したかどうかもわかるのではないか。最後に、われわれの持っているワーゲンバスの写真をなんとしてでももっと鮮明にしてほしい。もちろんこちらも撮影者を特定し、ネガを見つけられるよう努力を続ける。だが、そっちはあまり期待しないでほしい、と。今言ったことはほぼすべて、すでにラウアスンに伝えてある。だが、そのあとでわかったこともあるからな。ラウアスンに全部伝えて、情報をアップデートしてやってくれ」

カールはローセのほうを見た。「まだそこにいたのか。ほかに何かあるのか？」

「あなたが探していたものを見つけたんです、カール」

得意満面だ。

「何を見つけた？　犯人の自白か？」カールは笑った。

「クナホイの件なんですけど」

「えっ！　何を見つけたんだ？」

「クナホイで、ボーイスカウトとそのグループリーダーのビャーゲ・ハーバーザートが発掘調査に参加していましたよね。そこに、男がひとり同行していました。ジュン・ハーバーザートはそこで男と出会ったんです。〝迷路〟の北のほうで。リステズのベンチにいたおじいさんがそう言っていました。覚えてます？」

アサドがその横に立って激しくうなずいている。やつの無尽蔵のメモ帳のどこかに、書きこみがあるはずだ。

「そうだ、そのとおりだ。だが、その顔からして、ボーイスカウトがそこでキャンプファイアーにうってつけの場所を掘り起こしたというわけじゃなさそうだな。当ててやろう。ビャーゲとジュンがそこでウリーネから来た男に会った、おまえさんはそう考えているんだな？　やつの日記でも見つけたか？」

「馬鹿言わないでください、カール。わたしにわかったのは、それが同一人物かもしれないということだけです」

「なぜわかった？」

「クナホイでグーグル検索したんですけど、一件もヒットしなかったんです。そのかわり、ボーンホルムにはかなりの数の〝迷路〟があって、リステズの西にもひとつあることがわかりました。その〝迷路〟はある画廊のオーナーがつくったもので、といっても二〇〇六年の話ですけど。それで、その画廊に電話したところ、その〝迷路〟がつくられた丘がクナホイという名前だったんです。オーナーが言うには、その場所を選んだのは興味深い歴史があるからなんだそうです。その地域への定住が始まったのは鉄器時代ですが、かつて貿易と手工業の中心だった地域のひとつが〝黒い大地〟という名で知られるソルデ・モルドです。この場所を発掘調査した際、豊富に出土品があり、礼拝所を示すようなものもありましたが、なかでも数千もの〝黄金のこびと〟が見つかっているんです」

「黄金のこびと？」

「ええ、そういうふうに呼ばれています。ごく小さな金の板で、かつては供物として使われていたのではないかと言われています。画廊のオーナーはさらに、今でも用途がはっきりと明かされていない〝太陽の石〟を発見しているんです。それで調べてみたところ、本当でした。あそこは実際に特別な場所なんです」

「太陽の石だと？　なんだそれは？」

ローセがにっこりした。その質問を待っていたと言わんばかりだ。「水晶の一種です。ロングシップで航海中のヴァイキングが、曇天下で太陽の位置を見きわめるのに使ったんです。

これは太陽光の偏光度を利用したと言われています。ちなみに、今日（こんにち）では、極地地域での飛行の際にこの原理を応用したものを使っているようです。ヴァイキングは見た目ほどは無知じゃなかったってことです」

「太陽の石、ヴァイキング、黄金のこびとか」じっくり考える必要がありそうだ。「俺の理解が正しければ、ジュン・ハーバーザートとウリーネの男との間に、もうひとつつながりが見つかったわけだ。善良なるハーバーザートはその男がオカルト現象に関心があることを見抜いたんだ。どうだ、俺に教えたかったのはそこだろ？」

「あなたも見かけとはまったく違って優秀なんですね、カール・マークくん。なんといっても、クナホイについて真っ先に頭に浮かんだくらいですし。それでは、話を戻しましょう。ジュン・ハーバーザートとアルバーテが実際に同一人物と会っていたのなら、まずジュンに口を割らせなくてはなりません。その男について知っていることをすべて」

カールは再びため息をついた。「やれやれ、話の先は言わなくてもいい、ローセ。だが、ジュン・ハーバーザートを逮捕するためにボーンホルムに行くなんて俺は絶対にやらん。ローセ、興味あるか？　アサド、おまえはどうだ？」

ふたりともまったくやりたくないようだった。

ローセが肩をすくめた。「いいわ、じゃあ彼女をコペンハーゲンに呼びましょう」

「おいおい、何を言いだすんだ。彼女を召喚できるような材料なんて何ひとつないんだぞ」

「しょうがないわねえ、カール、それこそあなたの仕事でしょ。ここのボスはあなたじゃないんですか？」

カールが頭を抱えていると、ゴードンがドアを叩いた。今度はなんだ。もういい、いっそのこと警察合唱隊と救世軍オーケストラも呼んでくれ。

「すみません、カール」のっぽが言う。「お伝えするのをすっかり忘れていました。モーデンとかそんな名前の人からあなたに電話があったんです。以前、お宅で間借りしていた人だと思います。ハーディが帰ってこないんだそうです」

「今、なんと言った？」

「ハーディがいなくなったと」ゴードンがぽかんとして言った。

「いつ聞いたんだ？」アサドが心配そうな顔になる。

「二時間くらい前です」

カールは携帯電話をつかんだ。自分で音をオフにしてたんだ！

画面にはモーデンから十五件のメッセージと着信があったと表示されていた。

カールは息を呑んだ。

25

「ミカと僕でこのへんはすべて探したんだ」カールとアサドをテラスハウスの前で迎えたモーデンは、憔悴しきっていた。パニックと寒さで紅潮した頬は、涙でまだ濡れている。モーデンが天気予報を聞くために家に一瞬入った隙に、ハーディが電動車椅子を動かし、上着も着ないシャツ姿のままどこかに行ってしまったという。こんなどしゃ降りの中を。

モーデンはどうしていいかわからないといった感じだったが、ようやく歯をガチガチさせながらも自分とミカがこれまでどこを探したかを言える状態まで落ち着いた。「一、二キロ圏内は全部見て回った、カール。忽然と消えちゃったんだよ」

「携帯電話はどうですか？　ハーディは使えますか？」アサドが尋ねる。

「自分のは持ってないんだ。外に出るときはいつも一緒だから、僕ので間に合うしね」

「スーパーにいるとか、ひょっとしてCDショップにいるとか？　いつも音楽を聴いてただろ、新しい曲を探しにいったんじゃないのか？」

「ハーディはｉＰｏｄを持ってる。Ｓｐｏｔｉｆｙっていうアプリを使っててね。耳にイヤホンを入れてやると二時間くらいははずせと頼んでこない」

らない。

カールはうなずいた。スポティファイ？　聞いたことはあるが、なんなのかさっぱりわか
「電動車椅子のバッテリーはどうです？」アサドが話を戻す。

「十分あるはず」モーデンが答える。「一度充電すると、フレズレクソンまで行って帰れるくらい」そう言いながらまた鼻をぐすぐすやりだした。

「雨が気になりますね」

「それは大丈夫だ、アサド。ああいうバッテリーはダメージを受けないようになってるから」と請け合って、カールはまたモーデンに向き合った。「ハーディの車椅子は最高で時速十二・五キロまで出せる。もう三時間はとっくに過ぎてるよな。ってことは、三十五キロ離れたところまで行った可能性があるってことだ。やつの別れた奥さんには電話したか？」

「まさか、ハーディがコペンハーゲンまで行ったと思ってるんじゃないよね？」モーデンは今や全身をガタガタ震わせている。

「家に入って彼女に電話しろ。ヒレレズの病院にも電話して、ハーディが運ばれていないか訊くんだ」

モーデンは小さな歩幅で全力疾走した。

カールとアサドは、近所を回って聞き込みをすることにした。もしかしたら誰かがハーディを目撃しているかもしれない。誰かが話をしたかもしれない。

「二手に分かれよう、アサド。俺は車であちこち探す」

「私はどうしましょうか？」

「これを使ってくれ」カールはイェスパのモペットを指さした。イェスパが家を出ていってから誰も乗っていない五〇CCのバイクだ。「だが、念のためレインコートを着ておけよ。後ろのトランクにひとつ入ってる。まだそこまで春らしい気候じゃないからな」

アサドは困ったような笑みを浮かべた。

レネホルト公園通りのカール家では、以前とは違うリハビリの体制が敷かれ、家事の分担も新たに決められていた。その結果、カールとハーディは以前ほど長い会話をしなくなっていた。モーデンは毎日ハーディを介護し、モーデンの恋人ミカがハーディのメンタル面をサポートし、理学療法を施す。市が派遣してくるヘルパーは必要なくなり、車椅子がハーディに行動の自由をもたらした。ハーディの介護という点では、カールはなんとなく部外者のような立場になっていた。

そういう状況はハーディにとって本当によかったのだろうか？　相棒、おまえはいったいどこに隠れてるんだ？　ワイパーを高速で動かし、しぶきとエンジン音を立ててアレレズの美しい街を回りながら、カールは思った。

ハーディの親指と手首の関節、そして頸部には、ごくわずかだが動きが戻っている。そのおかげで、寝たきりだったこの何年かに比べれば、はるかに自由な生活を送れるようになっていた。動きが戻った当初のハーディは、新たな可能性を手にしたことに飛び上がらんばかりの喜びようだった。ところが皮肉にも、それによって反対に自分の限界をますます意識することになり、このところそれがつらそうでもあった。

「前は自分をあわれんでいたが、特別だっていう気持ちもあった。俺は人生に耐えているっていう気持ちだ。だが、今は自分が仲間のお荷物でしかないように感じるんだ」いつか、ハーディはそう言っていた。周りが自分を世話する大変さも、完全にもとに戻る見込みがほとんどないこともよくわかっていると語った。

それでも、カールが脊椎（せきつい）損傷専門病院に入院していたハーディを訪ねるたびに彼が口にしていた〝自殺〟という言葉は、カールの家の居間に移ってから一度も話題にのぼらなくなっていた。それなのに、今また、自殺が苦しみから解放される手段だと考えているのだろうか。

「電動車椅子に乗った男の人を見ませんでしたか？　シャツだけで上着を着ていない男の人を見ませんでしたか？」雨の中、誰かに出会うたびにカールは車のウィンドウを下げて尋ねた。しかし、誰もが驚くほど無関心だった。

トーゲイブ通りでカールは車を停め、林のほうへ目をやった。こんなことをしても無駄ではないか？　普通、姿を消すのは探してほしくないからだ。ハーディもそうなのではないだろうか？

カールはモーデンに電話をした。

しばらくはすすり泣きしか聞こえてこなかった。「どこに電話しても見つからない。ミカが今、警察に公開捜査の届けを出してきたところ。普通はそんなに早く処理できないんだって。でも、職務中の銃撃で全身不随になった同僚のことだから特別に手配するって」

「そうか。ミカに礼を言っておいてくれ」

カールは目を閉じて、ハーディが行きたい場所があるとしたらどこか、思い出そうとした。まったく思い浮かばない。

携帯電話が振動した。アサドだった。

「もしもし」声が大きくなる。「見つかったか？」

「ええと、いいえ。正確には違います」

「正確には違うって、どういう意味だ」

「以前市庁舎だったところで、自転車に乗った人に会ったんですが、ニュメレ通りでルンゲ方面に向かう車椅子を見たと言うんです。それでスピードを上げたんですが」

「どうしてすぐこっちに電話しなかった？」

「はい。ですから、何かあったらあなたに電話すべきだと思って、かけました。警官に止められていまして。ロズフス通りで今、私の横に立っています。私が自転車専用レーンを時速百十五キロで飛ばしていたと言ってます。迎えにきてもらえませんか？」

カールが警官たちを説き伏せ、アサドを自由の身にしてやるまで、しばらく時間がかかった。最高速度四十キロのモペットがここまで改造された例は初めてだと、ふたりの警官は驚いていた。いかなる事情があろうと一切猶予しないという態度だった。「どんな小細工をしても……」と片方の警官が言った。「裁判は避けられないからな」その場合、アサドの自動車運転免許証が問題にされるだろうという警告で説教は締めくくられた。

どの程度のペナルティになるのだろうか。最悪の場合、アサドは免許証を剝奪されるだろう。遅まきながら、誠意を見せるのがうまいやり方かもしれない。

「このモペットの所有者は？」警官が尋ねる。

「私です」アサドが健気にもそう答えた。

アサド、イェスパにそこまでしてやる義理は、これっぽっちもないんだぞ。

「たった今、レヴィーアから無線が入った」パトロールカーにいた警官が話をさえぎった。「捜索願の出ていたハーディ・ヘニングスンが、ルンゲのドライブイン・シアターでふたりの会社員によって目撃された。キースグルーべまで直進し、その先の大通りを渡ればすぐだ。きみたちの友人はそこの駐車スペースで、車椅子に座って何も映っていない白いスクリーンを見つめているそうだ」

警官はアサドを釈放したが、モペットは押収された。まあ当然だな、とカールは思った。義理の息子の器用さには感動すら覚えたが、それとこれとは話が別だ。罰金はあいつに払わせなくては。

もうひとりの警官がカールの肩を叩いた。「これ」と、アサドの名前が記入された罰金の通知書をカールの手に握らせる。「ハーディ・ヘニングスンの話は知っています。だから彼を探している人間を罰するわけにはいきません。でもあなたの助手にはしばらく黙っていてください。もう少し冷や汗をかかせておきたいので」そう言うと帽子に軽く触れてカールに挨拶し、大股でパトロールカーに戻っていった。

ふたりが到着するまで五分もかからなかった。

車が一台もいないドライブイン・シアターは、どしゃ降りの雨の中ではいっそうわびしく見える。屋外に設置されたヨーロッパ最大のスクリーンの前で、車椅子のハーディは小さくしぼんで見えた。

「いったいどうしたんだ、ハーディ！」ほかに何を言えばいいのか思い浮かばなかった。こんなにずぶ濡れの人間を見たのは初めてだった。

「シーッ！」ハーディの目はピクリとも動かない。そこでふたりはハーディの横にしゃがんで、彼をじっと見つめた。ようやくハーディが頭を動かす。「おう、来たのか！」

ふたりはハーディをすぐに毛布にくるむと、家まで運んだ。それからハーディが血の気の失せた幼虫みたいな姿から赤ソーセージ色に変わるまで、ごしごしとさすり続けた。

「何があったんだ、ハーディ。話してくれないか？」

「俺は自分の人生をもう一度受け入れ、できる限り楽しむことにしたのさ」

「そうか。俺にはおまえが何を考えているか正確にわかるわけじゃない。だが、今日みたいなことが続くと、俺たちも心臓がもたんぞ」

「こんなこと、もう二度としないで、ハーディ」モーデンが加わる。モーデンのようにでっぷりした人間には、今日みたいな緊張は似合わない。

ハーディはつくり笑いをした。「どうもな。でも、おまえたちは俺が三十年前にミナと観た映画をもう一度楽しんでるのを邪魔したんだぜ。ミナの手を握っていたあのときを思い浮かべてたんだ。わかるか？」

「わかります」アサドの声はいつもよりかなり抑えたトーンだった。

「上映されてもいない映画を観た気になって、今は違う人生を送っている女性の手を握ってたって？ 悪いけどな、ハーディ、そういうのって危険だぞ」

ハーディは車椅子のヘッドレストに二度頭を打ちつけた。再び座れるようになってから覚えた悪い癖だった。「カール、おまえには他人事だからな。なんだって言えるさ。じゃあ俺は何をすればいいんだ？ ここにただぼうっと座って、死ぬのを待てと？ 俺には何もすることがないんだぜ」そう言って目をそらした。「それでも、奥のほうで寝たきりだったときはまだ、おまえの事件を検証することができた。今は何も話しちゃくれないじゃないか」

一時間半後、ぼってりと厚い灰色の雲の向こうで太陽が沈んだころ、カールとアサドはこれまで怠けてきた分の埋め合わせをしていた。居間の電気をつけ、アルバーテ事件の最新情報をハーディに伝えたのだ。意気消沈していた彼の表情はみるみる変わっていった。車椅子の上で身体こそ硬直したままだったが、目は生気を取り戻し、自分が思うように動けないことなど気にならないぐらいの気合の入りようだった。

「このジュン・ハーバーザート、もしくはコフォーズが、その重要参考人の名前か。少なくとも犯人の人物像についての鍵を握っている可能性が大いにあるな」

「そう、おそらく。ローセは絶対にそうだと思っている」

「私もです」アサドがうなずく。

「でも彼女はおまえたちと話そうとしないってことだな。どうする気だ？」

「ローセは、彼女を脅してみればいいと思っているみたいだが、俺の考えは違う」

「いずれにしても、行き詰まってるってことか」ハーディは笑った。「そういうにっちもさっちもいかないときにはどうするんだっけ？」

アサドがうなずいた。「私の故郷では、『万策尽きたなら、第五の方法でラクダに乗れ』と言います」

そこでカールはすかさず頭のスイッチを切った。第五の方法についてとうとう説明を受ける気など毛頭ない。

「こぶの前だろ、間だろ、後ろ、そして上だろ」ハーディが言う。「それ、聞いたことがあるな」

アサドがうなずく。「そうです。そして第五の方法は、ラクダの尻を蹴りつけるんです。そしたら走りだします。もう止まりません」

カールの思考は全然違うところを漂っていた。「アサド、ジュン・ハーバーザートが家の前の道で、ひとりで歌ってた詩だか歌だかの一節、覚えてるか？」

アサドがメモ帳をめくった。「一言一句覚えているわけではありませんが、こういう感じでした。《川があったなら、その上を滑っていってしまうのに……けれどここでは雪は降らず……くっきりと緑のまま》」アサドは顔を上げ、自信なさげにハーディを見つめた。「これで合ってます？」

ハーディの顔がピクリと動いた。「ほぼ完ぺきじゃないかな。ジョニ・ミッチェルの歌だろ？」

カールは仰天した。「知ってるのか？」

「ミカ、こっちに来てくれないか」ハーディが言う。

モーデンが筋肉隆々の恋人をしぶしぶ腕の中から解放した。ようやく全員が再集合したときには、この家でアルコール部門を担当するモーデンは、もうほろ酔い気分だった。

「ハーディ、タイトルは？」ミカが訊く。

「〈RIVER（リヴァー）〉だ。iPodのプレイリストにあるから探してくれ。みんなに聴こえるように、ドックステーションに置いてくれ」

ミカが何千ものタイトルがあるプレイリストをスクロールしている間、カールはグーグルでその歌を検索した。

「あった！　ジョニ・ミッチェルの〈リヴァー〉、一九七〇年」すぐにミカが見つけた。

「そう、それだ」とハーディ。「出だしがちょっと変わってるんだ」二、三秒してから〈ジングルベル〉のメロディが流れてきた。ただし、ジャズ風にアレンジされ、どこかひずんだ印象を与える。それでもたしかにクリスマスの曲だ。

カールとアサドは神経を集中させて聴いていた。すると、まさにその歌詞が流れ、アサドは親指を立てた。

《ああ　川があったなら　その上を滑っていってしまうのに……》

メランコリックなピアノ伴奏に合わせてハスキーボイスが流れる。郷愁と喪失に満ちた四分間だった。

カールはうなずいた。ハーディがこの歌を知っていたのは決して偶然ではない。

「カール、この歌の解釈がのっているウェブサイトを探すんだ。フォーラムが大量にあるぞ」ハーディは詳しそうだった。

カールはタイトルを入力し、検索結果に目をやった。お目当てのサイトは五件目にあった。

書かれていることを読み上げる。

「ジョニ・ミッチェルはカナダ出身。カリフォルニアに移ってヒッピーとなり、ミュージシャンとしてのキャリアを歩む。〈リヴァー〉は故郷から遠く離れ、よその土地で、違う風習の中で――雪も降らず、スケートもできないところで――クリスマスを祝う歌だ。簡単にまとめると、現在のすべてを投げ捨て、もっと単純で無邪気だった日々に戻りたいという願いを歌った歌である」

みんな顔を見合わせるだけだった。ようやくハーディが沈黙を破る。

「俺は彼女の声が好きなんだ。それにこの歌はとても多くのことを語っている。俺の心にダイレクトに訴えかける。それはおまえたちもわかるよな。この歌が事件について何を語っているのか俺にはわからない。ジュン・ハーバーザートとやらを知らないからな。彼女がこれを口ずさんでいたとき、なんの話をしていたんだ？」

カールは唇を尖らせた。そんなこと、覚えてるわけないだろ。

「彼女はそのとき、私に向かって『あなたにわたしの夢などわかりっこない、その夢のためにどれだけもがいてきたかわかってたまるものか』と言っていました」とアサドが言った。

「その瞬間、私には彼女の気持ちがよくわかりました」

再び全員が黙りこくった。どう話を続ければいいのか、誰も自信がなかったのだ。ローセだったら、その口が閉じるようなことはまずないのだが。

「スープ欲しい人、いる？」キッチンから、はずんだモーデンの声が聞こえてきた。それをきっかけにカールが口を開いた。

「ジュン・ハーバーザートの人生では、そう多くの夢がかなったわけじゃないんだろうな」

「だろうな。でも、夢って、なんのことについて言ってるんだ？」ハーディが考える。「例の若い男との情事かね？」

「きっとな。ただ、なんで彼女がいきなりこんな歌詞を思い出したのかわからないんだよ。ジュン・ハーバーザートはジョニ・ミッチェルを聴くようなタイプには見えないしな」

「棚にはデンマークポップばかりでした」アサドが補足する。「『Ｔｏｐ‐１００‐Ｈｉｔｓ』とか、そういうやつです」

「〈リヴァー〉はすごく詩的で、はかない歌だ」ハーディが言う。「彼女が普段、この手の歌を聴かないのなら、誰かの影響で聴くようになったんだろう。それがおまえらの追ってる男なんじゃないのか？　その男は何かを追い求めているようなやつなんじゃないのか？　過去に郷愁を感じているような。青銅器時代のオカルトめいた場所に、太陽の石、円形教会、テンプル騎士団。長い髪をしてヒッピーダンスを踊って——完璧な演目じゃないか、流行には乗り遅れてるが」

「で、これからどうしたらいいんだ？」

「ラクダに乗る第五の方法を試すのさ」とハーディ。

アサドが親指を上げた。ラクダのこととなると、こいつはいつも賛成する。

五分後、三人の男がハーディの車椅子をピタリと取り囲んで、携帯電話を見つめていた。

モーデンのスープはしばしお預けだった。

「ミカ、ジュン・ハーバーザートの番号にかけてくれ」ハーディが言う。

「iPodの準備はできてる？」ミカが訊く。

ハーディがうなずいた。

モーデンが通話のマークを押し、携帯をハーディの耳に持っていった。

「ジュン・コフォーズです」相手が名乗った。ミカがiPodの電源を入れる。ジョニ・ミッチェルの〈リヴァー〉が響き渡った。

ゆっくりと、ミカがハーディの口元に携帯をあてがった。

ハーディはまばたきせずに虚空を見ている。完全に集中している──職務中の警官の顔だ。タイミングを知り尽くし、一切の特徴を排除した声の出し方をマスターしている男の顔だった。

「ジュン」背後に曲を流したまま、ハーディはひと言そう言った。それ以上は何も言わない。ほかの人間なら、これだけ長い間に耐えられない。しかしハーディはそうではなかった。相変わらずまばたきひとつしない。

するとと電話の向こうから何かが聞こえてきた。ハーディが目を上げる。

「ああ」それしか言わない。

電話の向こうで再び何か話す声が聞こえた。

「そうか、それは残念だ。知らなかった。元気か？」

それからしばらくのやりとりのちに、ハーディが親指を動かした。「切られた」と言う。

「俺を軽くあしらっただけかもしれん。あるいは、やっと話したくなかったか」

「なあ、いいから」カールはじりじりしていた。「できるだけ正確に今の会話を再現してくれよ。アサド、メモを取れ」

「俺は単に彼女の名前を言っただけだ。『ジュン』と。そしたら彼女が即座に返した。『あなたなの、フランク？』俺が『ああ』と言ったら、彼女は深呼吸を始めた。俺はてっきり彼女が彼の声を聞いて感激したと思ったんだ。でも、次に聞こえたのは恐ろしく冷めた声だった。『十七年も経って連絡してくるなんて、おかしいわ。ビャーゲが死んだって聞いたの？　自殺したのよ。それでかけてきたの？』それで俺は、それは残念だ。知らなかった。元気か？　と言った。でも彼女は質問を返してきただけだった。どこにいるかって。だから『どこだと思う？』と答えた。彼女は『超能力者をやってるわけ？』と訊いてきた。俺がどう答えたかは聞いてたよな？『当時、俺はなんて名乗っていたっけ？』——あまりうまい返しじゃなかったな」

「それで彼女は電話を切ったのか」

「そうだ。でも、やつがフランクという名前で、何年も彼女に連絡していなかったことだけはわかった」

「それでも、そのフランクが本当に俺たちの捜している男なのかという疑問は残る」カールは考えこんだ。「もしかしたらジュンは、俺があのとき電話してワーゲンバスの男について尋ねたとき、誰のことを言っているのか本当にわからなかったのかもしれない」

「カール、その男ですよ。きっとそうです」アサドがきっぱりと言った。「彼はアルバーテの事件のあと、島から逃亡したんです。ハーバーザートが捜していたのはその男です。アルバーテのときと同じように、ジュン以外にも大勢の女をベッドに連れこんでいたはずです。クリストファが彼をプレイボーイと呼んでいたのにはちゃんとわけがあるんです」

「そしてジュンは彼を超能力者と呼んだが、それも人物像に合う。よし、まずはこの線で追ってみよう」

カールはもう一度グーグルで検索した。

「やつの名はフランクだ。おい、このデンマーク王国にはいったいどれだけのフランクがいるんだ？　四十五人くらいか？」

「私の周りにはそんなに多くはいませんが」アサドが応じたが、およそ役に立つコメントではなかった。

「いいか、デンマークにはこの名前を登録している男性が一万千三百十九人いる。名前調査によれば、一九八七年以降、この名前がつけられたのはたった五百人だ。人気ランキングでも上位というわけではない。例の男の正確な年齢はわからないが、やつは当時二十代半ばから三十代初めぐらいと仮定できるだろう。となると、次の疑問はこれだ。この名前が一九六八年から一九七三年まで、どのくらい好まれていたのか。当て推量は役に立たん。アサド、『デンマークの統計』を当たるんだ。それでも、せいぜい二、三千といったところじゃないかと思う。といっても、全員呼び集めて片っ端からおまえかおまえかと訊いていくわけにもいかないよな？」

もちろん「ノー」を期待しての問いだ。しかしハーディはがぜんやる気になったみたいだった。「よし、腕まくりしてやるっきゃなさそうだ。おまえたちが、ということだけどな。俺はその集中尋問とは関係ないからな」

カールは仕方なく笑って見せた。とにかく事態は多少前進した。男の名前がわかり、ハーディもまた調子が出てきたようだ。

26.

二〇一四年三月十七日、月曜日

長い間、何も起こらなかった。ピルョは体調に気をつけ、さまざまな瞑想を取り入れることで定期的に自分の意識のエネルギー量を調整していた。胎内の新しく小さな命が最高の条件で育つよう、最大限の努力をして健康を保った。いつもと同じようにセッションに出て、浜辺に降りて〝太陽を迎える儀式〟に参加した。センターの管理業務をこなし、施設や設備の手入れを行ない、新しく来た人たちがすぐにここの環境に慣れるよう働いた。妊娠したせいで日々の業務に支障が出ているとアトゥに思われたくなかったからだ。

大晦日（おおみそか）の夜にはこのところの恒例で、アトゥとともに夜空の下で新年を讃える儀式が始まった。信者が浜辺でたき火を囲んで輪をつくる。命と自然は絶えず人間に新しい面を見せてくれる。ここではそれが共通認識であり、誰もが大いなる存在、大いなる宇宙に属している。一人ひとりがたき火を囲んでそうした帰属意識を、自分なりの方法で表現していく。その結果、今まさに明けようとしている新たな年から未来に向けて、あふれんばかりのプラスの波動が送られてくる。

ピルョは最もいいタイミングでその波動を受けることができた。信者たちの輪舞が終わり、一人ひとりが今年初めての瞑想をするために部屋に帰ると、ピルョはアトゥの手を取り、今までの彼に、そしてもうじき父となる彼に、感謝の言葉を述べた。

それから彼の手を自分の下腹部に触れさせ、ニュースを伝えた。

アトゥの顔がパッと明るくなった。ピルョは自分が手に入れたこの幸せを脅かすものなど、この世に何ひとつないと感じた。

それから二ヵ月半は、一点の曇りもない調和のとれた状態が続いた。ところが、そうしたピルョの精神的安定が無慈悲にも砕け散るときがやってきた。それも、たった一日で。

その日は月曜日だった。ピルョは〈光の神託〉の電話相談で、大勢の人にアドバイスをしていた。これでまた、数千クローネが口座に転がりこんでくる。

ピルョは時計に目をやりながら、この日最後の相談者からの電話を受けた。

「声のトーンとお話の内容から、あなたが世界を変革させるための重要な資質を備えていることが伝わってきます」今日、このフレーズを言うのは五回目だ。「あなたのパーソナリティには、ほかの人とは明らかに違う発展的なパースペクティブが見られます。わたしのアドバイスにしたがって、〈ホリスティック・チェーン〉にたどり着ければ、あなたは生涯、ご自身のパーソナリティの恩恵を受けることができるでしょう。〈ホリスティック・チェーン〉に入ると、あなたのあらゆる可能性が現れ、その類いまれな才能をいかんなく発揮するのに必要な精神力を得る方法を見出すことができます」

電話をかけてくる人たちは、まさにこういうことを聞きたがっている。いったん話しはじめると、相手はどんどん次を知りたがる。時間は飛ぶように過ぎていき、気がつけば財布がぱんぱんになっている。

ピルヨはこの仕事を楽しんでいた。普段は事務連絡と日用品を納入する業者との価格交渉にしか使っていない自分の会話能力を、この電話カウンセリングで思う存分発揮できるからだ。

「わたしが伸ばしてほしいと考えているあなたのパースペクティブは何か、というご質問でしたね。もちろん、そう簡単に答えは出ません。あなたは……」

そのとき、向かいの壁に人影がくっきり映った。シャーリーだ。ボディワークで鍛え上げたスリムな信者たちの中にいると、彼女の体形はいつでもとても目立つ。シャーリーはまたも〈入室お断り〉の札を無視して入ってきたのだ。だがピルヨは、いつものように控え目に微笑んだ。このイギリス人女性は来てから数カ月経つが、ピルヨとの距離が縮まることもなく、妙によそよそしかった。接点があまりないので話す機会もそれほどないからだ。

シャーリーはピルヨの笑顔に応えなかった。

「いくつかわからないことがあるの」シャーリーは慎重に言葉を選んでいるようだった。

ピルヨは手を上げて、少し待ってと身ぶりで伝えた。電話の相手に、「申し訳ないけれど、今日はここまででいいかしら。今の心はずむような話については〈ホリスティック・チェーン〉責任者宛てに手紙を書くことを約束するわ」と言った。「水曜にそこに電話してみて。すべてを把握している適切なアドバイザーが出るはずよ」と告げると、相手の女性に向けてもう一度幸運を祈り、電話を切った。そして、ピルヨはシャーリーと向かい合った。

「何がわからないの、シャーリー?」

「これがここに」彼女はピルヨに黒っぽいものを手渡した。グレーと赤のツートンカラーのベルトだった。

「ベルトね」ピルヨが確認する。そしてまるでガラガラヘビにでも触るかのように、ベルトを手に取った。「これがどうかしたの?」落ち着かなくては、平静を装わなくてはと思いながら、今後の展開を懸命に予想した。

ワンダの私物を入れておいた箱は、ワンダと会ったあの日から一週間以内に空にして、中身はすべて燃やしたはずだ。このベルトを見逃したのだろうか?

「あなたのものなの、シャーリー?」自分の声がはるか遠くから響いているように思える。これは本当にワンダのベルトなのだろうか。思い出せない。そこまではまったく注意していなかった。

「いいえ、わたしのじゃない。でもわたし、このベルトを知ってるの」シャーリーが言った。

このベルトが箱から滑り落ちて、引っかかって取れなくなっていたとか? でもシャーリーはそもそも屋根裏部屋で何を探していたんだろう? あんなところに行っても何もないはずだ。

ピルヨは頭をフル回転させた。そもそも、ベルトなんて燃やしたかしら？灰を海に流したとき、ベルトのバックルはなかっただろうか？

「そう、このベルトを知ってるのね。特別なブランドなのかしら」ピルヨはベルトの向きを変えたり、裏返したりしてみた。「それほど特別なものには思えないけど。素敵なベルトってことしか」

「ええ、わたしはこのベルトを知っているの」シャーリーが繰り返す。心底動揺しているようだ。「このベルトを買ったのはわたしだから。でも自分のためじゃないわ。親友がロンドンを発つ直前に餞別（せんべつ）として贈ったのよ。あなたたちは彼女がここに来ていないと言ったわ。ワンダ・フィンのことよ。ここに来たとき、わたしがあなたたちに尋ねた女性のこと、覚えてる？」

ピルヨはうなずいた。「名前は覚えていないけど、あなたがここに来たと思っているお友達のことを話していたのは覚えてるわ。でも、こういうベルトはたくさんあるんじゃないかしら、シャーリー」なんとか笑って見せる。「もちろん、ファッションのことはあまりわからないけど。わたしたちはそれほど私服を着るわけじゃないから……ご存じのとおり」そう言って、着ているローブに手をやった。

シャーリーがベルトを手に戻した。「これはすごく高くて、自分のためには買えなかったの。とてもそんな余裕なかったから。でもワンダにはどうしてもお別れの品を贈りたかった。この疵（きず）のおかげで、少し安くしてもらえたのよ」そう言いながら、シャーリーはベルトの表面についた長い掻き疵を指さした。

「でも、どうしてこれがここにあるの？　あなたはどこで見つけたの？」

「シャネトから」

「シャネト？」ピルヨは正真正銘のパニックに襲われそうになった。まったく何やってるの。ここでなんとかふんばらないと。目をそらしちゃ駄目。そんなに唾を飲みこんじゃ駄目よ。

「でもシャーリー、シャネトはもうここにいないでしょ？　妹が重い病気で看病しなくちゃならないからって、午後、ここを出たでしょ？　ここには戻ってこないんじゃないかと思うわ」

「本人が話してくれたから知ってるわ。それでシャネトは、自分が三年前に詰めた古着を〈安らぎの家〉の屋根裏部屋の段ボール箱から出してきた。そのとき、自分のベルトがなくなっていて、かわりにこれが入っていた。だから彼女は、このベルトをもらうことにしたそうよ。わたしは荷造りを手伝ってたんだけど、彼女がスーツケースの上にかがんだときに、ベルトのこの色に気づいたの。バックルとこの疵にもね」

「勘違いってことはない？　その疵も……」

「消えたシャネトのベルトは黒。彼女は確かだって言っているわ。でも、ここにあるのは二色。それに、このバックルは特別なの。見て。それとここ、ベルト穴」シャーリーは内側から二番目の穴を指さした。「広がっているのがわかるでしょ？　この穴を使っていたからよ。ワンダのウエストは信じられないくらい細かったから」そう言うとシャーリーはうなずいた。

「そう、これはワンダのベルトよ。百パーセントそうだわ」
シャーリーの頬は興奮で真っ赤になっていた。うろたえてショックを受け、憤っている
ように見えた。恐怖も感じているようだった。怒りと恐怖。危険な組み合わせだ。
ピルヨは下唇を噛んで考えこんでいるふりをした。いったいなぜ、このベルトがセンター
にあるのだろう、と懸命に考えているふうを装った。頭の中では、どうすればこの新たな脅
威をいちばんいい形で排除できるかを必死に模索していた。
「ピルヨ、どういうことかわかってる？」シャーリーの声が突然痛ましく聞こえた。
ピルヨはその機をとらえると、シャーリーの腕を取った。
「簡単に説明がつくと思うわ、シャーリー。シャネトがこのベルトをこのセンターで見つけ
たのは確かなの？」
シャーリーは指で肩の後方を指した。「そうよ、〈安らぎの家〉の、屋根裏にあった段ボ
ール箱の中で見つけたんだもの。さっきも言ったけど」
「彼女はたしかにそう言ったのね？」
シャーリーの身体がかすかにこわばった。声の調子がきつかっただろうか？　尋問には聞
こえないようにしなくては。
「ええ。どうしてシャネトが嘘をつく必要があるの？」
「それはわからない、シャーリー。わからないわ」

「じゃあ、シャーリーが嘘をついてるっていうのか？」アトゥはピルヨの近くに身体を寄せ、へその周りの産毛（うぶげ）をやさしく撫でた。

ピルヨは自分の手を彼の頬にあてた。ふたりでこんなふうに一緒に横になっているときには、いつもお腹の中にいる子どもの話ばかりだった。彼女がどんなに望んでいても、アトゥが彼女の中に入ってきたのは、あれが最初で最後だった。彼女に対して性欲を覚えるどころか、今やアトゥは彼女を高価な器か脆（もろ）い水晶のように扱っていた。何か神聖なものを手にしているとでもいうように。ピルヨはもう、彼の〈ウェスタの処女〉というだけではなく、彼に生をもたらす神の受肉の象徴でもあった。セックスの入りこむ余地などなかったのだ。

しかし、ピルヨにはすでに考えがあった。子どもを産んだら、「もう一度妊娠させて」とアトゥに頼もう。そうしたら少しは自分も満足できる。次はそう簡単に子どもができないようにしよう……。

でも、今考えなくてはならないのはシャーリーのことだった。

「シャーリーは一世一代の大芝居を打っているんだと思うの」そう言ってピルヨは、自分の手を彼の手に重ねた。「シャネトはベルトのことで勘違いをしているけど、これがチャンスだと思ったのね。そもそもわたしたち、シャーリーのことがわかってるのかしら。あの気さくな笑顔を絶やさない仮面のほかに、彼女について何を知っているの？　わたしたちはシャーリーのことを、自分の新たな一面を見出したがっている女性だと考えていた。でも彼女はほかの人たちとは違う。だって、彼女にはスピリチュアルなパーソナリティなんてないもの。

彼女がどんな人間なのか、いろんなことが考えられるわ。犯罪者かもしれないのよ。今までわたしたちが気づかなかっただけで。ベルトの一件は、シャーリーの罠かも。いつの間にか、ゆすりやたかりの標的になっていたというスピリチュアルセンターの話を聞いたことがあるわ。わたしたちも気をつけたほうがいいんじゃないかしら。彼女はここにお金があるって知っているのよ」

「世間知らずなだけっていう可能性はない？　僕はシャーリーからまったく違う印象を受けるけどな」

「わたしは彼女の中に執拗さを感じるの。何かとらえがたいところも。最初からよ。シャーリーがここで何か問題を起こすんじゃないかって心配なの。入門コースを終えたらすぐ初級コースに入れてほしいと言ってくるでしょうね。前にそんなことを言ってたし、シャネトが出ていったから部屋がひとつ空いていることも知ってるわ。悪いけど、わたしは断りたい」

アトゥはうなずいた。「彼女が入門コースを終えるのは、いつごろになりそう？」

「二カ月後かしら。ずっとここで奉仕をしていたから、受講期間が延長されたのよ。彼女のほうからの申し出でね。覚えてない？　あなたが自分で承認したのよ」

「ピルヨ、時間に解決をゆだねるわけにはいかないのかい？　僕らが間違いを犯すより先に、彼女自身がベルトの件は誤りだったと気づくと思うよ」

ピルヨはうなずいた。アトゥはいつだってこういう人だ。彼の思考の宇宙にはいつだって善人しか存在しない。アトゥは世間知らずで、ピルヨは現実的だった。シャーリーはここにいればいるだけ、どんどん不審な点に気づいていくだろう。だとしたら、二ヵ月は長すぎる。もちろん、シャーリーが何を言いだしてもすべてはねつけることはできる。でも、彼女が警察に駆けこんだら？　遺体が発見されたら？　そうしたら、シャーリーの証言によって、ワンダと、ベルトが発見された場所であるこのセンターとのつながりが裏づけられてしまうだろう。

ピルヨは深呼吸をした。「シャーリーがわたしたちを脅迫するようなそぶりを少しでも見せたら、すぐに滞在許可を取り消したほうがいいと思うわ」

「どんな理由で取り消すんだ、ピルヨ？」

「わたしたちに身をゆだねてくれている人たちの心の平和を乱したとか、彼女には正しい道を見つけることができないとか、ここにいるために絶対に必要な資質を持っていないといった理由でよ。実際、彼女には資質がないと思う。わたしにはわかるの」

「もちろん、きみの言うとおりにするよ」アトゥは目を閉じ、頬を彼女の腹に寄せた。

それは決定を彼女にゆだねるという合図だった。

これでピルヨは、この件については好きなようにできることになった。

27

二〇一四年五月八日、木曜日

アサドとローセとカールは、シュンネ・ヴェランが住むテラスハウスの前で落ちあうことにした。テラスハウスは、芸術的センスのある人間の住まいとしてイメージする建物とはまるで違っていた。ここアマー島のプチブル的なのどかさを気取っているヴェグダー公園では、壁を埋めつくす落書きもなければ、自転車スタンドにリヤカーみたいにくっついているクリスチャニアバイクもない。かわりにあるのは、ビリヤードクラブ、手入れの行き届いた生垣、健常者も障害者も一緒に通える幼稚園、黄色い煉瓦づくりのテラスハウス。そういったものが建ち並ぶ平凡な住宅地だった。

カールは一度もここに来たことがなかったが、同僚のボーウ・バクは少しばかり関わりがあった。パーティだか祝賀会だかのあとで、ちょっとした刃傷沙汰（にんじょうざた）が起きたのだ。その事件を別にすれば、この一帯は文句のつけようがないほど治安のいい住宅街だった。

「娘が二百三十二番に住んでいるんです」シュンネ・ヴェランはそう言ってから、三人に廊下で靴を脱ぐよう頼んだ。おいおい、いつから職務中の警官に色褪せたぼろぼろの靴下を見せろと命じてもいいことになったんだ？　警官の権威失墜を狙った策略か？

「娘は離婚して」誰が尋ねたわけでもなかったが、彼女はそう説明した。「だからここに引っ越してきたんです。ここなら少なくともわたしがついていてやれますからね。どっちみちここは治療を行なうにふさわしい場所ですから」

治療だって？　そんなことどこかに書いてあったか？

シュンネ・ヴェランは微笑みながら三人を居間へ案内した。中に入ると、ここでどんな治療をしているのかがわかった。壁には免状や人体解剖図が飾られ、自然医学とホメオパシー薬の広告、さらに施術料金表が貼られている。とんでもなく高額というわけではなかったが、ベテランの警官に支払われる給料と比べれば、間違いなくたいした儲けになるだろう。

「今のところ、まだ患者さんは少ないんです。でもいつか、ああ、こんなにたくさんの患者さんはいらないわ、なんて思うかもしれませんね」彼女はカールの頭の中を読んだかのように、そう言って笑った。「ここには引退した方たちがたくさんやってきます。わたしはそういう人たちの訴えに耳を傾けます」笑い声がやや高く響く。「だから患者さんの数は今のところ、月に十五人から二十人といったところです」

全然少なくないじゃないか。それはともかく、どんな連中が助けを求めてこんなところまでやってくるんだ？

「ホリスティックセラピストでいらっしゃるんですか？」ローセが尋ねた。もちろんローセはこの手のことには、カールよりはるかに予備知識がある。

「ええ。ドイツで専門教育を受けました。この十二年、虹彩診断法とホメオパシーで治療をしています」

「以前は、公立学校の教師をしておられましたよね？」

「ええ、そうです」また笑い声を上げた。「でも、人間にも動物にも変化が必要でしょう？」

虹彩診断法？　カールは眉毛を掻いた。なんだそりゃ？　試しに、アサドの茶色の虹彩をチェックしてみてくれ。黒に近い斑点の入った虹彩からこいつの性質やら癖やらを導きだすには、タカのような目が必要だぞ。だがな、こいつの性質を如実に物語っているのは、足の親指がのぞいている靴下のほうだ。

「アルバーテのことをお話にいらしたんでしょ？　ローセ・クヌスンさんからうかがいました。でもあんな昔のこと！　警察って偉いわ。いつまでも追っていらっしゃるのね」

「それでは、当時話をされた捜査員が自殺したことはご存じでしょうか。そのために、われわれがこの事件を引き継いだのです」

表情から察するに、彼女はその情報にたいして衝撃を受けていないようだ。あるいは、ハーバーザートのことなど覚えていないのかもしれない。

ローセもそう思ったようだ。事件に対するハーバーザートの執拗な関心について手短に述べ、シュンネ・ヴェランが事情聴取で語った内容を説明しだした。彼女は意外にも、よく覚えていた。二秒に一度くらいの熱心さでうなずいたからだ。

「それなら、わたしから何をお訊きになりたいの？　当時、警察には知っていることはすべてお話ししたと思いますけど」

「ふたつあります」ローセが口火を切った。「当時のアルバーテの服装を覚えてらっしゃいませんか？　例の男と出会ってから、服のセンスが変わったとか、そういうことは？」

シュンネ・ヴェランは肩をすくめ、雨のしずくがゆっくりと窓をつたうのを眺めた。「なにせ十七年も経っているので」

「突然、ヒッピーみたいに派手な服装をするようになったりしませんでしたか？　たとえば、カラフルでひらひらした服を着るようになったとか。髪型を変えてドレッドロックスみたいにしたとか。アフリカのアクセサリーをつけるようになったとかは？　あるいはそんな感じの装飾品を」

「ヒッピーみたいな？　いいえ、そんなことはありません。いたって普通の恰好でしたよ」

まるで霧の中をつつきまわしているようだ。ローセは深々とため息をついた。カールにも、この話がどこに行き着くのか見当がつかなかった。服の趣味が極端に変わったら、たしかにそれがウリーネのヒッピーが彼女に及ぼした影響だと言うことができるかもしれない。とはいえ、それがわかったところで、どんな事実にたどり着けるというのか。

「どんなに小さなことでも、その男の素性を知る手がかりが欲しいんです。フランクという名前以外、何もわかっていないので」

「フランク？」

「はい。それがふたつ目の質問です。この名前に心当たりはありませんか？　アルバーテが口にしたことは？」

「残念ですが心当たりはありません。でも、最初の質問についてなら少し思い出したことが。アルバーテは急にバッジをつけるようになったんです」

「バッジ？」

「ほら、小さいメタルの、服につけられるよう裏に安全ピンがついているのがあるでしょう？」

なるほど、これは最初のつながりかもしれない。ヨーナス・ラウノーの話から、ワーゲンバスの男がワッペンのついたミリタリージャケットを着ていたことはわかっている。〝原子力反対〟みたいなやつだ。恰好いいとは言えんな。まあそれはともかく……。

「ええ。わかるわ。で、どんなバッジだったか覚えてらっしゃいます？」

「反戦の柄でした」

「ひょっとして〝原子力反対〟とかそういうものでしょうか」

「いいえ、ピースマークです。こういうふうに、円の中に上から下に線が通っていて、その真ん中から下に向かって斜めに二本線が伸びている」指で宙に描いてみせた。

カールはうなずいた。遠い昔、そのロゴの下に人々が集結したものだ。

「アルバーテはそのバッジを最初からつけていたわけではないんですね？」ローセはしつこ

かった。シュンネ・ヴェランを真正面から見据えている。もしかして、彼女の虹彩を分析しているとか？

「そうです。つけてたのは、亡くなる前の数日間だったと思います」

「彼女が当時、学外で会っていたという男性からそのバッジをもらった可能性もあると思いますか？」

「そこまではわかりません。家から持ってきたのかもしれませんし。とにかく、わたしが覚えている限り、あそこでそういうものをつけているのは彼女だけでした」

カールは再びうなずいた。あのイーリとラーケルのゴルスミト家にもピースマークがあるのか？　およそありえないが、調べておかなくては。

「まだあります」ローセは続けた。「当時あなたはハーバーザートに、アルバーテは歌がうまかったと話したそうですね。彼女がジョニ・ミッチェルの〈リヴァー〉を歌うのを聴いたことはありませんか？　心当たりは？」

「いいえ、はっきりとは」

ローセはバッグから自分のオレンジ色の小さなiPodを取り出し、操作した。「これです」そう言って、イヤホンをシュンネ・ヴェランに手渡す。

彼女は少しの間、あの印象深い出だしに魅了されたように一心に音楽に耳を傾けていた。それから頭が揺れ出し、口角にぐっとしわが寄った。

「そうそう、これ！」耳にイヤホンを突っ込んだまま叫んだ。「わたしがしゃべったとは言わないでくださいね。でも、彼女が歩きながら口ずさんでいたのはたしかにこの曲でした！」

そのときカールの電話が鳴った。みんなから少し離れてから出ると、母親だった。

「土曜に来るんでしょ、カール？」挨拶などすっ飛ばし、いきなり切りだされた。

深く息を吸いこんでから答える。「行くってば」

「インガを呼ぼうと思ってるんだけど」

「インガ？　インガって……、誰だよ？」

「近所の農家のお嬢さんじゃないか。まあ、もうお嬢さんというほど若くはないけど。でも彼女は農場を経営しているから……」

「おふくろ、やめてくれ。誰だか見当もつかないよ、会ったこともないし。それに、俺は農夫に鞍替えする気なんて全然ない。俺は警官だし、これからも警官をやる。それって、親父の策略か？」

「ともかく、土曜に来るね？」

「行くよ行くよ。それじゃ」

ロニーのくそったれ。タイでおとなしくしてりゃよかったのに。

戦略室では、かなり疲れ気味のゴードンが三人を待っていた。耳の色から判断すると、ここ数時間受話器を耳に押しつけっぱなしだったようだ。ローセが必要以上に両脚を広げて彼の向かいに腰かける。ゴードンは一瞬生気を取り戻したものの、またすぐにへなへなと元気がなくなった。

「僕はこういうこと、ほんとに苦手なんですよ」とゴードンが言った。「少なく見積もっても百件の携帯に電話しましたが、学校関係者と話ができたのは七、八人だけです」

カールは額にしわを寄せた。「で？」

「何も発見はありません。全員同じコメントです。ハーバーザートにはみんながイライラさせられていた。相当しつこかった、と。アルバーテについては、かわいい少女で男の子たちといちゃついていた、学外の男といい仲だったみたいだって言ってました。彼女はその男のことを自慢していたと言う人もいました。なんでも、同じ学校の子よりおもしろくて、すごいことができると言っていたそうです」

「すごいことができる？　どういう意味だ」

「わかりません。そう言われただけで」

カールは首を横に振った。おまえ、まさか腹話術師がケツから手を突っ込んで、かわりに手がかりを引き出せるような質問をしてくれるのを待ってるんじゃないだろうな。

「受講者の個人登録番号が載ったリストは持ってんのか？」

ゴードンがうなずこうとしたときにはもう、カールがゴードンの手からリストを取り上げていた。ほとんど意味のない内容のメモが余白に記されている。

「ローセ、今からこれをチェックしてくれ。追跡調査を頼む。その男がどんなことができたのか知る必要がある。すぐに取りかかってくれ」ローセが立ち上がり、ゴードンが一緒についていく。カールはアサドのほうを向いた。「名前捜査の最前線のほうはどんな具合だ？問題の期間にフランクは何人見つかった？」

「一九八九年までは年次統計がないんです。だから、十年ごとの統計を使うしかありません。そのせいで多少の誤差が出てしまいます」

「どういうことだ？」

「つまり、一九六八年から七三年までにフランクという名前を授かった人の数を知りたい場合は、まず六〇年代の人数を見るんです。これが五千二百二十五人。次に七〇年代を見ると三千五十三人。この合計を出してから四で割ります。五年分を知りたいだけですから。すると、二千七十人になります」

一般に統計の数字とは、少しでも正確さに欠けると、それがとてもデリケートな問題を引き起こすことがある。たとえば火星へ行こうとして、起点の計算に二、三センチの誤りがあるだけで、目的地から数千キロも離れてしまう。カールもそれぐらいのことは知っている。だが、デンマーク王国に存在するフランクの数について言えば、調べ上げる数が千人多かろうと少なかろうとまったくどうでもいい。すでに死んでしまった者もいれば、国外に移住した者もいるだろう。それでも、どうこねくり回したところで、ものすごく多いという事実は変わらない。

「ありがとう、アサド。ひとまずこの捜査はペンディングだ。どっちみち全員に当たることはできないしな。そんなことしたら気が遠くなるほど時間がかかる。その前にお迎えが来ちまうさ」

「どこから迎えが来るんですか?」

「〝あの世から〟だよ、アサド」

カールはやれやれとため息をつき、ポケットに手を突っ込んで、「忘れてくれ」と言った。そのとき、ポケットの中で紙切れが手に触れた。なんだ? 取り出して陽の光にかざす。ああ、これか。アサドの罰金通知書だ。

カールはその紙をアサドに渡してやった。「ほらよ。これですべて解決だ、ミスター・スピード狂。パトロール隊に感謝するんだな」

アサドは罰金通知書を笑いながら眺めた。「カール、これはあなたにとっても都合がいいのでは? 運転中に眠くなったら、私が運転をかわってあげられますからね」

馬鹿言え。おまえにハンドルを握らせるくらいなら、カフェインの入った眠気覚ましの薬をひと箱分流しこんだほうがましだ。

「アルバーテの両親と連絡はついたか?」カールは話題を変えた。

「はい。でも、家の中でそういうバッジは見たことがないそうです」

「ジョニ・ミッチェルの歌は?」

「私が歌ってあげたんですが、記憶にないと言っていました」

「何をしたって?」

「歌ってあげたんですけど、でも……」

「ありがとう、アサド。了解だ」気の毒に、娘を失った上にそんな不幸に見舞われるとは。発情期の雄ネコだってアサドより歌がうまいだろう。「オーケー、アルバーテは親譲りの反戦気質というわけじゃないようだな。じゃあとりあえず、彼女が学外の付き合いでそういう影響を受けたと仮定してみよう。例の歌もその男から教わったと。だが、当時この歌がまたラジオでよくかかるようになっていたということも考えられるんじゃないか。ジョニ・ミッチェルがちょうどツアーでデンマークに来ていたとか。アルバーテとジュンがこの歌を口ずさむようになった理由は、ほかにもいろいろ考えられるだろ？」

アサドがうなずく。

そのときカールの携帯電話が振動し、SMSの受信を知らせた。SMSが来るのはめずらしい。胸の高鳴りを覚えながら画面を確認する。モーナがメッセージを送ってきたのだろうか。

当てがはずれた。期待とはまったく逆だったとも言える。

カール、あなたいつ母のところに行ってくれるの？　またサボってるでしょ？　取り決めたことぐらい守ってちょうだい。じゃあまた、ヴィガ。

カールはハッとした。SMSが元妻からだったせいではない。ひどい内容のメッセージだったが、そのせいでもない。興奮気味で次に何を言いだすかわからない認知症の元義母に顔を見せるのをまたしても忘れていたせいでもない。電子機器を用いたメッセージ伝達。そのことにハッとしたのだ。

カールは、突然ひらめいた考えをしばらく検討した。普段当たり前にやっているとなかなか気づかないことは多い。おかしな話だ。

「アサド、いつからデンマークでSMSが一般的になったか覚えてるか？　一九九七年にはもう使われていたか？」

アサドは肩をすくめた。そりゃそうだ。こいつが知っているわけがない。本人の言ってることを信じるなら、アサドがデンマークに来たのはもう少しあとだからな。

「ローセ！」カールは廊下のほうへ大声で呼びかけた。「おまえさんが最初に携帯を手にしたのはいつだった？」

「はい！」彼女が怒鳴り返す。「うちの母が新しい相手とコスタ・デル・ソルに移ったときです。一九九六年の五月五日。日付は確かです。父が国旗を掲げてましたから」

「なんでだ？」大声で返したその瞬間、しまったと思った。

「解放の日だからですよ」思ったとおりの答えが返ってきた。「それと、わたしの誕生日だったからです。携帯電話は父がプレゼントしてくれました。当時はみんな親からもらっていました」

五月五日が誕生日だって？　カールには初耳だった。そもそも、自分の仕事仲間が祭日や休暇をどう過ごしているかなんて、考えたこともない。

こうして地下室で一緒に働いてもう六、七年経つが、これまでただの一度も全員で何かを祝ったことなどなかった。そろそろそういうことをしてもいい時期かもしれない。

アサドは口をへの字にして、肩をすくめた。誕生日のことはこいつも覚えていなかったらしい。

カールは廊下に出ると、ローセが再び、ハーバーザートの遺産に埋もれている場所まで行った。

「じゃあ、こないだの月曜が誕生日だったのか？」

ホテルのプールから上がったばかりのイタリアの歌姫ばりに、彼女は両手で髪を梳いた。

計算がお速いこと、と目が言っている。

しまった。俺たちは月曜に何をやっていた？　なんでローセは何も言わなかったんだ？

カールはうろたえた。こういうとき、どうすればいい？

「ハッピーバースデートゥーユーーーー」出し抜けに後ろからどら声が響いた。

振り向くと、アサドがやたら芝居じみた様子で腕をバタバタ動かし、ダンスのステップらしきものを踏んでいる。ヴィガがやっていたシルタキの踊りみたいだ。

とにかくそれで、ローセは笑った。

助かったよ、アサド。心の中で礼を言った。ところで俺は、ローセに何を訊こうとしていたんだっけ？

「そうだ！」カールは大声を上げた。「ローセ、ＳＭＳの話はどうだ。おまえさんが初めて携帯を持った当時、こんな簡単にショートメッセージを送ることができたか？」

ローセは眉根を寄せた。「ＳＭＳ？　いいえ、そんなことはないと思いますけど」ＳＭＳについてはそれ以上何も感想がないようだ。

「ついでに言うが、今日ゴードンが話した元同窓生には、おまえさんから電話したほうがいいんじゃないかな、ローセ？」

とんでもない。ほかにすることがありますから。彼女の目がそう言っていた。

数秒後、勝利の喜びを噛みしめながら、ゴードンがアサドの物置部屋から飛びだしてきた。

「その男はスプーンを曲げることができたんです！」サーカスの司会よろしく、大声で発表する。

静かだった特捜部Ｑの狭い廊下がビリビリと振動した。

「これまでに判明したことをまとめてみよう」カールがそう言っている間に、ローセは癒しがどうこうと書かれた小冊子を新たに壁に留めていた。「アサド、おまえから始めてくれ」

「アルバーテの母親と話をしました。アルバーテは携帯電話を持っていなかったようです。話の途中で母親は泣きだして、携帯さえ持たせていたらこんな不幸なことにはならなかったのに、と言ってました。そうしたらもっと娘と話していただろう、何かがおかしいことに気づいてたかもしれない、と」

カールは首を横に振った。ゴルスミト夫妻は残りの人生をずっと後悔と自責の念を引きずりながら生きていくのだ。どんなにつらいだろう。

「学校の誰かから携帯を借りたということもありえるのでは？」ローセが口を挟む。

アサドがうなずく。「ええ。問い合わせてみたのですが、そもそもデンマークでSMSのやりとりができるようになったのは、一九九六年になってからです。といっても、サービスの初期段階は電波状態がかなり悪かったんです。ボーンホルムなんてなおさらです。だから、アルバーテがSMSで相手と連絡を取っていたというのはちょっとありえません」

「でも、もし携帯を借りることができたなら、通話はできたわよね」ローセは譲らない。

ローセの言っていることも一理あるが、その線はないだろうな、とカールは考えた。「たしかに。だが、当時携帯電話を持っていた人間がいたなら、その人物は警察にもっと情報を提供できていたはずだ。着信か発信履歴に問題の番号が残っていただろうから」

ローセがため息をついた。「警察は学校の固定電話の通話履歴についても、電話会社に照会することができたと思うんですけど？」

アサドは適当にうなずいていた。アルバーテとその男が別の方法で連絡を取っていた線を考えているのだ。あとは、どのように、どのくらいの頻度で、か、ということだった。毎日連絡し合っていたのか？

ゴードンが自分にも注目しろと言わんばかりに、話に割りこんできた。「当時あそこに在籍していたリーセ・Wという女性は、今はギムナジウムの教師をしていて、フレズレクスハウンに住んでいるんですが、捜査がはかどるような関連情報を三つ、僕に教えてくれました。まずですね、彼女はウスターラーの円形教会に遠足に行ったとき、写真を撮っていたんです。どこにあるかわからないけど探してみると言っていました。次に教えてくれたのは、そこで彼女たちはある男に出会ったんですが、そいつは頭で思うだけでスプーンを曲げられると自慢していたんだそうです。それがのちのアルバーテの彼氏だと思うと言っていました。信じてもらえなかったので、男は笑って自分は〝ユリ・ゲラー二世〟と名乗ったんだそうです。なんのことかわかります？」

カールはあきれ顔で首を横に振った。おまえ、自分で最後まで調べることができないのか？　なんのためにグーグルがあると思ってるんだ、バカタレめ。ため息をつくと、カールは説明してやった。「ユリ・ゲラーは、一九七〇年代にマスコミにもてはやされた男で、念力でスプーンを曲げたんだ。彼はほかにもいろいろ不思議なことを公衆の面前でやってみせた。ペテンと言われたこともあるが、それがインチキじゃないと証明されたかどうかは知らん。とにかく、そういうことだ」

「スプーンを曲げたんですか？　変なことをするんですね」アサドが横から言った。そんな超能力を持っていたとしても、自分なら食器棚の引き出しの中身を無駄にはしないのに、という顔をしている。

「そう。二本の指でスプーンを慎重に持って、こするんだ。こんなふうにね」カールがやってみせる。「すると、スプーンが柔らかくなってぐにゃっと曲がる。俺たちが追っている男がそんなことができたなら、〝超能力者〟とか呼ばれていたかもな。ただおかしいのは、ハーバーザートがそういう点については何も記録していないことだ。質問の仕方が悪かっただけなのか。あるいは、あまりにしつこいせいで、相手がみんな口をつぐんでしまったのか」

と言って、ゴードンを見た。「で、三番目は？」

「このリーセ・Wが言うには、円形教会のところで写真を撮っていた人がもうひとりいるそうです」

「誰だ？」

「インガ・ダルビューです」

三人とも言葉を失ってゴードンを見つめた。

「確かなのか？　断言できるか訊いてみたか？」

ゴードンはむっとしてうなずいた。僕のことをどれだけ使えないやつだと思ってるんですか、と目が言っている。

「その男とインガ・ダルビューが、まるで知り合いのように話をしていたのを不思議に思った覚えがあるので確かだ、と言っていました」

カールはローセに向かって指を鳴らした。ローセは廊下へ出ていき、十分もしないうちに、インガ・ダルビューが研修で家にいないという情報を手に入れて戻ってきた。

カールの顎の筋肉が緊張する。

「くそっ、どこの国にいるんだ？」

「デンマーク国内です。クリストファ・ダルビューの話だと、インガは現在、コペンハーゲンで社会教育に関する養成講座を受けようとしているそうです。わたしたちが昔の話をしたせいで、彼女の中にあった何かが目覚めたんだと思います。掘り起こされてはならないものだったのかも。結局、クリストファを置いて出ていくことになったみたいです。とにかく彼は相当こたえているようでした」

「コペンハーゲンで？　ボーンホルムじゃなくて？　面倒を見ていた子どもたちはどうなるんだ？」

「インガはわたしたちに会ってから、ベビーシッターもしなくなり、彼にはそれがショックだったようです。もちろん、妻が島を出る準備をしていたこともショックだったようですが。以前から念入りに計画してたことじゃないはずだと彼は言ってました。まあとにかく、彼女は今、スルーセホルメンの新開発地区にある兄の家に居候（いそうろう）しています。デクスター・ゴードン通りです。研修センターはシュズハウン広場にあります。兄の家から車で十分のところです」

「なんてこった」カールは小さな家のあちこちに散らばったおもちゃに埋もれて独りぼっちのクリストファ・ダルビューの姿を思い浮かべた。相当のショックだったに違いない。

「なるほど。今、彼女は兄のところにいるんだな。苗字はクーラだったと思う。インガの子どものころの苗字、そうだったよな？」

「そうです。ハンス・オト・クーラ。〈クーラ・アドヴァンスト・オートモービルズ〉のオーナーです」

「知らないな」

「町でいちばん大きなヴィンテージカーの修理工場ですよ。しかも高級車用の。フェラーリ、マセラティ、ベントレークラスですね。ハンス・オトは熟練の機械工で、その父親と叔父もそうでした」

ローセはまじまじとカールを見つめた。彼女の頭に何が浮かんだのか、すぐわかった。

「まさか……?」

「そんな!」アサドが言った。彼にもローセの考えがわかったのだ。

ゴードンだけが何も理解できないという顔をしている。

「つまり、おまえさんが言いたいのは、インガ・ダルビューが自動車の修理や改造に長けた家族の中で育ったということか?」

ローセが眉をわざとらしくぴょんと上げた。

「そのとおり。もちろん、クリストファ・ダルビューには、インガにもそういう技術があるのかって訊きました。そうしたら、妻はレンチを手に生まれてきたようなものだって。熟練の職人と同じように溶接もできるって言うんです。それで、養成講座が始まるまでは、工場で助手として兄を手伝うらしいとも言っていました。彼女の中には、ぱっと見ただけではわからないようなことがたくさん隠れているんじゃないかしら」

「そうだな。だが、いったいどのくらい隠れているんだ? 彼女がブレードを車両に取りつけ、運転もしていたかもしれないという可能性はもちろん排除できない。あの朝、全受講生がアリバイを求められたのかどうかわかるか？ ローセ、報告にはなんて書いてある？」

「それが何も。何か聞いていたか、何か疑問に思えることがないか、そういうことは尋ねられても、犯行時刻に何をしていたかまでは訊かれなかったようです」

アサドがうなずいた。「インガ・ダルビューは容疑者リストの上のほうに移動ですね、カール」

のっぽ男だけはわけがわからず、ぽかんと三人を見ていた。「すみません、話についていけてないんですが。容疑者って……、どうして 彼女はボーンホルムでヴィンテージカーの集いに参加していたんですか？ さっきからずっと話しているのはそのことですか？」

彼らは顔を見合わせた。あきれた顔をする気にすらなれなかった。


（下巻へつづく）

本書は、二〇一五年一一月にハヤカワ・ミステリ
として刊行された作品を文庫化したものです。

訳者略歴　1974年生，立教大学文学部ドイツ文学科卒，ドイツ文学翻訳家　訳書『特捜部Q―檻の中の女―』エーズラ・オールスン（早川書房刊）

HM=Hayakawa Mystery
SF=Science Fiction
JA=Japanese Author
NV=Novel
NF=Nonfiction
FT=Fantasy

特捜部Q
―吊された少女―
〔上〕

〈HM㊳-9〉

二〇一七年五月十日　印刷
二〇一七年五月十五日　発行
（定価はカバーに表示してあります）

著者　ユッシ・エーズラ・オールスン
訳者　吉田奈保子
発行者　早川浩
発行所　株式会社早川書房
郵便番号　一〇一‐〇〇四六
東京都千代田区神田多町二ノ二
電話　〇三‐三二五二‐三一一一（大代表）
振替　〇〇一六〇‐三‐四七七九九
http://www.hayakawa-online.co.jp

乱丁・落丁本は小社制作部宛お送り下さい。
送料小社負担にてお取りかえいたします。

印刷・星野精版印刷株式会社　製本・株式会社川島製本所
Printed and bound in Japan
ISBN978-4-15-179459-9 C0197

本書は活字が大きく読みやすい〈トールサイズ〉です。